CASI
ALCANZAR
TODO

CASI ALCANZAR TODO

MATT MENDEZ

atheneum

A Caitlyn Dlouhy Book

NEW YORK LONDON TORONTO
SYDNEY NEW DELHI

PARA MARLO, SIEMPRE.
Y CARLOS PASSASEO,
OJALÁ ESTUVIERAS AQUÍ.

Un sello editorial de Simon & Schuster Children's Publishing Division • 1230 Avenida de las Américas, Nueva York, Nueva York 10020 • Este libro es una obra de ficción. Cualquier referencia a sucesos históricos, personas reales o lugares reales está usada de manera ficticia. Los demás nombres, personajes, lugares y sucesos son producto de la imaginación del autora, y cualquier parecido con sucesos o lugares o personas reales, vivas o fallecidas, es puramente casual. • © del texto: 2019, Matt Mendez • © de la traducción: 2019, Simon & Schuster, Inc. • Traducción de Juan Elías Tovar • Originalmente publicado en inglés como *Barely Missing Everything* • © de la ilustración de la portada: 2019, Dana Svobodová • Todos los derechos reservados, incluido el derecho de reproducción total o parcial en cualquier formato. • ATHENEUM BOOKS FOR YOUNG READERS es una marca registrada de Simon & Schuster, Inc. El logo de Atheneum es una marca registrada de Simon & Schuster, Inc. • Para información sobre descuentos especiales para compras al por mayor, por favor póngase en contacto con Simon & Schuster. Ventas especiales: 1-866-506-1949 o business@simonandschuster.com. • El Simon & Schuster Speakers Bureau puede traer autores a su evento en vivo. Para obtener más información o para reservar a un autor, póngase en contacto con Simon & Schuster Speakers Bureau: 1-866-248-3049 o visite nuestra página web: www.simonspeakers.com. • El texto de este libro usa las fuentes Palatino LT • Hecho en los Estados Unidos de América • Primera edición en español abril 2020 • También disponible en edición de tapa dura de Atheneum Books for Young Readers • 10 9 8 7 6 5 4 3 2 1 • Los datos de este libro estan a la disposicion en la Biblioteca del Congreso de los Estados Unidos. • ISBN 978-1-5344-6156-7 (tapa dura) • ISBN 978-1-5344-6155-0 (tapa blanda) • ISBN 978-1-5344-6157-4 (eBook)

"EL MUNDO EN QUE VIVIMOS ES UNA CASA EN LLAMAS Y NUESTROS SERES QUERIDOS SE ESTÁN QUEMANDO".

—SANDRA CISNEROS, *UNA CASA PROPIA*

ANTES DE FALLARLA

Las luces me regresan de golpe a esa noche. Al juego.
Casi puedo oír los gritos del *coach*. Oler la peste del
gimnasio. Esa noche llevó a la fiesta en la casa, a la redada
de una multitud de uniformes y que uno de ellos me
encañonara. A partir de ahí todo en mi vida se desquició.

Las luces fluorescentes me ciegan y voy corriendo lo
más rápido que puedo.Oigo el motor encendido de la
camioneta. Gritos que vienen de detrás de las luces.

Tengo que llegar a la camioneta si quiero ver a mi papá.

Si quiero hacer algo bueno con mi vida.

Tengo que hacerlo.

Sólo tengo que juntar mis fuerzas.

Mostrar un poco de corazón.

CHAPTER JUAN
(CAPÍTULO UNO)

Juan Ramos estaba muerto. Su juego tieso y torpe desde el salto inicial. Era enero, la temporada ya iba a más de la mitad, y cada juego había sido parte de un desfile de vergüenzas. El aire dentro del gimnasio se sentía denso y agrio, el sistema de ventilación se había fregado desde antes del salto y hacía que cada respiro fuera como tragarse un huevo cocido. Juan estaba parado a un extremo del equipo reunido en torno al *coach* Paul, que los sermoneaba por no jugar con la cabeza. El base de las Panteras de Austin estaba encorvado tratando de recuperar el aliento. Había sumido al equipo en un hoyo después de sólo cinco minutos, entregando el balón dos veces seguidas y haciendo 0 de 5 en la cancha.

—Ramos, a la banca —gritó el *coach* Paul, poniéndole jeta desde el centro del grupo—. No estás mostrando nada de corazón en la cancha.

—Me da igual —dijo Juan al tomar un lugar en la banca.
El corazón nunca iba a ser lo importante. El juego se
había ido por el excusado desde el momento en que la
mamá de Juan, Fabi, y su novio, Rubén, entraron paseando
al gimnasio cuando estaban practicando tiros, los tacones
de Fabi resonando por todo el Centro Atlético Panteras—
el CAP—y dentro de la cabeza de Juan, haciendo que su
atención rebotara de las tareas defensivas y coordinar el
ataque a preguntarse por qué su ma había venido a este
juego en primer lugar, cosa que nunca hacía.

Vestida con un par de *jeans* entallados y una camiseta
demasiado ajustada de las Panteras de Austin, las muñecas llenas de pulseras, su mamá señaló un par de lugares
vacíos detrás de la banca de las Panteras, con uñas largas,
rojas y brillantes. Fabi tenía la atención de todos los hombres del CAP, como quería, y cuando se sentó, los hombres
embobados pasaron de verla a ella a medir a Rubén, preguntándose colectivamente cómo le había hecho un pendejazo como ese para ligarse a una mujer como ella. Era más
bajito que Fabi por no pocos centímetros y traía puesto un
sombrero vaquero que hacía que su cabeza se viera enana.
Sus *jeans* tenían planchada una raya en medio y traía su
camiseta de las Panteras de Austin sobre una camisa de
vestir de manga larga. Por supuesto, Juan no tenía que preguntarse nada. Rubén sólo parecía un idiota. Era dueño de
EZ Motors, un lote de coches usados que ganaba fortunas
vendiéndoles coches jodidos a los soldados de Fort Bliss
y a gente con historiales crediticios aún más jodidos que

los coches. Era un depredador y desafortunadamente Fabi tenía "presa fácil" escrito por todos lados.

Las Panteras también fueron presa fácil. Lo único que tenían a su favor era a Juan, el mejor jugador del peor equipo de la 4A Región 1, Distrito 1. Y con él sentado en la banca, no tenían posibilidades de ganar. Juan iba en su último año de escuela, pero el año había empezado sin recibir cartas de los reclutadores de las universidades— aunque había jugado en la Selección Distrital las últimas dos temporadas—dejándolo con la duda de exactamente qué iba a hacer después de graduarse, si es que lo lograba. Sus calificaciones estaban para la basura y el Sr. Rosales, su consejero académico, le había dicho antes de empezar el semestre que lo mejor sería que optara por una carrera técnica y que ya no se preocupara por el básquetbol y la universidad.

Con Juan en la banca, Derek Evans subía y bajaba disparado por toda la cancha, el base de los Tigres de la EPHS ampliando la ventaja con dos posesiones rápidas. El marcador: 20-0. Juan había cometido el error de jugar demasiado agresivamente contra Evans. En la defensa había tratado de robar, pegándole a Evans en los brazos y ganándose una falta barata. En el ataque Juan se quedó muy aislado, ignorando a compañeros de equipo que estaban libres y haciendo tiros espantosos. Evans también iba en último año; un alero con velocidad y visión en la cancha que había llamado la atención de los reclutadores. El *coach* Paul le dijo a Juan antes del juego que Evans estaba llegando a su mejor desempeño en el momento preciso. Que el momento preciso era lo más importante. El momento preciso y no ser un mexicano de un metro setenta y tres.

Las Panteras finalmente entraron al marcador despúes de casi diez minutos; Eddie Durán, el alero de onceavo grado, anotó un triple en relevo de Juan. El *coach* Paul caminó hasta la punta de la banca y se sentó junto a Juan. Juan trataba de ver el juego pero no podía concentrarse. Ahora habían abierto las puertas de atrás del gimnasio pero la brisa fría solo empeoraba las cosas. Oler su propio sudor en su camiseta y uniforme húmedos le provocó náuseas. El *coach* Paul le dio una palmada en la espalda y murmuró:

—¿Me dices cuando estés listo para dejar de portarte como una diva malcriada y jugar un poco de pelota? Es todo lo que pido.

Caminó de vuelta a la otra punta de la banca, alzando la voz para que quien quisiera oírlo, pudiera:

—Tú nomás levanta el pulgar o algo, Juanito. Como si tuvieras orgullo.

La falta de orgullo no era el problema de Juan. Todo el tiempo que había pasado dedicado a su juego, los entrenamientos de dribleo y pases, de correr vueltas al estadio y hacer *sprints* cortos y carreras suicidas, las horas perfeccionando su tiro, su forma y seguimiento, las incontables sesiones de levantamiento de pesas y lagartijas y hasta yoga, todo eso lo había hecho por orgullo. Quedaba poco más de un mes en la temporada y mientras estaba ahí sentado, la clase exacta de problema que Juan enfrentaba se le iba aclarando. Sus calificaciones del semestre pasado eran tan malas como las estadísticas de esta noche así que era posible que tuviera que repetir algunas clases llegado el verano —o peor aún, que de plano no se pudiera graduar—. ¿Y qué clase de trabajo iba a poder conseguir *si acaso* lograba graduarse? ¿La Patrulla Fronteriza contrataría a un mexicano que había logrado reprobar Español? ¿Que era pésimo en matemáticas y ciencias naturales *y también* en inglés? Esperaba que no, aunque pagaran como $52.000 dólares al año, de entrada. Y *a la chingada* trabajar para esos culeros de Inmigración.

Ignorando al *coach* Paul, Juan se dirigió a la mesa del tanteador; podía oír a Fabi animándolo a sus espaldas:

—Tú puedes, m'hijo. Enséñale a ese pendejo entrenador de qué estás hecho.

Juan sentía que la panza se le llenaba de aire, dolores agudos que le punzaban los costados. Era el mismo sentimiento que le daba antes de los juegos cuando iba en décimo grado, justo antes de guacarear en un bote de basura. En ese entonces Juan se ponía nervioso de jugar en un equipo organizado, le preocupaba que su estilo agresivo de las canchas callejeras no lograra traducirse. El *coach* Paul siempre estaba en su oído, diciéndole que tenía que entender el juego, aprender cuándo ser agresivo y cuándo frenar motores. *Manejar* el juego y no apostarlo todo en cada jugada, pero las Panteras no tenían suficiente juego como para manejarlo. Queriendo ganar, Juan se arriesgaba, se lanzaba sobre cada balón suelto, intentaba cada pase apretado y se la jugaba en cada tiro defendido, esperando que el balón botara hacia él.

Juan se hincó junto a la mesa del tanteador. El *coach* Paul cabeceó hacia él y levantó tres dedos para recordarle a Juan que jugara con la cabeza y no cometiera otra falta antes de la mitad; el juego no era imposible de remontar, iban 25-12. Juan entendió y entró después de que Derek Evans recibió una falta de Eddie Durán y se preparaba para hacer los tiros libres. Juan entró trotando hasta el centro de la cancha mientras Eddie se dirigía a la banca. Fabi saltó de su asiento agitando los brazos.

—¡Vamos, Juan! ¡Dales duro a esos Tigres!

A primera vista podía parecer una estudiante, su camiseta de las Panteras anudada ligeramente sobre la cintura, dejando más que un poco de piel expuesta. El hombre sentado junto a Fabi clavó la mirada en su pecho, sin importarle que Rubén lo estuviera mirando fijamente ni que ahora Juan estuviera vomitando, encorvado y con arcadas, mientras todos los demás lo miraban con gruñidos de asco y luego con risas cuando salió corriendo del gimnasio.

Para la segunda mitad el CAP estaba casi vacío. Solo quedaban algunos padres de familia aburridos, platicando e ignorando el juego. Los Tigres estaban destruyendo a las Panteras 64-33, la peor derrota en puntos para las Panteras ese año. Hasta ese momento la temporada había sido sobre todo de derrotas, su única victoria jugando de visitantes, en un juego de torneo en Lubbock, Texas, contra un equipo de gringos al que le faltaba la mitad de la alineación. A la mayoría de los titulares les había dado diarrea antes del salto inicial, un caso de autosabotaje en el que una mayonesa echada a perder había llegado hasta sus sándwiches antes del juego. Juan había anotado veinticinco puntos tan solo en la primera mitad, pasando una y otra vez al descoordinado base suplente sin que nadie defendiera el aro. El público predominantemente blanco se volvió hostil, coreando: "¡*Construyan el muro! ¡Construyan el muro!*", antes del medio tiempo. El *coach* Paul sacó a Juan a la mitad de la segunda mitad cuando se dio cuenta de que lo abucheaban cada vez que tocaba el balón. A Juan no le importó: acababa de jugar el mejor partido de su vida, con tiros a diez metros que azotaban el fondo de la red, y dominando en la defensa, anticipando los patrones de dribleo y saqueando al delantero rival, lanzándola hacia el otro lado de la cancha para un tiro tras otro.

Después del juego les zarandearon el autobús. Aparecieron siluetas detrás del gimnasio que lanzaron piedras contra los costados amarillos del vehículo, los golpes huecos resonando dentro, las ventanas despostillándose y agrietándose sobre el entintado. El equipo se agazapó entre los asientos del autobús que huyó rápidamente. Todos se quedaron en silencio cuando el *coach* Paul les dijo que no se quedarían al resto del torneo, Juan estaba atónito de que ganar pudiera sentirse tanto peor que perder.

Ahora Juan se quedó en el vestidor mientras las Panteras volvían a la cancha para la segunda mitad, diciéndole al *coach* Paul que seguía enfermo aunque ya se sentía bien, después de haber vomitado hasta las tripas—solo un poco… avergonzado—. Fabi le había estado mandando mensajes de texto preguntándole si estaba bien, si la necesitaba, pero Juan los ignoró. La única razón por la que Juan finalmente volvió a la banca fue para que Fabi no entrara a buscarlo a los vestidores. El *coach* Paul cabeceó complacido cuando Juan tomó su lugar, aún vestido para jugar pero sin intenciones de hacerlo. La ventilación del CAP finalmente había empezado a funcionar y ya se podía respirar. El *coach* Paul probablemente pensaba que Juan estaba mostrando orgullo, soportando su enfermedad para apoyar al equipo. Fabi se había ido al otro lado de la cancha, estaba platicando con padres de familia del equipo rival, y lo saludó agitando la mano hasta que finalmente él devolvió el saludo.

Al ver a su ma, que hasta allá se veía como una sempiterna adolescente, Juan empezó a preguntarse cómo habría sido la vida para ella cuando iba a la escuela. Fabi también había ido a Austin, al menos hasta que se embarazó de él en décimo grado y se tuvo que salir. Él se imaginaba que ella habría sido popular, pero no lo sabía a ciencia cierta. Ella no tenía mejores amigas, al menos no que él supiera. Era lista, había aprobado el examen de equivalencia del bachillerato sin tomar clases, o quizá no tan lista, porque seguía trabajando en el mismo bar que había sido su primer trabajo cuando tenía diecisiete años. Él siempre había asumido que su padre iba a la escuela con ella—deseaba que Fabi hubiera sido el tipo de persona que guardaba los anuarios—. No colgaba fotografías en las paredes del departamento ni tenía álbumes ni tenía fotos en su teléfono aparte de la cascada de selfis tomadas frente al espejo del baño. Tantas veces Juan había deseado sostener un anuario en sus manos, hojear las páginas brillosas y quizá toparse con una cara conocida. La suya.

Pero siempre que él sacaba a colación el tema de su padre ella se ponía escurridiza. Cuando era chico le decía que él no necesitaba papá, que eran ellos dos contra el mundo. A él le encantaba esa idea, pero a medida que fue creciendo, y descubrió que su mundo a menudo incluía a novios fortuitos, se empezó a preguntar quién podría ser su jefe. Por qué estos otros tipos estaban en su vida y su papá no. Pero Fabi siempre evadía sus preguntas con respuestas mañosas. *Es muy complicado, m'hijo. Te digo cuando seas grande. Cuando puedas entender.* Juan no entendía por qué ella querría ocultarle esto, como si saber un nombre fuera a cambiar el hecho de que él no estaba. De todas formas nunca la presionaba demasiado, al ver cómo entraba en pánico cada vez que le preguntaba —siempre cambiaba de tema y alzaba la voz porque empezaba a hablar muy rápido, pasando de español a inglés—. Ahora ya casi nunca le preguntaba.

Un silbatazo fuerte regresó la atención de Juan al juego. Después de pasarse toda la primera mitad dominando, los Tigres se veían aburridos, aunque seguían dictando el juego, haciendo bloqueos por toda la cancha, despreocupadamente encontrando al alero abierto que llegaba paseando hasta el aro y anotaba fácilmente. Juan se alegró de no tener que volver a entrar —por lo menos tenía la oportunidad de ver jugar a JD, su mejor amigo desde el kínder—.

JD Sánchez no jugaba a menudo. No era el peor jugador del equipo; considerando lo malos que eran, habría podido tomar el lugar de cualquier titular excepto Juan, y las Panteras hubieran perdido por la misma diferencia. La razón por la que JD no jugaba era su actitud. No era el jugador malo pero entusiasta que el *coach* Paul quería o necesitaba que fuera, el tipo con menos talento pero con mucho corazón. El tipo que animaba a los demás. En vez de eso, JD criticaba abiertamente las jugadas del *coach*, rebautizando su ofensiva como "bloqueo y desorganización", y rehusándose a cortarse el pelo cuando el *coach* sugirió que todos lo hicieran por la unidad del equipo, argumentando que sus bucles eran libertad de expresión. Una vez le dijo al *coach* Paul que la única razón por la que se había inscrito en el equipo era para desquitar los impuestos que pagaban sus padres, pues estaba seguro de que no los estaban destinando a la biblioteca —como si fuera muy seguido—. Juan sabía que lo que JD decía eran puras mamadas. Venía a practicar todos los días y se pasaba casi tanto tiempo dedicado a su juego como Juan. JD amaba el básquetbol, aunque odiara la presión de estar en un equipo.

Pero hoy era el mejor juego de JD en toda la temporada. Según la cuenta de Juan, JD anotó diez puntos y ganó cinco rebotes, moviéndose con una seguridad que Juan no reconocía. El habitual camuflaje de rebelde de JD no funcionaba en la cancha. No había ninguna cantidad de insultos que pudieras decir que sustituyeran una defensa fuerte, no te podías esconder detrás del pelo largo cuando te daba miedo hacer un tiro con la pelota. Algo lo había cambiado últimamente, JD estaba jugando más suelto que de costumbre, y jugando mejor como consecuencia. Juan se preguntó si JD le contaría lo que estaba pasando o seguiría siendo el mismo tipo reservado de siempre.

—¡M'hijo! ¡Oyes, Juan! ¡M'hijo! Nos vemos afuera —gritó Fabi desde las gradas—. El novio quiere un cigarrito. Al fin que ya acabó el juego.

El cronómetro mostraba que quedaban dos minutos; Juan hundió la cara en las manos mientras todo el mundo volteaba a verlo. Fabi y Rubén bajaron los escalones huecos de las gradas, el ruido de los tacones de ella otra vez fuerte e insoportable. Juan dejó la cara hundida, no quería ver a sus compañeros de equipo ni a los jugadores del equipo contrario, los entrenadores o cualquier güey en la tribuna pasar su atención de él a su mamá, los ojos pegados a sus nalgas mientras ella salía del gimnasio dando pasitos cortos. Se daban palmadas en el brazo al verla pasar como si nada, todos de acuerdo en que *yo sí le daba*.

Juan recordaba algunos de los otros "novios" de su mamá. El gerente de un centro nocturno que le prometió a Fabi fechas para cantar con la banda del local pero nunca le cumplió. Otro que quería que ella modelara para su tienda de muebles pero acabó contratando a una exmodelo de Budweiser. El abogado que le consiguió un testamento gratis. Todos estos vatos le compraban a Fabi ropa o joyas; un pendejo le compró una camioneta, un Mazda B2600 que ella aún usaba. Y ahora era Rubén "El Rey de la Ganga" González. Juan odiaba a estos novios, reconociéndolos por lo que eran: una bola de pelagatos que querían usar y hacer mierda a su ma.

Sonó la chicharra, sobresaltando a Juan. Marcador final: 75-40. Contento de que el juego hubiera acabado al fin, Juan siguió a sus compañeros de equipo a la cancha y se unió a la fila para felicitar a los ganadores, ambos equipos saludando con una palmada en alto y murmurando "buen juego" al equipo contrario. Juan no decía nada, todo el ritual postjuego era un fraude. Que los Tigres fingieran que el juego había tenido algo de "bueno" era más humillante que la derrota en sí, más humillante para él que haber devuelto el estómago en frente del público local.

—Obvio que mi mejor juego fue en nuestra peor derrota —dijo JD, encontrando a Juan a media cancha. Cabeceó hacia el lugar donde Juan había vomitado, sonriendo como idiota. El resto del equipo de las Panteras, incluido el *coach* Paul, desapareció rápidamente hacia el vestidor—. Ni siquiera podré recordarlo con cariño. De lo único que todos van a hablar fue de cuando guacareaste. Lo cual estuvo cagadísimo, por cierto.

—Qué bueno que les gustó —dijo Juan—. Yo creo que comí algo echado a perder.

—O a lo mejor esos Trumputos te echaron una maldición —dijo JD—. Seguro siguen encabronados contigo por ese juego que les robaste... además de su país. Los güeros se encabronan por todas esas cosas.

—¡Ese juego lo ganamos! ¡No les robamos una chingada! ¡Además, tú ni estabas!

—Ya sé. Estoy molestando. Tranquilo. Estaba enfermo.

—Es que ya estoy harto de perder todo el tiempo.

—Es solo un juego. Ni siquiera importa.

Eso era típico de JD, no entendía lo que era importante. Juan estaba seguro de que para JD haber sido el principal anotador del equipo perdedor era una especie de victoria moral, pero Juan sabía que eso no existía. Cualquier desempeño, por muy brillante que fuera, se borraba cuando perdías. Cada derrota, cada triple doble que venía con una *L* de *loser*, acercaba a Juan un paso más a tener su propia *L* estampada en la frente de manera permanente. O quizás ya la tenía y por eso no venían los reclutadores. Sabían lo que Juan sabía en el fondo: que no podía hacer que su equipo fuera ganador porque él no lo era.

Por la puerta del gimnasio Juan podía ver la H2 verde neón de Rubén acaparando dos lugares al fondo del estacionamiento del CAP. Él y Fabi estaban parados detrás. Fabi estiró el cuello cuando el equipo empezó a salir de los vestidores. Rubén miraba la pantallita de su teléfono, le pasaba un dedo por encima. Fabi ya le había mandado tres mensajes de texto a Juan, diciendo que ella y Rubén lo estaban esperando. Que Rubén había tenido la amabilidad de invitarlos a cenar. La Hummer tenía televisiones amoldadas a las cabeceras de los asientos de piel, bajo el monograma *El Rey*, bordado con letras rosa neón.

Los rines eran cromada y relucientes como espejos.

—¿Dónde te estacionaste? —Juan le preguntó a JD, jalándolo antes de que llegara a la puerta y saliera pavoneándose del vestidor; el regaderazo después del juego no había logrado enjuagarle la arrogancia de haber tirado diez puntos como tampoco le había lavado la derrota a Juan. El equipo ya le estaba preguntando a Juan si la "vomitada a media cancha" iba a ser parte de su juego habitual.

—En el estacionamiento de maestros. No quiero que me vayan a abollar el coche la clase de culeros que vienen a los juegos de básquetbol escolar. Excepto tu mamá, ella no es culera… ¿Y a todo esto, por qué vino?

—Necesito que me recojas en Los Pasteles.

—¿Para qué?

—No quiero que mi ma y su pendejo novio me vean salir. Nos quiere llevar a cenar. Ni madres.

—Pues pregúntales si puedes invitar a un amigo —JD echó las manos al aire, exasperado, pelando los ojos—. Tengo hambre.

—Mejor comemos en casa de Danny.

—¿Por eso vinieron al juego? ¿Para que *él* te invite a cenar? Eso me suena bastante bien.

—No sé por qué vinieron. Y no me importa.

JD negaba con la cabeza, con las manos en la cintura como un profesor decepcionado, y de pronto se detuvo, como si un pensamiento le hubiera llegado de golpe.

—¿Qué tal que quiere ser tu nuevo papi? Te podría comprar la bici verde neón con televisiones que siempre habías soñado. Podrías salir en sus anuncios pendejos y ser el Príncipe de los Pagos o alguna mamada así. Lo pueden discutir mientras cenan un flan. Ándale, vamos a comer gratis.

—¿Por qué soy tu amigo?

—Porque el primer día de kínder no parabas de llorar y yo fui el único niño que se quiso sentar junto a ti. Bien que te acuerdas.

—Sí, *soy un llorón* —le dio a JD un codazo en la panza—. Ahora anda a decirle a mi ma que ya me fui, no seas cabrón.

—Bueno, pero primero voy a necesitar un abrazo. Por lo malo que has sido conmigo.

—No te voy a abrazar.

—Claro que sí. Para poder superar tu ojetez. Los hijos únicos como tú no tienen buen trato social —JD esperaba parado con los brazos abiertos. Al no tener hermanos y sólo primos que estaba seguro que en realidad no eran sus primos, Juan contaba a JD como una de las pocas personas del planeta que podía decir que quería. Le dio un abrazo a su hermano del alma, cada uno palmeando al otro en la espalda antes de que JD sorprendiera a Juan apretándolo fuerte—. Estoy orgulloso de tu honestidad emocional, cabrón.

Juan sintió un gran alivio cuando vio a Fabi y Rubén finalmente treparse a la Hummer y alejarse a toda velocidad después de una breve conversación con JD, rechinando llantas y dejando atrás el olor a hule quemado de Rubén atravesando el estacionamiento vacío. El teléfono de Juan vibró. Fabi. No contestó. Cuando estaba seguro de que Fabi y Rubén se habían alejado lo suficiente, salió hacia la parte de atrás del Estadio McKee y de la escuela. Con un mango de escoba que encontró tirado se fue raspando la cerca de malla que rodeaba el perímetro, imaginando el pleito que estarían teniendo Fabi y Rubén. Ella disculpándose por el cabrón de su hijo mientras él exageraba la importancia del plantón de Juan, haciendo lo posible por ponerla en desventaja.

El viento hacía volar basura contra la cerca, atrapando en la parte de abajo bolsas de plástico del supermercado que se sumaban a la maraña de pequeñas plantas rodadoras y envoltorios de dulces. Antes de ver a Fabi en el juego, Juan había planeado saltarse la fiesta en casa de Danny. Inventar algún pretexto para irse a su casa, a ver videos viejos de lo mejor de Jordan en YouTube. No estaba de humor para fiestas, pero esos planes se habían ido al carajo. Fabi lo iba a estar buscando y la fiesta en la casa nueva de Danny, allá hasta el Lado Este, sería un buen lugar a donde escapar.

Los Pasteles de Sonny —la pequeña panadería en la calle Stevens donde vendían papas fritas con queso, tortas, conchas y cigarros sueltos— estaba cerrada. *Maldita sea.* Juan dejó las manos metidas en los bolsillos en lo que esperaba a JD. Ahora se arrepentía de haber dejado su sudadera de la EPA echa bolas en su casillero. De no tener una chamarra. Alguien, que probablemente tenía suéter y chamarra, había prendido un asador. El olor grasoso de la carne asada hizo que el estómago completamente vaciado de Juan le doliera.

Echando las luces altas, JD llegó a toda velocidad al estacionamiento de tres lugares de la panadería y frenó de golpe en frente de Juan, el motor de su Escort '88 cascabeleando al detenerse, la banda del radiador rechinando. El chasís del tres puertas originalmente había sido azul pero se había decolorado hasta quedar casi blanco —bueno, todo excepto la puerta del conductor y la defensa delantera que eran rojas, partes de deshuesadero que el jefe de JD había usado para arreglar un choque que JD había tenido cuando estaba aprendiendo a manejar—. La ventana trasera del lado del copiloto también se había reemplazado, por cinta adhesiva y cartón, después de que la rompieron para robarse la casetera —¿quién seguía oyendo casetes?— que arrancaron del tablero. JD escribió en el cartón, con plumón grueso: *Un pendejo ya me robó todo.* Quizá tenía la esperanza de que nadie más sintiera la necesidad de ponerse a esculcar dentro del carro y se robara lo que traía en morralla o el reguilete que le había pegado al tablero.

—Dame un cigarro —dijo JD cuando Juan entró de un salto.

—No tengo, y como verás, Los Pasteles está cerrado.

—Siempre con tus pretextos. Ten un poco de orgullo, carajo.

—Ya vámonos a casa de Danny. Él va a tener frajos. Y chelas.

—¿Y mota? —dijo JD.

—Lo más seguro —dijo Juan—. Es una fiesta.

—¿Cuánto a que no? Ahora va a Cathedral. Con los chavos fresas. Te apuesto a que se la pasan jugando con sus calculadoras y haciendo la tarea.

—¿Qué dices? Esos güeyes están mucho más dañados que cualquiera de nosotros dos. Te apuesto a que ahora Danny fuma hasta sales del baño.

—¿Tú crees? —dijo JD poniendo el coche en marcha—. ¿Será muy difícil mantener ese uniforme limpio teniendo gustos de pordiosero?

—Estoy seguro de que es un conflicto real —dijo Juan—. Y estar con los estudiantes iluminados tampoco es cualquier cosa.

—Los católicos son unos pendejos.

—En tu familia todos son ultracatólicos, ¿no?

—No, nomás mi mamá y mi hermana y mi jefe y mi hermano, mis dos abues, el tata que sigue vivo y todas mis tías. Pero nada más. No te confundas.

—¿Y tú? ¿Ya no eres católico?

—Yo perdí la fe cuando el padre Maldonado me botó por un monaguillo más niño.

—Estás bien dañado.

—Cierto —dijo JD, arrancando, una humareda blanca saliendo del escape—. Pero ya en serio, prométeme que no te la vas a pasar de jeta. Hoy no puedo lidiar con eso.

—Muy tu pedo, carnal —dijo Juan, ajustando el asiento del copiloto—. Tú eres el que se la va a pasar toda la noche alucinando a los nuevos compas del Danny.

—Nomás a los mierdas.

Los nervios que Juan había sentido desde el salto inicial se desvanecieron mientras JD manejaba, y se empezó a entusiasmar con la idea de una fiesta, de ir camino a algo que sería divertido y sin dramas, aunque fuera por una noche. Se sentía como una victoria.

LA FIESTA
(CAPÍTULO DOS)

El Lado Este de El Paso se extendía más allá de lo que Juan alguna vez consideró el quinto infierno, el boulevard Joe Battle y Américas hasta Horizon City. Desarrollos con nombres como Montana Vista y Las Tierras eran nuevos oasis en lo que antes eran extensiones áridas de cactus, rocas y hierbas. Los constructores habían despejado el paisaje rápidamente antes de que alguien pudiera notar, y mucho menos denunciar, que el desierto estaba desapareciendo. Hicieron casas unifamiliares por montones y nadie deseaba una más que el padre de Danny, un sargento mayor del ejército, retirado. Según Danny, su padre se moría por largarse de Central; quería alejarse de la parte pinche de El Paso y tener un poco de la buena vida que su nuevo y estupendo trabajo como representante de servicio de campo —y eso quién sabe que era— de Lockheed Martin ahora le ofrecía.

Danny vivía en Cascade Point, un desarrollo inmobiliario que se veía igual a los otros que habían pasado, filas de construcciones como cajas de zapatos, con grandes bocas de garaje, todas pintadas ya fuera de café clarito o *beige* o kaki, algunas de un tono café con leche con un filo más oscuro y grava del mismo color en el jardín del frente. Las mismas plantas del desierto que habían sido arrancadas de raíz para hacer espacio ahora estaban plantadas ordenadamente a un lado de las calles y aceras de concreto. Arbustos de gobernadora y mezquites, cactus espinosos que se veían bonitos mientras estuvieran plantados junto a rosales y flores de colores cuyos nombres Juan desconocía.

—No puedo ni creer que Danny esté haciendo una fiesta —dijo JD—. Apenas llevan en la casa, ¿cuánto, unos meses? Sé que sus papás viajan un montón, pero si el lugar queda hecho mierda se van a dar cuenta cuando regresen.

—Danny está loco —concordó Juan—. Pero no es mi chante —y tampoco creía estar exagerando al decir que Danny estaba loco, o no mucho. Danny había sido expulsado de Austin en noviembre, justo antes del Día de Acción de Gracias, después de que saturó el corredor principal de gas pimienta. El Sr. Pokluda, que era el subdirector, había sido aplastado por los estudiantes cuando todos salieron corriendo. Danny había tenido suerte de que no llamaran a la policía y de que el Sargento, como a su padre le gustaba que le dijeran, una vez había donado uniformes para todo el equipo de futbol y era padrino de la hija mayor de Pokluda.

Cascade Point seguía en desarrollo, pero la casa de Danny Villanueva estaba terminada y lista para una fiesta. Siluetas se movían detrás de las ventanas encendidas, la música amortiguada sonaba como si la banda estuviera tocando debajo del agua. A ambos lados de la casa había lotes baldíos, postes indicadores salían de la tierra aplanada como hierbajos industriales. Más adelante en la misma cuadra se veía el marco de una casa de dos pisos. Juan estudió el esqueleto: sin la carne y la piel de tablaroca y estuco la casa se veía débil, destinada a desaparecer un día, tan rápido como se construyó. El edificio de departamentos donde Juan vivía con su madre era de ladrillo. Y aunque la plomería y la electricidad estaban mal, expuestas en algunos lugares, y el techo se estaba cayendo teja por teja, nunca imaginó que las paredes del edificio desaparecieran por completo. Para bien o para mal, el barrio, su barrio, era una realidad permanente.

—¿Irá a haber alguien que conozcamos? —preguntó JD, acercándose lentamente a la casa.

—Espero que no —dijo Juan, queriendo estar lo más lejos posible de su vida actual.

Por los coches alineados en la acera y atiborrando la entrada, Juan podía ver que no había venido nadie de Austin. El Escort de JD se veía totalmente fuera de lugar, como un botón barato de plástico que cayó por error al alhajero con las joyas de la familia. JD dio la vuelta en la calle sin salida y se estacionó al otro extremo de la cuadra. Juan sabía que JD se avergonzaba de ser pobre, siempre listo para convertir su vergüenza en bromas o en política, fingiendo que las salpicaderas y puerta de otro color de su nave eran parte de su personalidad. Ser pobre era una mierda, y Juan no le veía el caso a fingir que no. ¿Para qué?

—¿No te quieres estacionar más lejos? —preguntó Juan.

—No quiero que me lo rayen —dijo JD.

—Ni que te lo roben —dijo Juan, dándole una palmada a JD en el hombro mientras apagaba el motor—. Es todo un clásico.

—Es verdad. Seguro hicieron un millón de estos, pero aun así... un clásico —miraron la cuadra casi completa que tenían que caminar para llegar a casa de Danny, se rieron y bajaron del coche.

—Podemos acercarlo una cuadra. Te apuesto a que tu Escort va a durar más que todos.

—Eso seguro que sí —JD y Juan cerraron las puertas y se encaminaron a la fiesta.

—¿Me prometes que vas a tomar la cerveza gratis y a pasarla bien? —Juan tenía sus dudas.

—Sí, sí, sí. Estoy bien —y JD se veía bien, ni siquiera se estaba retorciendo por el sonido de la música *indie pop light* que salía de casa de Danny a medida que se acercaban, alguna banda acústica o de banjos con demasiados cantantes y aplausos espasmódicos.

Danny estaba parado en la puerta abierta, con una botella de cerveza en la mano. Los estaba esperando.

—Me contaron que guacareaste toda la cancha. ¿Qué pasó, güey?

—¿Quién te dijo eso? —Juan quería olvidarse del juego, de haber perdido y de haber guacareado. De Fabi y de Rubén y de qué podía significar que hubieran ido al partido.

—¿Ya subieron esa madre a YouTube? —dijo JD.

—No mames —dijo Juan—. Nadie ve esos juegos, mucho menos los van a grabar.

—Por suerte para ti —dijo JD.

—Pues a lo mejor ni tanta —dijo Danny—. Mi papá, *el Sargento*, dice que el *coach* Paul debería estar grabando todos estos juegos para que puedan estudiarlos y para mandarles videos a los reclutadores. Dice que como entrenador, Paul está de la chingada. Que por eso lo corrieron de su última chamba y por eso nadie te ha reclutado.

—Siempre pensé que era por ser mexicano —dijo JD.

—Me da igual —dijo Juan, una mentira total, pensando que probablemente Danny tenía más razón que JD, pero no por mucho.

—Por lo menos este güey, Eddie Durán, tendrá su oportunidad el año que entra. El Sargento dice que va a grabar sus juegos.

—¿Por qué?

—El Sargento va a la iglesia con su papá.

—¿Tú no vas?

—Ni madres.

—Desgraciado —interrumpió JD, riendo, saboreando la palabra como villano de telenovela.

Pensar que el Sargento iba a grabar los futuros juegos

de Eddie era algo demasiado pinche para lidiar con ello, así que Juan dirigió su atención a la casa nueva de Danny. Las paredes de la sala eran de un blanco brillante e impoluto, no había huellas negras de dedos en los apagadores ni en los marcos de las puertas, no tenían agujeros. La alfombra estaba recién aspirada, con líneas derechitas recorriéndola a todo lo largo. El olor a alfombra dominaba la habitación, un aroma químico que revelaba lo nueva que era. A Juan le encantó. La fiesta era en el jardín trasero y en la cocina; las siluetas que habían visto en las ventanas eran chavos a los que Danny estaba dando el *tour* de su nuevo chante. Danny corrió al refri y agarró un par de botellas grandes de cerveza y una caja de pizza fría para Juan y JD. Juan abrió la taparrosca de la suya y le dio un buen trago antes de meterse una rebanada fría en la boca.

La casa de dos pisos era enorme, casi trescientos metros cuadrados, explicó Danny mientras subían a la planta alta. A Juan no le importaban las medidas exactas, sino que entendía el tamaño por el número de habitaciones: tres recámaras y tres baños, un estudio, una sala *y* un salón familiar—por no mencionar la cocina con su barra y electrodomésticos de acero inoxidable y hasta un comedor—. La familia de Danny tenía garaje para tres autos y el jardín trasero era más grande que el estacionamiento del edificio de Juan. La recámara de Danny seguía llena de cajas, la recámara principal de sus padres estaba cerrada con llave. La tercera recámara era la más chica pero seguía siendo más grande que la de Juan, quizá también que la de Fabi. Había maletas en la cama, y un montón de ropa doblada ordenadamente. Algunas faldas y blusas, *brasiers* y calzones.

—Mi prima se va a mudar con nosotros —dijo Danny, negando con la cabeza y sin molestarse en cerrar la puerta ni en esconder los chones de su prima, unos numeritos en rosa y negro.

—¿Está buena? —preguntó JD.

—Sus papás son activistas, se lanzaron a protestar contra todas las pendejadas antiinmigrantes por unos meses —dijo Danny—. El loco de mi papá dijo que *ellos* estaban locos, ¿pero qué le vamos a hacer? Son familia, así que ella se va a quedar aquí.

—¿Y tus papás dónde andan? —dijo Juan.

—El Sargento anda en no sé qué conferencia y mi mamá se fue a dar una vuelta con mis tíos a una protesta en Arizona el fin de semana. Solo es activista de medio tiempo.

—¿Está aquí? —dijo JD—. ¿Tu prima?

—*No*, hombre, ¿y qué tú no seguías enamorado de Melinda Camacho? "Ay, mi linda Melinda. Te *amo* aunque nomás nos dimos un beso en séptimo".

—No sé por qué siempre sacan a cuento esa pendejada. Y fue en octavo.

—Porque es cagado —dijo Danny—. Y además es cierto. ¿Verdad, Juanito?

—Tu casa está pendejísima —dijo Juan.

—¿Gracias? —dijo Danny, confundido—. ¿Ya te empedaste?

—Ajá —dijo Juan, dándole otro trago a su caguama. Se

imaginó que ese era su cuarto y que toda su familia vivía bajo el mismo techo. El abuelo en el cuarto de Danny, y Fabi en la recámara principal. Entrar a casa de Danny había hecho que Juan cambiara de parecer sobre Cascade Point; las casas ya no le parecían temporales y baratas. Juan sabía que era tonto fantasear con algo que nunca iba a pasar: de niño, soñaba despierto con que un día su padre iba a aparecer y se los iba a llevar a él y a Fabi del departamento, y a una nueva vida. A medida que Juan fue creciendo, el sueño se volvió que él buscaba a su padre, y entonces Juan tenía que decidir qué hacer cuando lo encontrara. ¿Pelear con él? ¿Perdonarlo? ¿Y luego qué?

Fabi volvió a llamar; Juan ya tenía dos mensajes de voz que no había escuchado y sabía que la mañana siguiente probablemente estaba arruinada: iba a tener que oír que había sido un grosero con el novio de su ma, antes de que ella lo despachara a casa del abuelo a hacer una jornada de trabajo. Borró los mensajes sin oírlos.

JD se metió al cuarto de la prima de Danny, diciendo:

—Me voy a asomar.

—Claro que no —dijo Danny y rápidamente lo volvió a sacar—. ¿Qué te pasa?

—Cálmate, güey —dijo JD—. ¿Pues entonces para qué nos trajiste?

—Puta, pues nomás para pederearles lo grande que está la casa y presumir. Y ya. No sabía que te ibas a poner todo nefasto.

—¿Nefasto? Lo único que hice fue meterme a su cuarto

y ver sus calzones y preguntarte si estaba buena…. Bueno, sí, es totalmente nefasto. La cagué.

—Yo me voy a emborrachar —dijo Juan, abrazando a JD y a Danny, apretándolos fuerte, de pronto deseando dar por terminado el tour. Su teléfono zumbaba nuevamente en su bolsillo—. *Sí* es una fiesta, ¿no?

—Claro que sí —dijo Danny—. Vamos otra vez para abajo.

—Pos vamos —dijo JD.

La fiesta era igual a todas las fiestas de la Austin High School a las que Juan había asistido, excepto que todos traían ropa más bonita y la música era espantosa, el *playlist* un desastre de grupos de electrónica e *indie* que Juan estaba seguro que la gente solo fingía disfrutar. Había parejas fajando en la sala oscura, sentadas en el sofá y en el reclinable de cuero del Sargento. Danny llevó a Juan y JD hasta la cocina, donde unos vatos con la chamarra del equipo de su escuela estaban echando relajo alrededor de la barra, tomando *shots* de tequila barato. Los presentó con algunos de sus otros amigos. Un par de güeyes del equipo de beisbol, Joaquín y Manolo, y dos chavas, Adelita y Carmen, corredoras a campo traviesa que iban a la Academia Loreto, una escuela privada para niñas. Los nuevos amigos de Danny se veían buen pedo, pero Juan se limitó a decir "Qué onda" antes de darle un buen trago a su caguama, no muy seguro de qué más hacer. Danny explicó que Joaquín y Manolo eran de Juárez. Que la Cathedral High School atraía estudiantes incluso de Nuevo México. Que ellos eran chidos. Que Cathedral estaba bastante chida.

—¿Cuánto cuesta ir ahí? —dijo Juan, mirando a Joaquín, pensando, solo por un instante, que quizá podía transferirse de escuela.

—Oí a mis papás decir que fueron como ocho mil dólares el año pasado —dijo Joaquín—. Algo así.

—No mames —Juan volteó a ver a Danny, que estaba mirando el piso, de pronto incómodo y sin ganas de mirarlo—. Es como comprar un coche nuevo *cada año* o algo.

—Bueno, un coche usado —dijo Manolo, poniendo la mano en el hombro de Danny—. ¿Todo chido, Daniel? Te veo raro.

—Sí, estoy bien. Gracias.

—Puta, pues yo estoy mejor —dijo JD, se acabó su cerveza de un trago y luego le dio una palmada en la espalda a Danny—. Acabo de enterarme de que estoy desperdiciando mi educación *gratis*. Hora de ir afuera. Vamos, Juan —agarraron otras cervezas grandes del refri y se dirigieron a la puerta.

Danny se quedó adentro con sus nuevos amigos. Juan no lo culpaba. No debía haber preguntado por la colegiatura de Cathedral ni avergonzarlo de esa manera. Tener dinero no era problema de Danny. Ni siquiera era un *problema*. Juan lo observó desde el jardín trasero por una ventana. Parado en la cocina con Manolo y Joaquín, con Carmen y Adelita, parecía estársela pasando bien. Reía y bebía. Se acordó de cuando Danny vivía con sus abuelos, en una casita diminuta con goteras y un solo baño.

El viento estaba frío pero eso no le impedía a nadie seguir con la fiesta. La música retumbaba en bocinas diminutas que parecían piedras, colocadas a lo largo del camino de concreto que llevaba al patio, donde chavos que Juan no reconocía platicaban en grupitos. Otros estaban junto a una chimenea en medio del jardín, una boca abierta con un fulgor anaranjado, los leños crujiendo y silbando dentro, una columna de humo saliendo del cuello esbelto. Nadie habló con Juan y JD.

Justo cuando estaba a punto de decirle a JD que deberían volver adentro, una franja de luz azulosa cruzó de pronto el pecho de Juan. Levantó la vista de inmediato. Otros rayos azulosos zigzagueaban por el interior de la casa y por el jardín trasero. Las conversaciones que hasta hace un momento hacían un murmullo pararon abruptamente, todos los sonidos cobijados por el chop *chop chop* de las aspas de un helicóptero. El pájaro del gueto zumbaba sobre sus cabezas, un rayo de luz brutal se encendió, opacando a la luna llena que había sido suficientemente brillante como para alumbrar la fiesta. Así no era como aplacaban las fiestas en las películas, donde un solo policía le advertía al anfitrión que le bajara a la música y en cuanto se iba seguía la pachanga, porque en las películas uno sí podía chingarse a la chota.

Esto era una redada. ¿Pero quién la hacía? ¿La policía? ¿Los *sheriffs*? ¿O era Inmigración, para cazar "ilegales"? ¿O eran pandilleros?

Media docena de hombres uniformados ocuparon el jardín trasero; una chica parada frente a Juan estalló en llanto cuando le echaron una luz en la cara.

—Perdón —dijo, a nadie, antes de encorvarse y vomitar. La mezcla de chavos blancos y fresas de pronto pareció fuera de lugar; seguían en medio del desierto, donde tener dinero no significa nada.

El *chop* de las aspas del helicóptero contra el aire se hizo más fuerte.

Juan le dio una sacudida a su cabeza, tratando de no sacarse de onda, deseando no haberse bebido de golpe esa última caguama, deseando no sentirse ya pedo. Tiró su lata recién abierta al suelo —¡estúpido!— y ese movimiento llamó la atención de un agente. Sacando la pistola de inmediato, se acercó a Juan. Era un policía de El Paso —no que eso importara, en realidad; todos los cuerpos policiales estaban diseñados para joder a los morenos—. Esta no era la primera vez que encañonaban a Juan. Una pandilla de cholos de Central, tipos que paseaban incansablemente en un Cutlass gris, una vez le enseñaron el cañón doble de una escopeta después de un partido, y el conductor le preguntó si se creía más rápido que una bala. Que corriera para ver. Parecían más interesados en reírse que en dispararle, así que se dio la vuelta y corrió, dándoles la broma que querían y esperando alejarse lo más posible. Pero al parecer no había manera de escapar de la chota, ni siquiera en Cascade Point.

Daba igual. Juan estaba acostumbrado a que lo molestaran. Por lo general, la chota lo que quería era apuntar nombres y tomar fotos para su base de datos de pandilleros de toda la ciudad, revisar si había órdenes de arresto y, ahora, si tenían papeles. Hacían su rutina del hermano grande. Si se portaba tranquilo, comía un poco de la mierda que la policía sirve, podría irse. Pero esta vez no iba a tener chance de portarse tranquilo. El policía que le apuntaba de pronto enfundó su arma y gritó en el radio que traía en el hombro; algo detrás de Juan llamaba su atención.

Juan volteó. Era JD, encaramado en el muro del fondo del jardín.

—Vente, Juan. ¡Vámonos! —gritó JD, luego saltó. ¡*Güey, ¿qué*?!

Juan le lanzó una mirada al policía, que ahora lo veía fijamente. *Inténtalo*, parecía suplicar con los ojos. Juan se daba cuenta de que estaba a punto de que lo tiraran al suelo y le pusieran las esposas por la fuerza. A punto de que lo llevaran a la cárcel y lo acusaran de alguna mamada inventada. A punto de perder. El policía se le abalanzó y Juan decidió jugársela, esperando a que el poli se acercara más para aplicarle la indecisa. Lo fintó con un baileteo y el policía, dudando hacia dónde iba Juan, perdió el equilibrio. Pero a diferencia de una cancha de básquetbol, donde un base veloz podía pasar volando junto a un defensa indisciplinado sin ser tocado, el policía agarró la parte inferior de la camiseta de Juan cuando pasó corriendo, jalando a Juan hacia él y hacia el suelo. Juan plantó los pies en la tierra del desierto y luchó por mantenerse erguido, su camisa desgarrándose cuando finalmente se pudo zafar. El policía cayó al suelo y aterrizó justo encima de la lata de cerveza que Juan acababa de tirar, salpicando por todas partes. Juan se dio la vuelta y salió corriendo hacia el muro.

Lo saltó fácilmente. Menos fácil fue la caída de tres metros del otro lado. Agitó los brazos un segundo antes de caer al suelo, su tobillo izquierdo doblándose debajo de él. Le empezó a pulsar de inmediato. *Corriendo se quita. No es nada. Hay que correr y se quita.* Trató de orientarse, de ver dónde había aterrizado, pensando que estaría en un callejón como los de Central. Juan estaba acostumbrado a usar los callejones para escapar; una vez se les había pelado a los mismos cabrones del Cutlass —solo que esa vez lo perseguían a pie— que querían caerle encima, emputados de que hubiera rechazado su invitación a unirse a Los Fatherless. Pero ahora, cuando Juan se dio cuenta de que estaba en otro jardín trasero, no tenía idea de qué hacer. El jardín era parecido al de Danny, solo que más chico y con una plancha de concreto a todo lo largo de la casa, con bases prefabricadas y varillas salidas, listas para construir un patio de madera corriente como el de Danny.

—¡Por aquí! —siseó JD justo cuando se oyó una voz del otro lado del muro:

—Dos se saltaron.

JD cruzó el jardín a toda velocidad y saltó el muro del fondo. Juan corría cojeando, el tobillo caliente de dolor.

Al saltar el segundo muro, Juan se encontró en otro jardín más. Un par de reflectores lo seguían. Oía pisadas siguiéndolo. ¿A cuántos jardines idénticos tendría que saltar antes de encontrar una casa de empeños o un bar o una panadería o un taller mecánico, o incluso un contenedor de basura donde esconderse? Se apuraba para alcanzar a JD, maldiciendo el tobillo que le quemaba. Con esa lesión, tendría suerte de poder jugar. Simplemente poder caminar en la cancha y ser lento y no tener vertical sería un milagro.

El tobillo se le durmió cuando finalmente alcanzó y rebasó a JD en el quinto jardín. Con la adrenalina a todo, Juan dio un salto y se logró trepar al que resultó ser el último muro en su camino, uno de tres metros al final del desarrollo. Juan recuperó el aliento y observó a JD tratar de saltar. Desde lo alto Juan podía ver la fiesta desbaratada: patrullas rodeaban la casa de Danny, los invitados iban saliendo al jardín del frente donde les indicaban que se fueran. *Por supuesto*. A ninguno de *ellos* le estaban apuntando una pistola al pecho. A ninguno de *ellos* le iban a poner las esposas. Ninguno de *ellos* iba a ir a la cárcel. Si tan solo Fabi no hubiera ido al juego, pensó furioso… ¡nunca va!

—¡JD, vamos! —ladró.

JD se esforzó por saltar pero solo consiguió estrellarse en el muro con el pecho antes de desplomarse al suelo, respirando fuerte. Dos policías entraron por el otro lado del jardín. Maldición. Juan volvió a saltar para abajo. Las mismas luces azulosas deslumbrantes que habían atravesado la fiesta ahora brillaban sobre él mientras se preparaba a darle a JD el empujón que necesitaba. JD no estaba acostumbrado a esto, a concentrarse en su juego cuando de veras importaba. Al momento de la verdad. Juan impulsó a JD hacia arriba y al otro lado del muro.

—¡Alto ahí!

Ni madres. Un segundo después Juan había saltado el muro, los policías gritándoles que se detuvieran, que se tiraran de panza al suelo y se rindieran. Del otro lado del muro una colina de tierra pronunciada bajaba hacia una construcción con tramos de casas a medio edificar y lotes baldíos. Hacia allá tenían que ir. A donde pudieran esconderse hasta la mañana.

Mientras corrían velozmente colina abajo, Juan se preocupó de qué habría más allá de esa obra. Si solo había más desierto, infinita tierra y piedras y cactus de mierda, podrían estar corriendo hacia la nada. La chota podría rodearlos. Quizá ya los estaban esperando. ¿Y qué se hizo el helicóptero?

—Güey, ¿por qué corriste? —gritó Juan, batallando por mantenerse adelante de JD, y empezando a perder fuerzas.

—Porque… no sé, ¡verga! —dijo JD, jadeando.

Una cerca de malla de alambre rodeaba la obra al pie de la colina. Juan se subió al enrejado y logró saltar la cerca, librando apenas las puntas entrecruzadas del borde, pero cayó con el mismo tobillo, duro. Esta vez parecía seriamente jodido, un dolor agudo le pulsó por toda la pierna, ahora incapaz de sostener su peso. A sus espaldas, JD se tropezó con sus propios pies y se estrelló en la cerca, estampando la cara fuerte contra uno de los postes. Cayó de inmediato al suelo, desapareciendo en las sombras.

—JD… JD… Mierda —murmuró Juan desde el otro lado. Cojeó hacia donde le parecía haber oído el golpe, pero también podía oír a los policías que se acercaban, los rechinidos de sus cartucheras de cuero y sus zapatos pisoteando el suelo endurecido. No iba a ganar esta apuesta.

—Puta, güey, ¿por qué corriste? —volvió a gritar. Luego cojeó lo más rápido que pudo a través de la obra, por los lotes baldíos y las casas sin terminar. Los marcos de madera, con vigas y juntas y cables eléctricos expuestos resultaron no ser un buen lugar para esconderse. La brillante luna del desierto lo iluminaba todo. Juan se dirigió a la única construcción que ya tenía algunas de las paredes interiores. Estaba bastante seguro de que ya habrían agarrado a JD pero de todas maneras le quería textear. Ver cómo estaba. Esperaba que el poste de la cerca no lo hubiera madreado demasiado, que los policías tampoco lo hicieran al encontrarlo.

Vio una caja de losetas dentro de la casa y se sentó sobre ella, tratando de regular su respiración. Le sorprendía lo exhausto que se sentía, como si acabara de jugar un partido completo. Miró alrededor: el techo de la casa aún no se montaba en el marco, las paredes traseras estaban sin terminar. Estaba totalmente expuesto. Y tenía razón de que más allá de la obra no había nada más que desierto. Nada más que mezquites y yucas y colinas con rocas y tierra dura. No tenía dónde esconderse ni para dónde correr.

El teléfono de Juan vibró. Era un texto de Danny:

Qué payasos, por qué corrieron?

Muuuuy nacos! Qué pedo?

Estaba a punto de contestar cuando oyó el *chop chop chop* del helicóptero de la policía sobre su cabeza. *Puta madre*. Deslizó su teléfono de regreso a su bolsillo.

Por la calle, un policía en motocicleta se acercaba cuidadosamente hacia él, su reflector cruzando de un lado a otro de la obra, las luces rojas y azules de su sirena parpadeando en silencio. Las tripas expuestas de las casas a medio construir brillaban cuando las recorría la luz. Luego la luz pasó sobre Juan y la motocicleta se detuvo. Pensó en correr hacia el desierto, ¿pero luego qué?

Juan salió cojeando de la casa inconclusa, con las manos en alto. El reflector del helicóptero lo inundó todo, Juan de inmediato se encontró en un remolino de luz y polvo, las aspas del helicóptero resonando mientras las sirenas de las patrullas se oían a lo lejos. Por segunda vez esa noche Juan supo que iba a perder a lo grande. Por lo menos esta vez había corrido con todo, y eso que estaba lesionado. Había mostrado un poco de corazón, chingao.

JD NO SABE
(CAPÍTULO TRES)

Juan Diego se sentó en su cama y vio cómo su amá desmantelaba su cuarto, echaba los calcetines y calzones fuera de la cómoda, se metía al closet que compartía con su hermano menor, Tomasito. Los zapatos de JD acabaron botados en medio de la habitación después de que ella los revisara uno por uno para ver que no tuvieran metido nada de contrabando. Tomasito, a quien había mandado a jugar afuera, espiaba desde el jardín trasero por la ventana cuarteada de la recámara mientras su madre, que aún traía en la mano la caja de condones que había encontrado oculta en la cómoda de JD, estaba empezando a sacar la colección de sus DVD piratas de las repisas. JD los tenía acomodados en orden alfabético, por director y por género. Eran sobre todo películas de horror de bajo presupuesto, clásicas y de zombis. Algo de kung-fu y de Hong Kong y de samurái. Cine mexicano, norteamericano independiente y una creciente colección de documentales. Afuera, Tomasito trataba de aparentar que no estaba de metiche; ocasionalmente lanzaba un balón de básquet al aire y trataba de cacharlo cuando su amá se asomaba por la ventana. No estaba ni cerca de la canasta portátil, así que era obvio que el pequeño latoso no estaba jugando a nada.

—¿Qué clase de drogas te estás metiendo? —preguntó su amá.

—De ningunas —respondió JD.

Ella había botado su colección de películas en la cama y ahora estaban revueltas las de Tarantino con las de Del Toro, las de Eastwood con las de Ed Wood y las de Cuarón con las de Gondry, todas en un montón incoherente. Entonces su amá se sentó junto a JD y trató de verlo a los ojos, pero a él no le daba la gana y mejor clavó la vista en el piso, la cabeza punzándole. Tenía un chichón en medio de la frente, sangre seca en la nariz. Lo único que quería era darse un baño, dormir y luego saltarse la conversación incómoda que su amá parecía decidida a tener.

—¿De dónde sacaste estas cosas? —le mostró la caja de condones abierta: quedaban seis de los doce originales.

—Los compré —dijo JD, tratando de sonar como si nada, como si ella tuviera en la mano un paquete de chicles y no la evidencia de una aventura. ¿La verdad? Los había encontrado en Nochebuena, escondidos debajo del asiento de la camioneta de su jefe. Él andaba buscando el juego de desarmadores chicos que su jefe siempre guardaba ahí, para desarmar una vieja cámara Súper 8 que había hallado en una venta de garaje —un modelo ruso con un mecanismo de cuerda—, cuando encontró la caja metida en una bolsa de papel.

—¿Por qué no me miras? —preguntó su amá.

No podía, porque él sabía que cuando nació Tomasito a su mamá le ligaron las trompas, había perdido mucha sangre en el parto y por poco se muere —ella o su apá siempre contaban la anécdota en el cumpleaños de Tomasito, ¡era lo peor!—. Así que él sabía que los condones eran de su apá y su detalle. Que su amá no tenía ni idea. Y que ni a madrazos iba a ser *él* quien se lo dijera.

—Lo único que quiero es darme un baño y dormirme. Por favor, amá.

La amá de JD lo agarró de la barbilla para examinar su rostro. La forma en que lo miraba, como si solo pudiera cerciorarse de que era real si lo tocaba físicamente, lo estaba sacando de onda. JD se volteó para otro lado, temía ponerse a llorar si la miraba directamente.

—Cuéntame otra vez qué fue lo que te pasó —la expresión de su amá era la de siempre: parte preocupada, parte encabronada.

—Me caí.

Y sí, se había caído, cómo chingados no. Tenía la noche borrosa, sobre todo la parte después de estamparse con la jeta en el poste del alambrado, cuando el golpe lo tiró a la zanja en la base de la cerca. Los polis que venían persiguiéndolos a él y a Juan seguro le habían pasado por encima sin molestarse en voltear para abajo. Cuando JD recobró el sentido, todo estaba tranquilo y oscuro; él estaba solo, la luna arropada por nubes.

Su amá lo presionó:

—Te estuve texteando. Te llamé, y nunca contestaste. ¿Qué voy a pensar? Pues que seguro te estás drogando, ¿o no? Mira cómo andas —lo soltó y sacudió la mano hacia el montón de películas en su cama—. Mira las cosas que te gustan.

—Estas cosas no tienen nada de malo. Son solo pelí…

—Nunca sé dónde andas —lo interrumpió su amá—. Siempre vas y vienes cuando te da la gana —estaba vestida para ir a la iglesia, una blusa negra de botones perfectamente planchada y pantalones negros. Traía el pelo todo peinado para atrás y recogido en un chongo.

—Se me rompió mi teléfono —argumentó JD. Era cierto, su teléfono se había estrellado cuando se cayó, la pantalla una telaraña de vidrios rotos. Pero ella no le creía nada. El rostro de su amá era afilado y duro y moreno, como el suyo. Los dos estaban cincelados de la misma roca de montaña. La ropa negra era su uniforme de los domingos y no era muy diferente al uniforme clínico café que se ponía para ir al Asilo Estatal, donde trabajaba el turno vespertino de cuidadora.

—Ay Dios, m'hijo. ¿Seguro que no te estás drogando?

—Seguro —dijo JD. Fumar mota de vez en cuando *no* era lo mismo que "estarse drogando", según lo veía JD.

—¿Y sexo?

—Nadie quiere sexo conmigo —dijo JD, temiéndose que eso fuera verdad, luego pensando que no debería estar hablando de sexo con su amá. *Puta, qué pendejo.*

—¿Entonces por qué faltan condones? Me estás diciendo *mentiras.*

¿Qué podía decir? *Amá, tienes razón. Son de mi apá. Parece que él no batalla tanto como yo para encontrar con quién coger.*

—¿Y dónde está tu carro? Dime eso —mirando el desorden en el cuarto, JD pensó que su amá debería haber sido detective de homicidios. Sostenía la caja de condones como si fuera el arma asesina de un crimen que acababa de resolver.

—No quiso arrancar. Anoche me regresé caminando.

Ella lo taladró con los ojos, buscando la prueba de que no estuviera diciendo puras mentiras. Luego, de repente, echó la caja de condones a la cama en medio de los dos. La caja se abrió y los seis condones restantes se salieron. Los hombros de su amá se cayeron mientras miraba más allá de JD, con los labios bien apretados.

—Eres malo para mentir —dijo su amá, sonando como si estuviera a punto de llorar—. O más bien, eres muy bueno. Apenas me estoy dando cuenta.

—Lo siento, amá —dijo finalmente JD, poco a poco dándose cuenta de que no solo estaban hablando de anoche. No solo de él.

—Cuéntame de los condones. Dime la verdad, por una vez en tu vida.

JD recordó la bolsa de papel de estraza donde los había

encontrado, era de las que daban en Jasmine's, la licorería donde él compraba caguamas sin identificación.

—Perdóname por tenerlos.

—¿*Por qué* los tienes? —se jaló el chongo para aflojarlo y se soltó el pelo.

—No sé —eso no era del todo mentira—. Pero lo siento.

Cuando los tomó de la camioneta no estaba seguro de qué otra cosa hacer. Planeaba decirle a su hermana que su apá andaba de cabrón, sabiendo que Alma iría derechito a contárselo a su amá y todo reventaría, pero no se lo había dicho. Quedarse con los condones significaba que JD podía mantener su vida tal como estaba, mantener la fantasía de una familia normal —aunque esa fantasía, ahora que lo pensaba, ni siquiera era muy buena.

Su amá negó con la cabeza, decepcionada.

—No tanto como lo sintió tu apá hoy en la mañana cuando vio que yo los tenía. Me dijo que no tenía derecho de andar esculcando su camioneta. Como si la mala aquí fuera *yo*. ¿Puedes creerlo? Y yo sé que tú me estás ocultando más secretos. No soy estúpida, ¿me entiendes?

—Sí, y lo siento —repitió JD. Tenía los ojos llorosos. Su amá había descubierto a su apá. Probablemente ya lo había corrido, conociéndola. Fin de la fantasía. Verga.

Su amá se puso de pie. Enderezó los hombros. Su grueso cabello castaño aún no tenía canas.

—Necesito que tú también te vayas. Ahorita mismo —dijo, decidida—. Te tienes que ir de aquí.

—¿*Irme*? ¿A dónde quieres que me vaya? —los ojos se le

desorbitaron mientras hacía un gran esfuerzo por no llorar. Se imaginó a su amá echando a su apá a la calle, y luego continuando con su registro del cuarto, aún buscando pruebas de qué JD se estaba drogando o que de alguna manera estaba ayudando a su jefe a cuernearla. Ahora ella estaba dispuesta a creer lo peor de él.

—Vete a misa. Vete a confesar. Vete a donde sea menos aquí. Ni creas que puedes ocultar las mentiras de tu padre y seguir viviendo conmigo.

—¡*No* estaba mintiendo por él!

—¿Entonces qué estabas haciendo?

—No sé. Pero eso no.

JD le prometió a su amá que iría a misa y a confesión, y ella le prometió que podría regresar. Veinte minutos después, subiendo por la calle Piedras, pasó por Gussie's Tamales & Bakery. Había una fila que salía por la puerta, viejitas y grupos de chavos del barrio con ollas vacías para llevar menudo. Al pasar le olió a pan dulce. Se estaba muriendo de hambre pero no tenía dinero ni para una empanada o un marranito. Uy, le encantaban los marranitos de jengibre recién salidos del horno y blanditos, con un trozo de mantequilla encima. Cruzó la calle. Nuestra Señora de Guadalupe estaba en la cima de la colina, pero antes de subir hasta allá, decidió pasar por casa de Melinda Camacho y tomarse un descanso bajo su árbol de moras.

Sentado a la sombra en el jardín de Melinda, JD se preguntó si estaría en casa. Babeaba por Melinda desde que era chiquito, y se odiaba a sí mismo por ser de esos que se la pasan suspirando, que se mueren por una chica a la que probablemente les vale madres. Había tenido una sola novia desde Melinda, un par de ligues, pero nada que se comparara ni remotamente con lo que sentía por ella. Era patético.

Los papás de Melinda eran unos presumidos, profesionistas que habían regresado al barrio hacía unos meses después de vivir años en el Lado Oeste. Estaban "reinvirtiendo en un barrio histórico" al comprar y arreglar una casa vieja —la única de dos pisos en toda la cuadra— para vivir en el barrio. *Ridículo*. Melinda, que lo llamaba Juan Diego como casi todos en su propia familia, le había explicado esto brevemente la última vez que hablaron, cuando se encontraron por casualidad en Gussie's. Ella iba arreglada como si fuera a una entrevista de trabajo, con un vestido largo pero entallado, en blanco y negro, que apenas insinuaba lo buena que estaba. Su cabello largo y negro era perfecto, caía por su espalda. Por supuesto que *él* se veía fatal, con unos *shorts* de básquetbol raídos y una camiseta blanca manchada. Recién levantado, con todos los pelos parados y mal aliento. Era la definición de diccionario de zarrapastroso.

Se conocían desde chamacos. Los abuelos de ella eran vecinos de la abuela de él. Ahora Melinda iba en último año en la Academia Loreto, la escuela privada a la que iba desde el kínder. JD se había clavado con Melinda desde el día que la conoció. Tenía la piel extrañamente pálida para ser mexicana, era atlética y segura de sí misma y sensible. No sabía una palabra de español pero hablaba inglés como adulto; JD no entendía ni jota de las conversaciones que ella tenía con sus papás. No podía jugar afuera mucho tiempo porque se quemaba con el sol; JD podía pasar todo el día asoleándose y ponerse más y más prieto, pero nunca le dolía. Melinda no se parecía a nadie del barrio y por eso los otros chavos la ignoraban o le tenían tirria. Pero para JD, era irresistible.

Ella fue su primer beso, cuando iban en octavo grado. Sucedió en el porche de casa de los abuelos de ella, una tarde a punto de hacerse noche, los dos sentados en silencio después de que ella se había raspado las rodillas en un juego de beisbol callejero. JD había levantado a Melinda y la había acompañado a su casa, el juego siguió sin ellos. Melinda no había dicho una palabra, no se había metido a casa de sus abuelos donde estaría segura, sino que se había sentado en el columpio del porche. JD se sentó a su lado, también en silencio. Recordaba el olor del agua de las mangueras abiertas evaporándose en la acera de concreto. Se oían ladrar perros y un rumor de televisión del interior de la casa. Melinda metió su mano en la de él y él volteó a verla: su piel brillaba de sudor cuando acercó sus labios a los de él.

Después de ese día pasaron todo un verano viéndose junto al poste en la esquina de Memphis y San Marcial, caminando por el barrio tomados de la mano y besándose como locos. JD llegó a sentirse cómodo de dar el primer paso, inclinando su cabeza y sus labios hacia los de ella. JD no le contó a nadie sobre Melinda, ni siquiera a Juan. Le gustaba tener un secreto.

Aun así, la noticia de sus caminatas le dio la vuelta a la manzana y finalmente el papá de Melinda los sorprendió fajando en el callejón detrás de casa de la abuela de JD. Le gritó a Melinda que se apartara de ese escuincle perdedor. Y lo dijo con esas palabras, "escuincle perdedor", aunque sabía el nombre de JD y conocía a su familia. Melinda había mirado a JD a los ojos, su expresión pasando de la sorpresa a la vergüenza antes de que se diera la media vuelta y saliera corriendo. JD no había tenido idea de que esa sería la última vez que estarían los dos a solas —sin contar el día que se encontraron en Gussie's.

Ahora parecía no haber nadie en casa de Melinda, y JD empezó a sentirse como un pinche acosador. Además, ¿qué podían tener en común a estas alturas? Él no tenía buenas calificaciones ni estaba en la Sociedad Nacional de Honores ni dirigía el gobierno escolar, y de seguro ella sí. Él no era miembro de ningún club excepto el equipo de básquetbol, y eso a duras penas. Él era una historia del pasado para ella, un recuerdo convertido en la imagen turbia que su padre seguramente le había creado: otra rata de barrio dispuesto a estropear todos los planes que él tenía para ella. Y el muy culero probablemente tenía razón.

Era un estúpido por seguir pensando en Melinda. Se levantó de un salto y caminó rápidamente el resto del camino hasta Nuestra Señora de Guadalupe. Luego se detuvo. No le molestaba ir a la iglesia como le había pedido su amá, pero lo de la confesión no iba a suceder. No porque tuviera nada en contra de la idea de contarle tu vida a un desconocido, ¿qué más le daba? ¿Pero de qué servía que un dios perdonara tus errores si nadie más lo hacía? Así que sacó un cigarro. Si perdía el tiempo lo suficiente podría regresar a casa, su amá pensaría que ya había ido a confesarse y él podría irse a dormir.

Después de fumar, entró y se sentó en la banca de atrás. El lugar estaba vacío, las misas del día ya habían acabado. Por lo menos ya podía decirle a su amá que había ido a la iglesia. La luz del sol entraba por los vitrales, haciendo resplandecer las imágenes de santos y cruces con cálices flotando encima. En las paredes había más imágenes de santos. Cuadros del arcángel Miguel atravesando al diablo con su lanza, de Juan Bautista parado en el río con los brazos abiertos sobre un cuerpo inclinado listo para ser bautizado y de la Virgen revelándosele a Juan Diego, él sosteniendo la tilma con su imagen. JD debía su nombre a ese santo y suponía que tenía suerte de no haber nacido pocos días después, el día de la Virgen de Guadalupe: su vida ya estaba bastante de la chingada como para encima haber tenido que soportar tener nombre de mujer.

Se sobó la frente, cansado, sintiendo el chichón, y recordó estamparse con la cara en el poste de la cerca. Se preguntó si Juan habría logrado huir de la chota y ahora se temía que no. Iba a ser su culpa por haber corrido y por haberle gritado a Juan que lo siguiera. ¡*Puta madre*!

• • •

De vuelta en su casa, JD miró su cuarto. Era un desastre: sus DVD por todas partes, su ropa y equipo de cine botados como basura. Ver todas esas viejas cámaras y videocámaras, compradas o robadas de Ejércitos de Salvación y ventas de garaje, bases y reflectores baratos que planeaba usar algún día para iluminación, sacados del fondo del clóset y aún sin usar, le resultaba… vergonzoso. Tenía la sensación —como Juan que no tan secretamente quería jugar básquetbol profesional— de que tratar de ser cineasta era una idea que había nacido jodida. Llevaba años acumulando equipo de segunda mano, queriendo crear monstruos como Guillermo del Toro o acción como Robert Rodríguez, pero no estaba seguro de cómo hacer nada más allá de almacenar cachivaches. Porque, puta madre, no tenía idea de por dónde empezar. Ni cómo. Y aun si lo intentaba, cualquier cosa que hiciera con elementos pinches, iba a quedar pinche.

Tomó una delgada videocámara de bolsillo, una Panasonic HM-TA1 que había encontrado en una tienda de segunda mano por veinte dólares y la única digital del grupo, y recorrió su cuarto mirando por el visor. Desde detrás de la lente el cuarto parecía de alguien más. JD nunca había filmado nada con ninguna de sus cámaras, más que algunas tomas de prueba, pero al ver su cama sin sábanas y el altero de ropa en el piso, los cajones abiertos y los estantes vacíos, decidió: *chingue a su madre*. Encendió la cámara, que sorprendentemente tenía diez por ciento de batería, e hizo un paneo de su cuarto.

—Esta mañana, mi amá encontró los condones en mi cómoda, los que mi apá tenía metidos debajo del asiento de su camioneta. Yo los escondí después de encontrarlos en Nochebuena. Y ahora mi jefe se ha ido. O, mejor dicho, mi amá lo echó a patadas.

JD grabó todo el cuarto y se detuvo en la nota que su amá le había pegado en el espejo. Hizo un zoom a su escritura, preguntándose cómo sonaría en video. Seguramente como un idiota. De todas formas continuó narrando:

—"Tu apá va a pasar por ti a las 6 para que vayan a recoger tu carro. No lo dejes entrar a la casa". Bueno, pues estoy bastante seguro de que yo le di en la madre a la familia… Corte.

Ni JD ni su padre dijeron una palabra al tomar la I-90 hacia casa de Danny. Su jefe seguía vestido del trabajo, las mangas arremangadas en los antebrazos, su tatuaje negro, el nombre de amá escrito en letra gótica —Estela— parcialmente expuesto. JD soñaba con cubrir su propio cuerpo de tatuajes, pero nada tan charro como un nombre —aunque fuera el de su amá—. La cabina de la camioneta olía a sudor y metal. En la caja de carga, las herramientas de su jefe, los cables para pasar corriente, y las tuercas y los tornillos sueltos se deslizaban de un lado a otro cada vez que cambiaba de carril y aceleraba por la autopista, el escape haciendo un escándalo a su paso.

•   •   •

La radio estaba sintonizada en KLAQ, la estación oficial de rock clásico pinche de Chuco, y apenas se oía. JD se esforzaba por saber qué canción estaban tocando, pero no lograba distinguirla. Era Poison o Mötley Crüe, alguna de esas mamadas sobreproducidas de *hair metal* que eran tan malas como la basura sobreproducida que le gustaba a los hípsters. JD se preguntaba qué le habría gustado a su padre cuando tenía su edad. ¿Metal o alternativa? ¿*Hip-hop*? ¿Norteño o mariachi? Quizá odiaba la música, deseaba poder vivir en el pueblo de *Footloose*. Fueran cuales fueran los gustos de su jefe, JD se preguntó por qué nunca antes había pensado en preguntárselo. Por qué no sabía nada de su jefe, excepto la cosa que *no* quería saber.

JD bajó la ventanilla y sacó el brazo; le gustaba sentir la resistencia mientras la cabina se llenaba del sonido del aire pasando. Sintió la mirada de su jefe y volvió a subir la ventana.

—No me digas que tu amigo vive pasando las Américas. Acabo de estar todo el día ahí.

—Se acaban de mudar. Su papá consiguió un puestazo cuando se retiró del ejército —dijo JD—. Se creen que ya la hicieron.

—No seas pendejo. Yo debería haber hecho eso, quedarme ahí de por vida. Ya sería E-9. Bueno, probablemente ya también me habría retirado, pero igual.

—¿Entonces por qué te saliste? ¿Qué es un E-9? —JD se acomodó, queriendo que su jefe hablara a la cámara que traía escondida debajo de la chamarra. Su apá sólo hablaba del ejército cuando JD no había limpiado el jardín según sus indicaciones o necesitaba un corte de pelo, cuando JD de veras lo hacía encabronar.

—Porque tu amá estaba embarazada de Alma —dijo—. Tu amá no quería dejar a tu abue y su familia. Me salí —inclinó la cabeza ligeramente, apretó la mandíbula— por *ella* —tenía la cara como si se estuviera aguantando las ganas de vomitar sus arrepentimientos por toda la cabina de la camioneta—. Nuestra vida hubiera podido ser diferente.

—¿Y un E-9?

—¡Carajo! —pisando fuerte los frenos, su apá dio un manotazo en el tablero mientras un Honda negro se les metía para tomar la salida de la autopista. Su cuerpo entero estaba tenso, los brazos flexionados, la mano izquierda agarrando el volante y el puño derecho suspendido en el aire, queriendo golpear. JD sabía que su padre en realidad no estaba encabronado con el conductor del Honda ni por tener que llevarlo al Lado Este. Pero esa era la clase de cosas por las que iba a pegar de gritos, en vez de los condones robados o que lo corrieran de la casa—. Ser E-9 es ser el jefe —dijo su apá, tranquilizándose—. Un grado más arriba de lo que llegó el papá de tu amiguito, por cierto.

Hasta donde JD sabía, su jefe siempre había estado a cargo de su propia vida. Había sido plomero desde que JD se acordaba, pero no era lo único que hacía. Instalaba tablaroca y pisos y techos y podía arreglar casi cualquier cosa de un coche. Trabajaba todo el tiempo, pero nunca parecía tener un jefe ni un horario fijo —y nunca parecía tener mucho dinero.

—¿Qué andabas haciendo hasta acá?

—¿Tú qué te imaginas?

—¿Un trabajo de plomería? —preguntó JD, mirando al frente, el camino despejado. La estación de radio cortó a estática cuando salieron de la autopista y tomaron por una calle sin luces de doble carril para llegar a Cascade Point.

—Por acá están construyendo fraccionamientos como locos. Deja más que pasarse el día limpiando caños y fosas sépticas.

—Ah —dijo JD—. Pero estas casas están bonitas —con los dedos tocó la cámara en el bolsillo de su chamarra, la parte de atrás tersa y cálida. No tenía ni idea de qué esperaba obtener, pero quizá su apá diría algo importante, algo para hacerlo sentir mejor sobre lo que estaba pasando y entonces lo tendría. Pero en vez de eso su apá resopló.

—Puta, las están construyendo demasiado rápido. Además están hechas de pura malla de gallinero y estuco. No sirven para nada.

—Pensé que eran casas para los ricachones.

—Algunas sí, pero hasta esas las construyen exactamente igual. La mayoría de los lugares aquí no cuestan nada. La gente de Central y el Valle Bajo se está mudando para acá. Todos los soldados nuevos que llegan a Fort Bliss. Dentro de unos años se va a poner pinche. El papá de tu amiguito nomás cambió un gueto por otro… ¿Ese es tu carro?

Su apá no perdió tiempo, se orilló junto al Escort y fue por su caja de herramientas, le pidió las llaves con un gesto antes de abrir la puerta y luego el motor. Por primera vez en todo el día se veía relajado. Cómodo. JD no sabía si *él* mismo se veía así cuando hacía alguna cosa. Seguro que ni cuando dormía. Sin decir palabra su jefe revisó el motor, sin tocar nada. JD quería saber qué estaba viendo su apá, saber cómo funcionaba su coche; pero su apá nunca le había enseñado, no en serio, siempre estaba muy ocupado o le explicaba las cosas demasiado rápido, cuando llegaba a explicarle algo.

—Pruébalo —dijo su apá, lanzándole las llaves otra vez a JD, que apenas iba saliendo de la camioneta y por poco las tira. Se sentó detrás del volante, respiró, y giró la llave, deseando que, de alguna manera, el coche no arrancara. Por supuesto que el motor resolló y cobró vida, como sabía que iba a pasar. Su apá apareció de pronto tras el parabrisas cuando cerró el cofre del motor—. Parece que ya está bien.

—Gracias, apá —JD miró a su padre. Su apá de seguro sabía que JD les había echado un cuento, que había abandonado el carro por razones que nada tenían que ver con una marcha descompuesta ni una batería muerta, pero no pidió respuestas ni explicaciones: echó sus herramientas a la caja de su camioneta, prefiriendo la mentira. ¿Estaba mal JD por querer respuestas de su jefe? ¿Saber por qué su apá estaba viendo a otra mujer? ¿Saber quién era? Se sentía como un perfecto hipócrita.

—Te me vas derechito a la casa —dijo su apá, sin molestarse en voltearlo a ver—. Y ponte hielo en ese chichón. Se te ve un bulto en la cabeza.

—Te juro... te juro que no quería arrancar —JD tartamudeó—. No es mentira.

—Derechito a la casa —dijo su apá al acelerar el motor de la camioneta. Salió a la calle y JD sacó su cámara del bolsillo para grabar a su padre alejándose. Pero la cámara ya estaba fría, la batería muerta.

FABI Y SU CARIÑO
(CAPÍTULO CUATRO)

Fabi se sentó en el excusado a hacer pipí, sosteniendo el palito de plástico entre sus piernas. Después de pasarse todo el fin de semana en el ácido por Juan, se había preguntado qué tan mala iría a ser esta semana, y ahora el lunes en la mañana estaba empezando así. Era su tercera prueba de embarazo en tres horas. La primera había dado positivo, un signo de más color azul en la ventanita del resultado; la segunda no era clara, un par de líneas paralelas que debían significar positivo o negativo pero que más bien parecían un manchón rosa. Su periodo llevaba un mes de retraso, y hacía mucho más tiempo que ella no tomaba anticonceptivos —hacía siglos que no estaba con nadie y embarazarse no era algo que le preocupara, ni siquiera cuando conoció a Rubén.

Cuando terminó dejó el palito en el tanque del excusado, junto a una canasta de popurrí llena de polvo. La luz fluorescente del techo zumbaba y parpadeaba como siempre. El piso tenía que cambiarse, el moho parecía haber sustituido las juntas entre los azulejos cuarteados y disparejos. La llave goteaba sin parar. Quejarse con la casera, una mujer obesa llamada Flor Ramírez, sería una pérdida de tiempo. Juan le decía Jabba la Guarra… *horrible*. Pero *sí* era una floja. Flor seguía sin arreglar la ventana de la recámara de Fabi, que se había salido de su marco, y sin revisar la mancha de humedad que se estaba formando en el techo arriba de su cama. Había empezado pequeña, apenas un remolino, pero había crecido hasta convertirse en un huracán café de grandes aspas.

Fabi se lavó las manos y se volvió a sentar en el excusado, esperando que la prueba digital —*estúpidamente* cara— se lo dijera con todas sus letras. Si daba positivo, la palabra EMBARAZADA aparecería en el visor.

Mientras tanto, Rubén y Juan estaban sentados en la sala, incómodamente viendo la tele juntos. Por supuesto que Juanito *odiaba* a Rubén. Había odiado a todos sus novios. Fabi siempre había creído que Juan solo estaba siendo territorial, pero ahora no estaba tan segura. Después de ver su lucha de poder con el *coach* la otra noche, creyó posible que él pensara que todos los hombres, excepto el abuelo, eran sospechosos. Quizá los odiaba a todos. De todas formas, Rubén estaba siendo extrañamente paciente, soportándolo. Había sido idea suya ir a ver el juego de básquetbol de Juanito, y además no le había molestado que después los dejara botados, diciéndole a Fabi que no se preocupara. Como si lo plantaran todo el tiempo.

Luego, esta mañana, Fabi había tenido que ir a recoger a Juanito a la cárcel del condado. Le fijaron una fianza de $1.000, pero una compañía afianzadora —¡Libérese!— le cobró $300 por sacarlo. No muy *liberador* que digamos. Había habido muchas veces que Fabi había sentido que era una mierda de mamá, pero recogerlo de la cárcel y que él ni siquiera pareciera alegrarse de verla cuando lo soltaron, fue el momento más mierda de todos. Su vida era una especie de *sitcom* del gueto. Lanzó una mirada a la prueba de embarazo.

El palito blanco decía EMBARAZADA, y Fabi sintió como si sus huesos hubieran sido reemplazados por barras de acero. No podía moverse del excusado, así que solo ahuecó las manos sobre la cara y lloró. Había estado en el baño de su papá cuando se enteró de Juanito hacía casi dieciocho años, leyendo un palito similar cubierto de pipí. Recordaba que el baño olía a su colonia, ¿Aqua Velva o era Brut? Su madre acababa de morir, su hermana estaba a punto de irse a la universidad y desaparecer. Por lo menos esta vez no vomitó todo el lavabo.

Después de un minuto se dijo a sí misma: *Volver a empezar*. Se dio otro regaderazo y después de lavarse los dientes se puso ropa limpia, se arregló el pelo y se maquilló antes de regresar a la sala, sin estar del todo lista para lidiar ya fuera con Juanito o con Rubén.

—¿Por qué te tardaste tanto? —preguntó Juan,

señalando su tobillo izquierdo cuando Fabi llegó a la sala con él y Rubén—. Creo que me rompí esta cosa.

Su tobillo estaba morado y azul alrededor de la articulación y hasta los dedos del pie, con rayas de tigre hasta media pantorrilla. Fabi se fue a sentar junto a su hijo en el sofá; Rubén se inclinó hacia delante en la silla de otro juego acomodada frente a ellos. Juan había estado bien después del juego, salvo el estómago descompuesto, y Fabi se preguntaba cómo se habría lastimado tanto. Si la policía habría tenido algo que ver en esto. Estiró la mano para tocarle el tobillo pero Juan lo apartó, con una mueca de dolor.

—¿Quieren un aventón al hospital? —Rubén le preguntó a Fabi, ignorando a Juan—. No es ningún problema.

—No —Juan lo cortó antes de que Fabi pudiera contestar—. ¿Por qué no te vas de una vez? ¿No te tienes que ir a hacer tus *gangas*? —se dejó caer en su asiento y cruzó los brazos, como todo un adolescente enojado.

—Ya, Juan —dijo Fabi—. Estás siendo grosero con nosotros.

—¿Ustedes dos ya son un "nosotros"? Ah, ya entendí —Juan estaba tratando de hacerla sentir peor que la peor madre del planeta. Lo estaba logrando.

—No te quisiera molestar —Fabi le dijo a Rubén, tratando de ignorar a Juan. Rubén se levantó a medias, como si quisiera ir a sentarse con ellos al sofá, pero ella le hizo una seña de que se sentara y no estuviera fregando.

—No es ningún problema —insistió Rubén, reacomodándose en su asiento.

—*Yo* sí creo que es un problema —dijo Juan—. Pero aquí a nadie le interesa mi opinión.

—¡Ya cállate! —Fabi se sentía como la cuerda que jalan dos bandos en una lucha de fuerzas—. ¡Ya estás metido en suficientes problemas! Y Rubén, gracias por la oferta, mi cariño —de inmediato deseó no haberlo llamado así, él con la misma sonrisa dientona que ponía al final de sus charros anuncios de coches usados.

Esa sonrisa. ¿Sonreiría de la misma manera al oír la noticia de que ella estaba embarazada? ¿Se pondría todo noble, diciéndole que estaría ahí para ella y el bebé, y quizá hablando en serio? ¿O ella descubriría que Rubén tiene otros chamacos regados, un historial de embarazar mujeres y largarse, para nunca más volver? La sola posibilidad de esto la impactó, y lo que la impactó más aún fue darse cuenta de que no conocía a Rubén lo suficiente como para poder adivinar qué iba a hacer. Pero todo eso tendría que esperar hasta después de lidiar con el tobillo de Juanito.

—Te llamo más noche. ¿Okey? —le dijo a Rubén—. Hoy tengo las manos llenas.

—Okey... bueno pues —dijo Rubén, aún sonriendo mientras se levantaba rápidamente para irse. Juan exhaló fuerte, como hacen los adolescentes cuando no tienen palabras para expresar lo estúpido que les parece todo, y se enfocó en la televisión, repentinamente interesado en un programa de cocina donde una mujer parecía estar envolviendo en tocino todo lo que estaba preparando.

· · ·

Sin seguro, la atención en urgencias costó $120 por la consulta y otros $30 por la férula que el doctor le puso a Juan en el tobillo —por no hablar del día sin paga y la sermoneada que Fabi iba a tener que soportar de su jefe, el señorcito de veinticinco años, apodado Chuchi, que había abandonado la carrera de negocios en la UTEP después de un semestre—. La mañana entera tenía un precio de $450, más de lo que Fabi tenía. Al parecer, el costo también había sido alto para Juan; Fabi se daba cuenta porque él no dejaba de mirarse el tobillo como si le hubieran amputado el pie.

—Por lo menos no está roto —dijo Fabi cuando manejaba de camino a casa—. El doc dice que más o menos en un mes vas a estar bien. Solo es un esguince.

—Con daño en los ligamentos. ¿Cómo se lo explico al *coach*?

—No es el fin del mundo. Puedes enfocarte en tus calificaciones en vez del básquet.

—Es demasiado tarde para enfocarme en mis calificaciones, no serviría de nada —dijo Juan—. Además, ya estoy reprobando.

—¿Estás reprobando? —preguntó Fabi. ¿Cómo que estaba reprobando?

—Qué mal que no lo sabías —Juan volteó hacia fuera por la ventana del copiloto, su reflejo en el vidrio parecía estar flotando a lo lejos, a un mundo de distancia.

—¿Por qué te la pasas echándome mierda? Yo no hice nada. *Tú* eres el que acaba de salir de la cárcel. *Tú* eres el que está en problemas, no yo. ¿Entiendes? —le pisó a fondo al acelerador de su vieja camioneta, el motor se revolucionó a tope y ella cambió de velocidad rápidamente, y el viejo Mazda negro salió disparado por la calle.

—*Yo* ni siquiera hice nada.

—*Dime que lo entiendes*, Juan.

—Que sí. Ya entendí.

—A nadie lo meten a la cárcel por no hacer nada —Fabi apretó el volante, los nudillos se le pusieron blancos.

—Pues a mí sí, pero lo que tú digas —se movió en su asiento. Apartó su cuerpo de ella, como si fuera radiactiva.

—Ni una palabra más, cabrón. Estoy tratando de pensar qué voy a hacer contigo —sus manos parecían dos nudos feos. Como si no fueran suyas.

Dentro de varias semanas Juan tendría que presentarse a la lectura de cargos —así que iba a necesitar un abogado, y hasta uno regular iba a costar más de lo que Fabi podía pagar—. ¿Qué tan malo sería usar al defensor de oficio? ¿Qué tan grave sería eso de evadir el arresto? Y luego estaba el bebé. ¡*Embarazada*! ¿De cuántas semanas? ¿Cuatro semanas? ¿Ocho? ¡*Ay, Dios*!

Fabi pasó a toda velocidad por una intersección de cuatro sentidos sin quitar el pie del acelerador.

—¡Mamá! ¿Qué pedo? —Juan se preparó para el impacto, y dio un gruñido al pegar con el tobillo lastimado en el piso del coche.

Ella lanzó una mirada al velocímetro—100 km/h—y quitó el pie del pedal. Le dolían los nudillos de lo fuerte que estaba apretando el volante. Aflojó las manos, que ahora le temblaban.

—¿Qué te pasa? —preguntó Juan, sosteniendo su tobillo delicadamente—. ¿Y además, adónde vamos? Ya nos pasamos de la casa —el color se le había ido de la cara, tenía los labios secos, de un rosa grisáceo, los ojos rojos.

El corazón de Fabi latía fuerte en su pecho.

Juan la miraba fijamente.

—Ma, ¿qué te pasa? —dijo—. ¡Nos podían haber chocado!

—Te voy a llevar a casa del abuelo —dijo Fabi, una idea que se le ocurrió mientras la decía—. Allá estarás bien.

Había decidido que no podía esperar más tiempo para ver al doctor. Encontraría a uno hoy mismo, diría que es una emergencia, y no se marcharía del consultorio hasta saber todo lo que necesitaba sobre el embarazo. Después lidiaría con el costo.

El abuelo estaba sentado en el porche, tomando de una lata de medio litro y, como siempre, con su overol Dickies azul. Un paliacate recogía el sudor de su frente; a sus pies había una caja de herramientas abierta y un radio AM/FM con la antena extendida, canciones viejas llenas de estática vibrando en las bocinas agrietadas. El jardín, que antes tenía pasto —Fabi recordaba cuando era niña y se quitaba los zapatos para sentir las suaves briznas verdes entre los dedos de los pies—, ahora era un lote de tierra dura lleno de carcachas paradas, esperando a que él les diera su atención.

El papá de Fabi no se movió cuando la vio llegar con Juan. Fabi se preguntó si ya se habría enterado de la visita de Juan a la cárcel del condado. Las noticias —como los arrestos, los bebés no planeados, los divorcios y las muertes— viajaban rápido; los metiches de Central no tenían nada que envidiarles a los paparazzi de Hollywood. Fabi apagó el motor y permaneció sentada hasta que el ruido murió entre toses; no estaba del todo lista para caminar hasta el porche. Desde su retiro tras veinte años de trabajar para la ciudad como electricista, su papi ganaba dinero extra arreglando coches o lavadoras descompuestas—en realidad cualquier cosa, era el reparatodo del barrio—y cuando acababa su trabajo del día, se pasaba el tiempo relajándose en el jardín trasero, trabajando pacientemente en un viejo Chrysler que ella estaba segura que nunca iba a terminar. Probablemente estaba allí desde que ella tenía la edad de Juan. El padre de Fabi se puso de pie cuando ella finalmente bajó de la camioneta de un salto, mirándola, desconfiado como siempre.

—Hola, papi —dijo Fabi, respirando profundo y luego subiendo los escalones para alcanzarlo—. ¿Está bien si Juan se queda aquí un rato?

Dando un sorbo a su cerveza, su padre estiró el cuello para ver a Juan, que seguía sentado en la camioneta, inexpresivo.

—¿Está bien para *él*, Fabiola? Parece que a *él* le molesta la idea.

—Él está *perfecto* —suspiró Fabi—. Se lastimó el tobillo y no quiero dejarlo solo en la casa.

—¿En el departamento?

—*Sí*, el departamento —el abuelo asintió con la cabeza, con su habitual expresión de sabelotodo—. En el doctor le dieron medicinas a Juan, y no quiero que esté solo mientras las esté tomando.

—¿Dices drogas? ¿Qué le dieron, ácido? ¿Mota? Pinches doctores son peores que los narcos.

—Solo es ibuprofeno. Para la inflamación.

—¡¿Qué clase de drogas te estás metiendo en realidad, m'hijo?! —le gritó a Juan, allá abajo—. ¿Te vas a poner todo loco o algo? ¿Me vas a comer la cara? ¿Mejor te dejo encadenado en el jardín? —Juan le devolvió la mirada.

—No se va a poner loco —dijo Fabi que no quería discutir, por lo menos no todavía—. ¿Te lo puedo dejar aquí o va a ser demasiado para ti?

Se daba cuenta de que lo estaba haciendo encabronar; él se frotó la cara y luego la volteó a ver con la misma mirada que le ponía cuando era adolescente. El ceño fruncido. Los ojos entrecerrados. Pero ahora las arrugas alrededor de sus ojos eran más marcadas, las manchas de sus cachetes más oscuras.

—¿Y dónde se lastimó?

—Tú pregúntale. Te va a contar y quizá entonces *tú* puedas decirme exactamente qué demonios pasó.

—¿Trabajas hoy en la noche? —el abuelo estaba parado suficientemente cerca de Fabi como para abrazarla pero no lo había hecho. Ella tampoco se había acercado a abrazarlo. Cada momento entre ellos era así, un momento de *casi* algo. *Casi* un pleito. *Casi* un cese de hostilidades. *Casi* el apocalipsis.

—Si es mucho problema, mejor olvídalo. Estaba pensando en lo mejor para Juan. Tu nieto.

—No dije que no. No seas tan grosera... y ven a darle un abrazo a tu jefe, por el amor de Dios. Quieres favores pero ni siquiera los pides por la buena.

¿Por qué tenía que ser tan imbécil? Fabi le hizo una seña a Juan para que viniera con ellos. Finalmente Juan bajó trabajosamente de la camioneta y subió los escalones cojeando, mientras el abuelo le decía:

—Tengo unas muletas en alguna parte del jardín.

—Gracias, pa —dijo Fabi—. Paso por él en la noche. Solo tengo que ocuparme de algunas cosas.

—¿Como ir a trabajar?

—Eso también —Fabi suspiró—. Entonces mañana. Paso por él en la mañana.

Fabi besó a Juan en la frente y le dijo que al otro día lo llevaría a la escuela, sin discusiones, y luego se fue derechito a la camioneta. Salió en dirección de Proyecto Vida, una clínica gratuita, decidiendo finalmente que tenía más tiempo que dinero. Llamó a Rubén, escuchó su música de llamada entrante, un reggaetón cursi que no reconocía y sonaba horrible. Rubén no contestó, su buzón de voz le indicó que dejara un mensaje y él le devolvería la llamada. Fabi ya había salido antes con hombres como Rubén, de tipo presumido. De tipo macho. Rubén era más lindo que los otros. Pero Fabi sabía que ser lindo y ser bueno no es lo mismo. Solo están emparentados. Lindo es como el primo de Bueno, muy simpático pero a veces medio turbio. Aun así, Fabi había decidido que sí le diría a Rubén de su embarazo —no pensaba repetir el *mismo* error—, pero hasta que supiera qué iba a hacer al respecto. Colgó sin decir palabra.

En la sala de espera, Fabi trataba de no volverse loca revisando sus cuentas por pagar; su correspondencia seguía metida en su bolsa desde ayer, cuando Flor había tratado de arrinconarla en los buzones y Fabi había salido de prisa para escapar. Desde luego que ponerse a ver los recibos no ayudaba. La tarjeta de crédito en la que pensaba que quizá podía cargar lo del abogado estaba casi al límite. El préstamo de nómina, usado para comprar una transmisión nueva cuando murió la de su camioneta carcacha, ya se iba a vencer. Le debía la renta a Flor.

Una TV sin sonido colgaba de la pared, en general ignorada por las otras embarazadas de la sala, la mayoría de la mitad de la edad de Fabi. Parecían ocupadas leyendo panfletos u hojeando las revistas de maternidad. Contemplando sus celulares con la mirada vacía. En televisión pasó uno de los charros anuncios de Rubén. Era en el que salía disfrazado de soldado, luchando la "guerra contra los precios altos". Por Dios, qué ridículos eran.

Fabi pensó en los siguientes años de las futuras madres. No solo los momentos después de que nacieran sus bebés —las noches sin dormir y los horarios de comida, pensando que quizá lo estás haciendo todo mal— sino la maternidad después del principio. La parte donde *sí* lo haces todo mal. Alguien había olvidado un ultrasonido en la mesa junto a ella. Fabi recordó la primera vez que vio el suyo, la manchita en la pantalla, el parpadeo que emanaba desde algún lugar en su interior. El latido del corazón de Juan. Ese había sido el momento en que se había dado cuenta de que lo iba a conservar; antes pensaba que no.

Fabi llegó al último sobre del montón, las esquinas dobladas y blandas. Como si las hubieran frotado. Fabi reconoció de inmediato el nombre en el remitente: Armando Aranda, 999178, Unidad Polunsky, 3872 FM 350, South Livingston, TX 77351.

Tírala, fue lo primero que pensó. *Haz lo que sea menos leerla*. Armando Aranda. Era un novio de hacía una vida. Su cariño. Llevaba años sin pensar en Mando y ahora tenía una sensación de lo más extraña, como si estuviera viajando en una especie de máquina del tiempo: una máquina del tiempo jodida que la estaba arrastrando a los peores momentos de su vida. Miró la dirección. ¿Por qué ahora?

Ella nunca había respondido a una sola de sus cartas después de que lo sentenciaron. Era una de las formas en las que había planeado seguir adelante con su vida; durante mucho tiempo Fabi lo había culpado por haberla hecho perderse los últimos momentos de su mamá. Finalmente, las cartas pararon. Y ahora no sabía qué esperar después de haberlo cortado tan tajantemente. ¿Enojo? ¿Odio? Quizá, pero Fabi presentía que no era por eso que le había escrito.

Algo más tenía que estar pasando. Algo dramático. Tocó las esquinas dobladas del sobre. Maldición. Ya estaba a punto de llorar. El Mando que Fabi recordaba no era un conquistador pero tenía labia, era listo pero no lo sabía —como Juanito— y era irremediablemente honesto. Ahora se preguntaba, ¿en qué clase de hombre se habría convertido Mando en el pabellón de la muerte? Y con un desgarrón feroz, abrió la carta.

Fabi:

He querido escribirte desde hace mucho tiempo y ha
sido difícil no hacerlo. Primero fue porque no quería
molestarte. No otra vez. Sé que tienes un hijo, quizá más
niños, toda una familia. Una vida. Yo he pasado más de
diecisiete años en este lugar. Más tiempo del que podía
haberme imaginado. Pero ya se me acabó el tiempo.
Tengo fecha para la aguja. Es el mes que entra. El día de
San Valentín.

    Tú eres la única persona en toda mi vida a la que
amé completamente. Antes de ti solo tuve a mi jefe en
mi vida. Era un cabrón difícil de aguantar, siempre nos
estábamos peleando y él me partía la madre, así que eso
de ser un hijo bueno, que lo quisiera a pesar de todo, fue
demasiado para mí. Contigo nunca tuve que esforzarme.
Todo fue fácil siempre —bueno, hasta que le di en la
madre a todo—. Sería bueno si me pudieras escribir
antes de que se me acabe el tiempo.

Mando

Armando Aranda, 999178
Unidad Polunsky
3872 FM 350 South
Livingston, TX 77351

MÁS DE LO QUE PUEDES MANEJAR
(CAPÍTULO CINCO)

—Vas a superar esto, Juan. Dios no le manda a nadie más de lo que puede manejar —estaba diciendo Eddie. La práctica de periodo cero y primero ya casi terminaba. JD y Eddie habían gravitado hacia Juan, que pedaleaba sin parar en una bicicleta fija que le habían puesto a un lado de la cancha en el CAP. El abuelo se había despertado temprano y lo había llevado en la camioneta de su ma. Ella había pasado por él a casa del abuelo pero se había quedado dormida en el sofá, y por una vez en la vida el abuelo decidió ser buena onda, no quería que caminara con el tobillo "amolado".

—Excepto cuando te manda mucho SIDA —replicó JD—. O cáncer.

—No estoy hablando de eso —dijo Eddie—. Te está poniendo a prueba, Juan.

Juan no tenía ganas de recibir inspiración del base

suplente, el tipo que ahora iba a tomar su lugar en la alineación inicial y a quien el *coach* Paul le había dicho que se quedara a su lado.

—Ajá, y a toda la gente que se ha suicidado también los estaba poniendo a prueba, ¿no? —dijo JD, volviéndose hacia Juan—. ¿Qué le pasa a este güey?

—Entiendo lo que dices, Eddie —dijo Juan, deseando que los dos se callaran—. JD solo está siendo... JD —lo único que Juan quería era terminar con el día, irse a casa y pedirle perdón a su ma por haber sido arrestado, por costarles dinero que él sabía que no tenían. Seguir rehabilitando su tobillo.

JD miró a Juan con cara de confusión.

—No me digas que le estás comprando esta basura del Máximo Desafío de Jesús. Si tú ni vas a la iglesia... —el *coach* Paul los veía desde el centro de la cancha. JD y Eddie tenían una pelota en la mano en lugar de estar haciendo sus ejercicios de enfriamiento: una sesión de tiros en círculo que hacían ya cansados después de entrenar. Juan seguía dándole duro a los pedales de la bici mientras el resto del equipo tiraba canastas, el sonido de las pelotas chocando contra el borde y rebotando en el piso del gimnasio constantemente. Esto iba a acabar mal para JD y Eddie: el *coach* Paul siempre se encabronaba cuando alguien se ponía a platicar.

—A lo mejor esta es la manera de Dios de acercarse a ti, Juan —dijo Eddie—. Él trabaja de maneras misteriosas.

—Eso es *más* basura. La gente solo dice eso cuando no puede explicar por qué pasan chingaderas —argumentó

JD—. Mira, carnal, siento mucho que te hayas chingado el tobillo. Supongo que no debiste haberme seguido, pero si lo piensas, la chota y los muros son el verdadero problema. No yo.

—Me estoy tratando de concentrar en esto —dijo Juan, queriendo ignorarlos a los dos. A JD le encantaba ponerse como loco cuando hablaba, ya estaba agitando los brazos, su boca aleteaba como alas de colibrí. Su locura no era distinta de la de Eddie.

Eddie se inclinó hacia Juan.

—Con Dios siempre hay una esperanza, un camino —dijo, casi susurrando—. Pon tu fe en Él —Eddie sería el recluta perfecto el año entrante. Si el papá de Danny iba a grabar y editar sus juegos, y Eddie les hablaba de Dios a los reclutadores y entrenadores, seguro iba a sacarse una beca en algún instituto pequeño o una universidad cristiana, aunque su juego fuera la mitad de bueno que el de Juan.

—¿Ya acabaron de hablar, par de retrasados? —gritó el *coach* Paul desde el otro lado del gimnasio—. Se me forman todos. Si tienen suficiente energía para estar platicando, tienen suficiente energía para correr.

El *coach* Paul dio un silbatazo y los Panteras gruñeron mientras dejaban sus ejercicios de enfriamiento y se formaban sobre la línea de base. Juan deseaba poder estar en la cancha, capaz de correr a toda velocidad. Dentro de seis semanas la temporada —su temporada— habría terminado. Lo estaba matando pensar que nunca más podría volver a jugar en un equipo.

Juan pedaleó más duro, su tobillo vendado y embutido en un tenis con las agujetas sueltas. Adormecido. El doctor de urgencias le dijo que tardaría seis semanas en sanar, pero había una posibilidad de que pudiera reponerse antes —si hacía la rehabilitación—. Juan nunca antes se había lastimado, y ver su tobillo —en cierto punto parecía que le estaba saliendo una cabeza de *alien* morado de un lado del pie— lo había sacado de onda. Como sabía que lo más importante de la rehabilitación es reducir la inflamación, había empezado una dieta rigurosa de ibuprofeno y ejercicios para el tobillo. El doctor le había dicho que se la tomara con calma algunos días, pero no había tiempo para andar con pendejadas. Ya estaba empezando a apoyarse, esperando regresar a la cancha en la mitad del tiempo. Así que en una de esas... quizá Eddie no andaba tan errado. Rezar un poco no estaría de más, aunque Juan nunca antes había rezado.

Los tenis rechinaban mientras el equipo corría de la línea de base a la línea de tiros libres y de regreso, luego hasta media cancha y de regreso, hasta que cada jugador hacía el recorrido de un extremo a otro. JD iba perfectamente posicionado a la mitad de la manada. Él no cojeaba. A *él* no le estaban pasando eventos locos que te pueden arruinar la vida. Como mínimo, JD debería haberse hecho responsable de huir de la chota, *y* debería haberle preguntado a Juan sobre su detención —cuando le tomaron las huellas digitales y le sacaron la foto para su expediente—. Debería haberle preguntado sobre los cargos y la fianza

—el propio Juan no acababa de entender bien lo de los cargos, pero de todas formas—. A JD debería haberle importado, en vez de valerle madres.

—Demasiado lentos —gritó el *coach* Paul—. Contra los Tigres siempre llegamos tarde. Tarde con las asignaciones. Tarde con los apoyos laterales débiles. Llegamos tarde a todos los balones sueltos —dio un silbatazo y el equipo volvió a gruñir colectivamente mientras se formaba otra vez sobre la línea de base—. Los muchachos de Irvin juegan rápido y son agresivos. Se suponía que la velocidad era nuestra ventaja. Un equipo de mexicanos no pueden darse el lujo de ser chaparros *y* lentos, por lo menos no en la cancha. Solo tenemos hasta el jueves para solucionarlo. El juego es el viernes —mientras Juan pedaleaba, el *coach* Paul se acercó a él y lo observó sin decir palabra. Juan seguía pedaleando, los ojos al frente—. Te tengo un trabajo —dijo finalmente el *coach*—. Ven a verme a mi oficina después del entrenamiento —el *coach* no esperó a que Juan respondiera, simplemente se alejó caminando mientras el equipo seguía corriendo, Juan pedaleando con todas sus fuerzas.

La oficina del *coach* Paul olía como el cuarto de pesas, a cuero enmohecido y sudor. A Juan le gustaba ese olor mohoso; de alguna manera lo tranquilizaba. Las paredes de la oficina estaban cubiertas de trofeos y viejos recortes de periódico de glorias pasadas de las Panteras, cada uno doblado cuidadosamente dentro de marcos que parecían de madera pero eran de plástico. También había fotos del *coach* Paul de joven con su equipo Campeón Nacional 1997 de la Universidad de Arizona, detrás de su escritorio. Una colección de tazas de café y montones de papeles y fólders atiborraban la superficie. Juan siempre se había sentido afortunado de jugar para el *coach*, agradecido de que lo hubiera llamado al equipo desde su primer año en *high school*, siendo el primer alumno de noveno en entrar a media temporada en la historia de la escuela. Había reemplazado a un alumno de doceavo, nada menos —al base titular lo corrieron del equipo cuando lo apañaron manejando con mota en su coche.

El *coach* Paul llegó apurado a su oficina y se desplomó en el asiento detrás del escritorio.

—No vas a ir a la cárcel, ¿verdad? —miró a Juan un momento, luego se asomó a cada taza hasta encontrar una que aún tuviera un sorbo de café—. No andas por tu barrio vendiendo drogas, ¿no?

—No —dijo Juan—. Solo estaba huyendo de la policía. Siguiendo a JD. Eso fue todo.

—Eso fue un error. Ese chavo es un cabroncito. Mira, mientras la policía no venga y te lleve arrastrando, no hay bronca. El problema grave que tenemos es que estás a punto de ya no ser elegible. Estás reprobando Álgebra —tamborileó en la taza—. ¿Y bien? ¿Qué tienes que decir al respecto? Después de todo lo que he hecho por ti, esperaba más. Carajo. Apenas pasaste Español el semestre pasado.

—Le estoy echando ganas —dijo Juan, tratando de recordar dónde había quedado su libro de Álgebra.

—No mames. La Sra. Hill dice que para despejar las *x* eres como los ilegales para pagar impuestos. Pero tampoco vas a las tutorías.

—Las tutorías son a la hora del entrenamiento —protestó Juan. La Sra. Hill daba sus tutorías en periodo cero, entre las horas matutinas de demasiado-pinche-temprano y tengo-cosas-que-hacer—. ¿A qué horas se supone que debo ir?

—¿Me estás tratando de decir que no puedes encontrar a algún chavo listo que te dé una tutoría? Apuesto a que la popular estrella de básquetbol puede encontrar a *alguien*.

—Supongo —como siempre, el *coach* no entendía; confundía talento con popularidad como confundía el correr constantemente por toda la cancha de básquetbol con una buena ofensiva. Como confundía sus chistes pendejos con algo chistoso. Juan no tenía idea de quién podía darle unas clases de Álgebra. JD era peor en matemáticas que él. Danny era listo pero probablemente no fuera muy del tipo de dar clases. Esos eran los únicos amigos de Juan.

—Muy bien. Ya van dos problemas resueltos. El último. ¿Vas a poder regresar esta temporada? —el *coach* se inclinó hacia delante en su silla. Obviamente este era el problema más importante para él.

—Sí —dijo Juan, empezando a rotar su tobillo diez veces en el sentido de las manecillas y luego al revés, tratando de no poner cara de dolor—. El doctor dice que no hay problema —cerró los ojos y trató de concentrarse, visualizando que bajaba la hinchazón de su tobillo, que se desvanecían los moretones.

—Eso es bueno —dijo el *coach* Paul, asintiendo con la cabeza—. Porque tengo un amigo que es *coach* en Arizona, y estaba pensando pedirle que se diera una vuelta por acá para verte jugar. Te he estado poniendo por las nubes.

—¿De la Universidad de Arizona? —Juan se enderezó—. Estaría pocamadre... digo, sería una buena oportunidad —sabía que era un error dejar volar su imaginación, pero no podía evitarlo: ¡*básquetbol colegial*!

—Tranquilo, muchacho. Dije *en* Arizona. Mi cuate es *coach* en la universidad pública de Tucson, el Pima Community College. Donde *yo* daba clases. Todo lo que le conté de ti fue antes de este problema en el que te metiste. Antes de que tus calificaciones se fueran a la mierda, y ahora tu lesión del tobillo. Estoy a punto de cancelarlo todo, la verdad. Mira, me la estoy jugando contigo. No puedo arriesgar mi reputación por ti, ¿verdad?

—Lo único que hice fue huir de la chota. No hice algo malo.

—Nada. No hiciste *nada* malo. ¿Y de cuándo a acá la gente inocente huye de la chota? —el *coach* Paul exhaló fuerte y puso los ojos en blanco—. La Sra. Hill dice que tienes un examen importante dentro de poco, así que esto es lo que vamos a hacer: si no pasas, cancelo todo. Seguro vas a acabar picando.

Al *coach* Paul le gustaba categorizar a los alumnos de la Austin High School ya fuera como los que "pican piedra" o los que "rastrillan jardines". *JD dice puras mamadas; va a acabar picando piedra. Durán es un buen chico cristiano pero es muy pendejo. Es de los que rastrillan jardines.* Hasta ahora, Juan no sabía que a él también lo había botado en una categoría... o estaba a punto de hacerlo.

—Puedo pasar su estúpido examen.

—Bien. No quiero hacer que mi cuate desperdicie su tiempo. Sabes que ahora tengo a Durán, de onceavo, en tu lugar. ¿Crees que pueda manejar la posición hasta que regreses?

—¿El fanático cristiano? Yo seré pésimo en álgebra pero por lo menos sé cómo coordinar una ofensiva. Eddie podría ser titular conmigo si no se congelara y cagara todas sus asignaciones cada vez que sale a la cancha. Es peor que JD —Juan se sentía mal de echarle mierda a Eddie; el güey siempre había sido buena onda con él, pero *sí* era una máquina de perder balones.

—Por eso necesito tu ayuda en lo que pones tus cosas en orden, asumiendo que *puedas* hacerlo. Necesito que trabajes con Durán. Haz que entienda las jugadas. Si puedes hacer eso, le diré a mi amigo que mi base tiene muchos talentos. Que tiene que venir a verlo en persona. No te va a sacar una beca solo con mi palabra. Pero cuando te vea jugar, puedo hacer que te ofrezca una, sin problema.

Y allí estaba, lo que el *coach* en realidad había querido discutir desde un principio: la próxima temporada. Juan tendría que haberlo visto venir torpemente, como todas las otras jugadas que el *coach* diseñaba.

—¿Lo puedo pensar? —dijo Juan, tratando de canalizar su JD interior y sonar despreocupado.

—Estás bromeando, ¿verdad? —dijo el *coach* Paul, fulminándolo con la mirada. Juan se preguntaba si existiría la mínima posibilidad de que no fueran puros cuentos del *coach* Paul. Forcejeó con su imaginación para no enloquecer, para no pensar en los jugadores que habían pasado de 2ª División a 1ª División y luego, milagrosamente, a la NBA. Jugadores como Avery Johnson, Sam Cassell y John Starks.

El *coach* Paul se reclinó en su silla, despatarrado, como se ponía a veces durante los tiempos muertos, cuando el equipo contrario estaba enrachado.

—Bueno, como quieras. Ya sabes que tenemos partido el viernes. Si no estás en el gimnasio abierto hoy después de clases, sabré cuál es tu respuesta. ¿Entiendes? Espero que sea suficiente tiempo.

Sonó la campana y Juan asintió rápidamente con la cabeza antes de salir de la oficina. Siguió asintiendo para sí mientras cojeaba derechito a clase de Álgebra —nada de irse de pinta a fumar un cigarro en las gradas o a comprar unas papas con queso en Los Pasteles—. Expulsó de su cabeza la idea de la NBA, de una universidad grande, pero se quedó con el pensamiento de jugar en la pública. El Pima Community College podría ser *real*.

Juan solo tenía un par de dólares para comer así que decidió saltarse la comida y embolsarse el dinero. Sentado en Álgebra, se había dado cuenta de que seguramente estaría perdido a la hora del examen. Así que después de la clase se había ido cojeando al patio cubierto a pensar.

Las ecuaciones que la Sra. Hill había garabateado en el pizarrón le parecían un lenguaje incomprensible de letras y números. Su tarea era graficar ecuaciones de segundo grado usando la cara calculadora graficadora que no tenía, pero que Danny seguramente sí y además sabría cómo usarla. Le textearía a Danny después de clases para pedirle ayuda, quizá le preguntaría si podía caer a su nuevo chante.

Sentado en una banca, Juan vio a una chica que nunca antes había visto cruzar el patio caminando, con la mirada al frente y un salto en el andar. No estaba tratando de verse sexy estilo Hollywood ni como una chola cabrona, lo cual desde luego la volvía un poco de las dos. De inmediato Juan la quiso impresionar. Ella se detuvo frente a la biblioteca, a ver su teléfono.

—¿Qué buscas? —gritó Juan desde el otro lado del patio cubierto—. ¿Qué edificio?

—La oficina de archivos —le respondió la chica, volteando hacia él—. Tengo que recoger el expediente de mi primo. Al parecer, le prohibieron la entrada al campus.

—Es difícil de encontrar —mintió Juan, apoyándose en la banca para levantarse y cojear hacia ella—. Pero yo te puedo llevar, si quieres.

La chica sonrió, negando con la cabeza, incrédula.

—Pero si apenas te puedes mover. Yo la busco, gracias —sus dientes eran perfectos, lo que hizo que Juan se avergonzara de su propia parrilla chueca.

Juan se puso a saltar en una pierna, queriendo ver más de su sonrisa.

—Sí me puedo mover. De hecho, aquí yo soy el que la mueve. Pregúntale a cualquiera —Juan sabía lo estúpido que sonaba pero no lo podía evitar—. Soy Juan Ramos, base titular del equipo de básquet.

La sonrisa de la chica desapareció, reemplazada por una mueca burlona.

—Roxanne, y espero que seas mejor para rebotar balones de lo que eres para hablar con la gente.

—¿Qué quieres decir con *eso*? —Maldición. ¿Por qué no se rio y ya? Ahora hasta la mueca burlona había desaparecido.

—Guau —dijo Roxanne. Tenía el pelo negro, grueso y rizado, le caía botando hasta los hombros, los ojos café oscuro—. Estás bastante a la defensiva. Suenas muy sensible.

—No soy sensible —replicó Juan, sonando totalmente sensible.

—Bueno… ya me voy. Mucho gusto, Julio —le guiñó un ojo rápidamente, luego se dio la vuelta para irse.

—Juan —dijo Juan, ahora realmente fascinado con esta Roxanne chingona—. Y la oficina de archivos está al ladito de la estatua de la pantera. A fuerza la ves.

—Gracias por mentirme hace rato —dijo Roxanne sin mirar atrás.

Ya era tarde cuando Juan regresó a casa de la escuela; había aceptado la oferta del *coach* y se había reunido con Eddie en el gimnasio abierto. JD y Danny lo estaban esperando detrás del departamento, sentados en cajones de leche volteados al revés, como de costumbre. Los escondía una maraña de hierbas que les llegaban a la cintura, secas y amarillas, pero Juan podía oírlos platicar, reír. Ladraban perros, pero más por aburrimiento que por agresión. El vecino cruzando el callejón estaba viendo la tele y tomando una caguama, como casi todas las noches. A Juan le pulsaba el tobillo después de caminar a casa.

—¿De veras, cabrones? —dijo Juan, cojeando hasta ellos—. ¿Por qué están aquí? —el sol se empezaba a poner detrás de las montañas Franklin; Juan esperaba poderlos correr usando la vergüenza—. No anden aquí en el chante cuando yo no estoy. La Jabba se pone pendeja.

—No seas así —Danny sacó de su mochila una bolsa para sándwich arrugada con una delgada capa de mota en el fondo. La desenrolló y empezó a ponchar un churro—. Ya estoy empezando a creer todas las mamadas que dice JD.

—¿Cuáles mamadas? —dijo JD, volviéndose hacia Danny—. Yo no digo mamadas.

—Todavía es temporada de básquet —dijo Juan, negando con la cabeza hacia el churro.

—Dijiste que hoy en la mañana este güey estaba listo para unirse a un culto religioso —Danny siguió ponchando, la frente arrugada de concentración—. Tengo que decirles que los dos andan raros últimamente.

—Güey, acabo de salir de la cárcel del condado. Creo que dentro de unas semanas tengo que ir a juicio. No voy a fumar ni madres —un juez le había leído los cargos a través de un monitor de televisión mientras él estaba sentado en un cuartito, esposado, con un guardia armado a su lado. El juez le preguntó a Juan si entendía los cargos y Juan mintió cuando dijo que sí, haciendo un esfuerzo tan grande por no llorar que le costaba trabajo escucharlo. Lo único que Juan recordaba realmente era que debía esperar un citatorio en el correo donde se le volvería a explicar todo.

—Solo estuviste en el anexo, y hay mucho tiempo para sacarte esto del sistema —argumentó Danny. Volteó a ver a JD, que estaba mirando la pantalla de su cámara de video—. Guarda esa madre. ¿Por qué quieres grabar *esto*?

JD le puso la cámara en la jeta a Danny.

—Ya te dije que estoy haciendo un documental. Estoy tratando de registrar lo que nos pasa.

—¿De qué chingados estás hablando? —dijo Juan, que en realidad no quería saberlo. Deseó haber entrado a casa por el frente del edificio, arriesgarse a un enfrentamiento con Jabba la Guarra por la renta que debían o por el volumen de la música o por cualquier otra pendejada de la que se quisiera quejar. Siempre le tiraba mala onda, hasta cuando era chiquito y se quedaba solo mientras su mamá se iba a trabajar, y siempre le decía que no se acercara a sus flores. Que no les diera de comer a los gatos y perros callejeros. Que dejara de romper botellas a pedradas en el callejón (a Juan le encantaba el sonido). Si hubiera entrado por el frente se habría evitado a este par.

—Se la ha pasado hablando de "escenas" y que necesita

pietaje. No se callaba con el tema, hasta que llegaste. Es triste, la verdad —dijo Danny. Levantó el churro recién hecho para que lo viera Juan—. ¿Quieres darle primero?

—¡No! —Juan seguía de pie, no quería ponerse cómodo. Quería que se fueran.

—¡No es triste! —dijo JD, sonando desesperado por que lo tomaran en serio—. Quiero hacer un documental. Después de este año, ¿quién sabe qué va a pasar con nosotros?

—A mí me suena a que nomás estás grabando videos como una mamá triste —se burló Danny.

—¿Y tú por qué te sientes tan experto? ¿Por tu lindo uniforme de la escuela?

—Yo soy artista gráfico, güey —se rio Danny—. Y el año que entra voy a ir a la universidad —Danny encendió el churro y le dio una larga fumada.

—Dibujaste un cómic. Ni que fueras Stan Lee. Y no todos tenemos un papi con lana de Fort Bliss —dijo JD.

—Ni siquiera un papi —dijo Danny, sonriéndole a Juan antes de volver a fumar—. ¿Verdad, Juanito? —Danny soltó una densa nube de humo que lentamente envolvió a Juan.

Juan dispersó el humo con la mano. Danny podía ser un imbécil. ¿El humo de segunda generación aparecía en los exámenes de pipí? JD finalmente levantó la vista de la pantalla.

—Come caca —dijo Juan, alejándose de Danny.

—Tú y Juan probablemente vayan. ¿Pero yo qué? Estoy fregado —dijo JD.

Juan señaló su tobillo.

—¿*Tú* estás fregado? ¿Cómo voy a ir a la universidad? ¿Cojeando? Será una suerte si puedo regresar a la cancha antes de que acabe la temporada. Ahora ningún reclutador del planeta me va a querer. Ya valí madres.

Pero por la remota posibilidad de que este no fuera el caso, Juan *sí* había ido derechito a la oficina del *coach* Paul después de clases, donde el entrenador le lanzó el libro de jugadas y luego abrió el gimnasio. Juan de inmediato se puso a trabajar con Eddie, apegándose a los diagramas que el *coach* había trazado —algunos movimientos fáciles, leer y reaccionar, ataques por zona, las mismas pendejadas sin imaginación que el equipo siempre hacía— y Eddie nomás no entendía nada.

—Me siento súper mal por esa mamada —dijo ahora JD, señalando el tobillo de Juan.

A Juan le urgía meter el tobillo en hielo y tomar ibuprofeno. La pulsación se le estaba pasando a la cabeza.

—Pues hoy en la mañana no se notaba, cabrón. Tú y Eddie hablándome de Dios y madres así.

—Es que ya estaba harto de oír las tonterías de Eddie. Pero sí me siento pinche, en serio —dijo JD, mirando a Juan a los ojos.

—Te *deberías* sentir pinche. Fue tu culpa —concordó Danny. Estaba jugando con su encendedor Zippo, abriendo y cerrando la tapa; la bisagra hacía un sonido metálico satisfactorio. Dio otra fumada enorme, examinando el humo que salía de la fresa antes de ofrecérselo a JD—. Saliste corriendo como una perra asustada. Y ya te quedaste sin teléfono. Chance hasta sin un amigo.

JD tomó el churro y volteó a ver a Juan.

—¿Y yo cómo iba a saber que te ibas a chingar el tobillo? Yo tampoco salí ileso. Ahora en mi casa todo está hecho un desmadre.

Juan le sostuvo la mirada.

—¿Qué? ¿Te regañaron? ¿Te castigaron sin salir? ¿Tienes que ir más a la iglesia?

—Pues sí, me mandaron a confesarme —dijo JD, que ahora sostenía el churro en una mano y la cámara de video en la otra, grabando las líneas de humo que se retorcían en la punta.

—¿Le dijiste al cura cuánto te chaqueteas?

—Ni madres. No quería que pensara que le estaba presumiendo —dijo JD, dando una fumada.

—Ni coqueteando —agregó Danny.

—¿O sea que no te metiste en ningún problema real? —dijo Juan, que no estaba de humor para bromas—. Mira, yo tengo que lidiar con pedos de verdad. A ti nomás te mandaron a la iglesia. ¿A quién chingados le importa? Y a todo esto, ¿por qué corriste? Nunca huimos de la chota.

JD se tomó un momento antes de responder, le pasó el churro a Danny y esperó a que regresara.

—No sé —dijo JD finalmente—. Lo hice y ya.

—Porque es una perra —dijo Dany, riendo. Fumado—. Acabamos de hablar de eso.

Normalmente Juan hubiera estado fumando con ganas.

Hasta ponerse loco. Y aunque ahora parecía el momento ideal para hacerlo, ver a Danny con su uniforme, con la camisa blanca impecable metida en los pantalones kaki, el blazer azul marino, la corbata roja aún anudada y dramáticamente fuera de lugar entre las hierbas —fuera de lugar junto a él y JD— hizo que Juan no quisiera perder la lucidez nunca más.

JD dio otra calada y aguantó antes de soltar el humo tosiendo.

—En primera, güebos pinche Danny. En segunda, *Juanito*, quizá te podrías hacer responsable de tus actos. No tenías que correr. Además, solo pasaste un día en la cárcel del condado. No pudo haber sido *tan* malo.

No tan malo. Ajá. Los policías solo lo habían derribado al piso sin terminar de la sala cuando estaba tratando de entregarse, con las manos en alto. Solo se le habían echado encima todos en bola, solo le habían dado pisotones en la cara y rodillazos en la espalda cuando le torcían los brazos para ponerle unas esposas bien apretadas, solo le habían dado puñetazos en la nuca. Había olido las bolsas de pegazulejo para el piso nuevo apiladas por toda la habitación, había aspirado el polvo por la nariz y la boca. Ahora podía sentir que el miedo de ese momento regresaba rugiendo, burbujeando dentro de su pecho. Juan soltó un manazo que le tiró el churro de la mano a JD y luego lo apagó de un pisotón.

—¡Qué pedo! —dijo Danny.

Juan fulminó a JD con la mirada, entornando los ojos.

—No andes hablando de lo que no tienes puta idea.

No había podido dormir en la cárcel del condado. Algunos de los hombres de su celda eran tan viejos como el abuelo, tan frágiles y grises que se preguntaba qué podían haber hecho. Nunca dijeron una palabra. La mayoría eran borrachos gritones, que arrastraban las palabras y se quejaban de que eran chingaderas que los hubieran detenido cuando venían manejando. Pero la razón por la que Juan no pudo dormir fue el Monstruo, un tipo con cara de que lo habían arrestado en una pesadilla, que entró justo después que Juan, con sangre en la cara, la camiseta y los nudillos. Tenía Monstruo tatuado en el cuello. El Monstruo se pasó casi toda la noche tratando de hacer contacto visual con Juan y luego riéndose cuando Juan se volteaba para otro lado, todos los demás en el cuarto haciendo como que no estaba pasando nada.

—¿Ahora quién se puso como perra? —le espetó JD—. Déjate venir otra vez y verás lo que pasa.

—¿Qué va a pasar? —Juan se cernía sobre JD—. Los dos sabemos que cuando te asustas sales corriendo.

—No me digas —dijo JD, levantándose de un salto del cajón de leche, aún con la cámara en las manos—. Esto no es una cancha de básquet, culero. Ni tú eres una pandilla de polis.

—Le estás faltando el respeto a mi casa —dijo Juan, parado cara a cara con JD—. Te tienes que ir —el timbre de su propia voz lo sorprendió, lo suplicante que sonaba.

JD sonrió burlón.

—Tú no eres dueño de esto. No eres dueño de ni madres.

Ahí fue cuando Juan soltó el golpe, duro, un derechazo rápido que se estrelló en la mejilla de JD. La cámara cayó al suelo mientras Juan derribaba a JD de otro golpe, éste con la zurda, que le dio de un lado de la cabeza. Luego Juan se le echó encima, conectando golpes rápidos en la oreja y la nuca de JD. Sentía la sangre como navajas desgarrándole las venas, los músculos empapados de ira caliente, pero JD se escabulló y logró ponerse de pie. Le soltó un pisotón a Juan en el tobillo, y le dio justo arriba, en la espinilla. Un dolor candente lo estremeció. JD se puso a tirar puñetazos a lo loco mientras Juan trataba de pararse, tambaleante, y le conectó dos en la cabeza que lo volvieron a tumbar al suelo. Juan tenía el tobillo destrozado, no podía levantarse, y con JD encima de él, soltándole una lluvia de puñetazos, Juan sabía que estaba en problemas. JD era más fuerte de lo que Juan esperaba, más enojado. Podía sentir que le sangraba la nariz, el sabor a metal recubriéndole la lengua, y se vio obligado a ovillarse, tratando de protegerse el tobillo. Así que no vio a Danny buscando algo en su mochila. No vio a Danny sacar la pistola. Tampoco lo vio JD, cuyos puñetazos daban a lo loco en la espalda y los brazos de Juan. Pero los dos se congelaron en el instante en que oyeron el disparo. ¡*PUM*! El sonido los paralizó.

Danny soltó la pistola después de disparar al aire. JD se apartó de un salto, la cara roja, los ojos buscando. Juan se desenroscó lentamente. En el suelo junto a él estaba el arma, el cañón aún humeando. Podía oler el residuo de pólvora quemada, los químicos y lubricantes que el jefe de Danny usaba para limpiar el arma. La sangre de la nariz le goteaba por detrás de la garganta al tragar.

—¿Qué pedo, Danny? —gritó mientras JD volvía a recoger su estúpida cámara de video.

—¿Qué pedo *ustedes*? —gritó Danny en respuesta.

—¿De dónde chingados sacaste una pistola? —Juan ya sabía la respuesta. En la vieja casa de Danny en Central su papá tenía un pequeño arsenal; una vez Danny le había enseñado las tres escopetas y la colección de pistolas que su papá tenía escondidas en una mochila de deportes dentro de su clóset. Juan cerró los ojos y trató de respirar normalmente, pero el corazón le palpitaba, la piel le zumbaba como si pequeñas corrientes de electricidad la recorrieran.

—¿Por qué *traes* una pistola? —preguntó JD, bajando la voz.

—Es de mi papá —confirmó Danny—. Hace tiempo que la ando cargando.

—¿Por qué chingados la disparaste? ¿Estás loco? —preguntó Juan.

—No sé —el cuerpo de Danny era pánico puro, cara y cuello poniéndose rojos, respirando con dificultad—. Me pareció algo que pasaría en una película. Una pendejada dramática para que ustedes dos se dejaran de pelear.

A espaldas de Danny, Jabba venía hacia ellos hecha una furia, con un teléfono en la mano, gritando. Juan se imaginó que la chota ya venía detrás de ella como un ejército iracundo, la vieja gorda liderándolos como un general sanguinario feliz de entrarle finalmente a los putazos.

—¡Corte! —estaba gritando JD—. Corte, corte, corte. La Sra. Ramírez echó a perder la toma. Entró a cuadro —JD dejó la cámara apuntada a la escena un momento antes de bajarla—. ¿Cuántas salvas nos quedan? Díganme que todavía quedan.

—¿Qué babosadas están pasando aquí? —exigió saber Jabba, mirando cuidadosamente a los muchachos. Sus brazos desnudos y su cara estaban cubiertos de sudor, sus *shorts* eran unos *pants* recortados. La Sra. Ramírez vivía sola en el primer departamento del pasillo de Juan desde que él se acordaba —una viuda, según le contó su ma—. Juan nunca se creyó el cuento de que a su marido lo habían secuestrado y matado en Juárez, dejándole a ella sola la administración del edificio de departamentos. El güey seguramente quería desaparecer y se peló. Jabba era una casera de pocilgas que leía el correo de sus inquilinos y subía la renta sin previo aviso. Imposible que alguien la hubiera amado jamás.

—Estamos haciendo un video. Es para la escuela —dijo JD, levantando la cámara para que Jabba la viera—. Se llama "El club de la pelea mexicano". La pistola es una réplica.

Juan de inmediato le empezó a seguir la corriente y levantó la pistola, manejándola como si fuera un juguete, aunque no se sentía así para nada: era más como un martillo o un ladrillo.

—No es de verdad. Dispara salvas —agregó, esperando sonar tan despreocupado como JD. Se empezaba a preguntar si JD no habría descubierto algo bueno con su onda de aparentar que todo le valía madres siempre.

—¿Y tus drogas? ¿Esas también son para una película?

La bolsita de mota estaba en el suelo, pero en lo único que Juan se podía concentrar era el olor de la pistola. Danny se acercó lentamente y guardó la bolsita en su mochila.

—Por supuesto —dijo JD—. ¡Somos artistas! No se preocupe, somos profesionales.

—Lárguense, cabrones —dijo Jabba antes de volverse hacia Juan—. Voy a hablar con tu mamá, *tú* no te preocupes. Yo *también* soy profesional.

Fabi no estaba en casa, y Juan supuso que Jabba tendría que esperar para contarle lo de la pistola y la mota, aunque debió haberse tragado el cuento de la película, de lo contrario la chota se lo estaría llevando de regreso a la cárcel del condado más o menos ya. Maldición, eso estuvo cerca. Jabba ya antes había amenazado con echarlos, pero Fabi la había convencido de no hacerlo —como su inquilina más antigua, parecía ejercer cierto tipo de influencia, aunque Jabba odiaba a Juan—. Ahora su ma tendría que volverlo a hacer.

El sol se estaba yendo, las delgadas cortinas bloqueaban la luz que quedaba; Juan se sentó en la sala y metió el tobillo en una cubeta de hielo. *Puta*, cómo quemaba. Sacó su teléfono del bolsillo, pero por supuesto que la batería estaba muerta. No quería interrumpir su tratamiento para cargar su teléfono, pero eso también significaba no poder navegar con el wifi que Jabba nunca protegía con contraseña mientras se le congelaba el pie. Juan movió un montón de correspondencia que había en la mesa frente a él buscando el control remoto de la tele, y cuando no lo encontró empezó a repasar los sobres distraídamente. Cuentas y más cuentas. *Pobre ma.* Luego llegó a una carta con un nombre que no reconocía, por no decir nada de la dirección del remitente. *¿Una dirección de la cárcel?*

La cárcel. Verga, probablemente ahí habría acabado si Jabba hubiera llamado a la chota. Esa pinche pistola… ¿qué pedo con Danny? No quería pensar en lo del Álgebra y que se le había olvidado pedirle ayuda a Danny, no quería pensar en su tobillo ni en la pelea con JD. En Eddie Durán ni en su trato con el *coach*. En el juicio. En la cárcel. Sostuvo la carta abierta en su mano y se preguntó si debía leerla; podía apostar a que su ma no la había dejado ahí afuera intencionalmente. Volvió a leer el nombre en el sobre: *Armando Aranda, 999178.* Juan le estaba dando en la madre a su vida con tal facilidad, que hasta él se cagaba de miedo. *¿Qué tan gravemente tienes que cagarla para que tu nombre acabe con un número adjunto?* Juan decidió leer la carta, preguntándose si la respuesta podría estar ahí dentro.

EL CUTLASS
(CAPÍTULO SEIS)

Tomasito estaba brincando en la cama de JD, hundiendo el centro y traqueteando el *box* bajo sus pies. Haciendo un montón de ruido. Se rio y brincó más duro, estirando los brazos hacia el techo bajo de tirol. Su parte del cuarto era un desorden absoluto, juguetes botados en el piso y debajo de la cama, su cajonera un desastre de ropa sucia amontonada y embutida en los cajones junto con la limpia. Garabatos de crayón cubrían la pared al lado de su cama junto con dibujos que había colgado. No eran las típicas pendejadas de un niño de nueve años —casas y representaciones de familias sonrientes saludando—. Eran monstruos: un pulpo gigante con cuchillos en vez de tentáculos, devorando a una vaca; un tiburón con bocas en ambos extremos y una aleta de cada lado para nunca tener que dormir y siempre poder atacar a todos todo el tiempo; un león, con patas de caballo y cuernos, que escupía fuego y atacaba a cualquiera que fuera malo con Tomasito. Desde luego que JD a menudo aparecía en sus obras, siendo quemado o devorado o atravesado con una lanza en la barriga y desangrándose. El lado del cuarto de JD estaba en orden, sus películas acomodadas otra vez —ahora por fecha de estreno y género— y su cama bien tendida.

—Te vas a caer, pendejo —dijo JD, empacando su uniforme de juego en su mochila del gimnasio.

—Dijiste "pendejo" —dijo Tomasito—. Te voy a acusar. Te voy a acusar. Te voy a acusar.

—Tú también lo dijiste.

—Eso no cuenta —dijo Tomasito, dejando de saltar—. Solo estaba diciendo lo que tú dijiste.

—¿Tú crees que a Dios le importa por qué lo dijiste? Dijiste una grosería. Eso es lo único que le importa. El pecado es así, sin sentido. Yo por lo menos me puedo ir a confesar. Pero tú todavía no haces tu primera comunión. Si te mueres ahorita, el diablo te va a llevar arrastrando al infierno donde arderás por los siglos de los siglos. Esas son las reglas. Pregúntale a amá. O sea que más te vale que no te mate ahorita.

Tomasito ladeó la cabeza igualito que su amá, levantando una ceja y mirando de reojo, tratando de determinar si JD estaba mintiendo o no. Por supuesto que a JD le daba igual si Tomasito lo acusaba de decir groserías. Desde que había corrido a su jefe, su amá casi no salía de su cuarto —excepto para ir a trabajar—. Alma era la única que hablaba con ella; estaba pasando mucho más tiempo en casa, lo cual era un alivio. Ella se había graduado de Austin hacía unos años, trabajaba en el centro comercial, y estaba ahorrando dinero, decía que quería ir a la universidad o quizás entrar al ejército. Antes de que corrieran a su apá, se había ido a vivir con su novio y pasaba la mayor parte del tiempo con él, pero ahora su antigua cama tenía encima montones de ropa recién lavada junto a una bolsa de maquillaje y un cepillo y una secadora de pelo y toda clase de tonterías de mujer. Ver las cosas de su hermana hizo a JD darse cuenta de cuánto la había extrañado —aunque tenerla de vuelta y compartiendo el mismo cuarto significaba que iban a volver a estar bien pinches apretados—. Tomasito se acuclilló y saltó hacia el aire, ondeando los brazos hacia el techo.

—No me vas a matar —dijo Tomasito al despegar nuevamente de la cama de JD; pasó la mano por la textura de tirol del techo, raspando el yeso endurecido con su palma antes de estrellarse en el piso; su cabeza pegó en la alfombra manchada.

Sus lágrimas fueron inmediatas al igual que la sangre en la nariz. JD llegó corriendo, sentó a su hermano y le apretó la nariz con los dedos. Tomasito gritó. Una vez, en octavo, Román Alvarado le dio un balonazo de básquet a JD en la cara cuando estaba volteando para otro lado; su entrenador le había apretado la nariz de la misma manera inmediatamente después. Recordaba cómo le había dolido, cómo quería que el entrenador lo soltara, pero al final dejó de sangrar. Con la mano libre, JD alcanzó su cámara, ya con la batería cargada. Este era un momento. Los últimos días —cuando fue en la camioneta con su apá, la pelea con Juan— habían estado llenos de momentos así, que él no había logrado capturar plenamente en video, pero donde sentía que su vida estaba cambiando. Se preguntaba cuántos instantes como esos habría ignorado en el pasado, sin verlos como algo importante o como parte de algún tipo de historia mayor. Su corazón latía acelerado, y estaba seguro de que el de Tomasito también. Aún apretando la nariz de su hermano, encendió la cámara y la apuntó hacia él.

—Ya sé que duele —dijo JD, tratando de sonar reconfortante—. Ya he hecho esto antes. Trata de calmarte.

—¡Quiero a mi amá! —dijo Tomasito, retorciéndose como loco—. ¡Ya suéltame, me estás lastimando!

—Te estoy tratando de ayudar.

—¡Ya párale!

—Está bien —JD lo soltó pero siguió grabando a su hermano, que ahora era un mugrero de mocos, lágrimas y sangre. Tomasito daba bocanadas de aire como si se estuviera ahogando. JD estaba tan absorto en la escena frente a él que no se dio cuenta de que Alma estaba en la entrada. Entró rápidamente al cuarto y cargó a Tomasito, fulminando a JD con la mirada.

—¿Qué está pasando aquí, Juan Diego?

—Nada… Ya sabes cómo es —era cierto; Alma debía saber cuánto exageraba siempre Tomasito. JD apuntó la cámara hacia ella.

—¿Y cómo *es* tu hermano? ¡Tiene apenas *nueve* años! Ya

sé cómo eres *tú*. ¿Por qué diablos estás grabando todo esto en vez de ayudar? Es como si siempre te estuvieras escondiendo de nosotros. Siempre andas fuera, desaparecido de tu familia. Ahora detrás de una cámara. ¿Por qué?

—Estoy haciendo una película.

—¿Una *película*? Cálmate, Spielberg —le estaba sobando la espalda a Tomasito, tranquilizándolo. Con la orilla de la camisa de Tomasito trató de detenerle la sangre y le hizo una seña a JD de que dejara su estúpida cámara y la ayudara. Él hizo lo que pedía, apagó la cámara. ¿*Spielberg*? Ese culero no había hecho una película decente desde *Loca evasión*.

Ahora, mientras le lavaba la cara y las manos a su hermano en el baño, JD le explicó a Alma cómo Tomasito había saltado de la cama, cómo en realidad no había sido culpa suya. Ella negó con la cabeza, lo que significaba *claro que fue tu culpa*. Ser el mayor en el cuarto significaba que JD era responsable, y ahora estaba poniendo excusas en vez de hacerse cargo de su familia. Como alguien más que ella conocía.

—Sí te pareces mucho a mi apá. Llego al cuarto y me encuentro a Tomasito sangrando y llorando, y tú filmando en vez de ayudarlo, de ser un hermano. Ese es tu *trabajo*.

—*Él* saltó de la cama —dijo JD, recordando la conversación con su apá. Que hubiera querido poderse quedar en el ejército, llegar a ser un E-9, pero lo dejó por su amá. Porque eso quería ella, para hacer una familia—. ¿Yo qué culpa tengo?

—Él tiene *nueve* años. *Tú* lo haces que deje de saltar.

—Sí, lo que tú digas.

En cuanto quedó limpio, Tomasito salió corriendo, como un animal liberado de pronto de su jaula, dejando a JD con su hermana.

—¿Y qué está pasando contigo? —dijo Alma, mirándolo detenidamente—. O sea, no mames. ¿Te has visto la cara últimamente? Estás hecho un desastre.

—No sé —JD se encogió de hombros—. Me peleé con Juan. Ya casi estoy bien —a JD le dolían la cara y el cuerpo de la pelea, pero por lo menos el chichón de la frente ya casi había desaparecido.

—¿Qué, con Juan? ¿Por qué? —estiró la mano como para tocar su mejilla golpeada pero luego la retiró, como si hubiera estado a punto de tocar a un fantasma y lo hubiera pensado mejor—. ¿Por lo menos le diste algunos golpes?

—Más que algunos. Creo que quizá gané esta pelea.

—Sí, ajá. Si conectaste algunos golpes fue porque Juanito te dio chance. Por la misma razón que te deja anotar cuando juegan pelota: para que sigas jugando.

—Creo que le rompí la madre —insistió JD mientras Alma se reía y de pronto lo envolvió en un gran abrazo de hermana; al parecer ya no la asustaban los fantasmas.

—Claro que no, pero no importa. ¿Y ustedes qué, ahora son onda… enemigos?

—No. Le mandé un mensaje. Todo en orden. Por cierto, usé tu teléfono. El mío se fregó —últimamente la había estado cagando, ya lo sabía. Se disculpó por huir de la chota, por pasársela diciendo mamadas, por haberle dado duro en el tobillo cuando se pelearon. Juan respondió con un Todo bien, y JD se preguntaba si realmente sería así.

—Deja de usar mi teléfono sin pedir permiso —dijo Alma, molesta—. Mira, mi amá quiere hablar contigo. ¿Hoy tienes juego?

Cuando JD afirmó con la cabeza, ella dijo:

—Vente a la casa después del partido. Pasa algo de tiempo con ella. ¿Puedes hacer eso?

—Supongo —dijo JD, sabiendo que Alma no aceptaría un no por respuesta—. Voy a cancelar todas las peleas que tenía programadas para hoy en la noche.

Como estaba en la banca por lesión, Juan aceptó grabar el juego de esa noche para JD. Su tobillo seguía fregado, aunque él decía que estaba mejorando. Y aunque Juan le había dicho que ya no lo culpaba de su lesión, JD sabía que sí, podía entender por qué, aunque no todo lo que había pasado esa noche había sido culpa suya. Ir de fiesta al otro lado de la ciudad. Con gente que no conocían. En colonias que no habían explorado. A fuerza la cosa iba a acabar jodida si pasaba algo como que cayera la chota.

—Asegúrate de hacer diferentes tomas —explicó JD al pasarle la cámara a Juan. Las Panteras y los Cohetes de Irvin estaban calentando atrás de ellos, ambos equipos haciendo tiros en círculo antes de formarse para los tiros en bandeja—. Grábate unos *close-ups*. Las expresiones faciales. Bolas entrando. Cosas así. También grábate unos *medium shots.* Como cuando estamos haciendo la ofensiva de media cancha. Algo de uno a uno. Acción. Y también grábate unas tomas abiertas. Trata de meter lo más que puedas del gimnasio. El público. El juego. Así podré editarlo todo...

—Güey —interrumpió Juan, cabeceando hacia la cancha—. El *coach* se ve encabronado. Más vale que bajes —el *coach* Paul estaba mirando fijo a JD, con los brazos cruzados, cuando sonó la chicharra y ambos equipos regresaron a sus bancas. *Mierda.*

—¡También graba algo de *B-roll*! —gritó JD, volteando hacia atrás mientras bajaba corriendo hacia la cancha. No estaba seguro de que Juan supiera qué era el *B-roll*—. El *coach* dice que voy a estar en el salto inicial. Así que grábate unas tomas de cuando esté saltando, porfas.

Después de dos días y medio de grabar, JD había descargado el material a su *laptop* —que Danny le había vendido por cien dólares después de que su jefe lo rayó con una nueva—. Le sorprendió el poco material que tenía —apenas una hora— pero se sentía bien, de veras bien, de estarlo haciendo. De estarse aventando a salir con la cámara.

El CAP solo estaba parcialmente lleno; la temporada ya estaba perdida y a nadie le importaba mucho lo que pasara en los últimos seis juegos. En los altavoces crepitaba *"Oh My Darling (Don't Cry)"* de Run the Jewels, la canción favorita de JD. Qué chingón. Últimamente había estado jugando bien —de alguna manera, que su ma se enterara de la aventura de su jefe y lo que esto significó para su familia habían hecho que el básquetbol se sintiera poco importante y fácil de jugar— pero nunca antes había dado el salto inicial. Nunca había tenido encima los ojos de todo el gimnasio al mismo tiempo. Entró a la cancha con los otros inicialistas, sintiéndose como un farsante, como una réplica de cartón de un jugador de básquetbol a punto de ser acomodada en la cancha para posar.

¡*No te claves, Sánchez*! Levantó la cabeza, moviéndose a un lugar despejado antes de voltear hacia el centro de la cancha. Uno de los Cohetes de Irvin estaba parado solo en el círculo central, y el *coach* Paul se estaba empezando a volver loco.

—Por Dios, Sánchez. ¡Tú vas a saltar por el balón!

JD corrió hasta el espacio vacío en el centro de la cancha, un balón de básquet anaranjado con una *A* café. El sonido de risas burbujeaba a su alrededor. Echó un vistazo hacia las gradas y encontró a Juan enfocándolo fijamente con la cámara.

—¡Vamos, Sánchez! —gritó el *coach* Paul—. ¡Mete la cabeza al juego!

El hombre alto de los Cohetes medía casi dos metros y le sacaba a JD fácil quince kilos. Era una bestia. El árbitro lanzó el balón al aire, y cuando JD saltó, el Cohete saltó por encima de él y suavemente empujó la pelota hacia su base. El base la tomó en el aire, hizo dos dribleos ágiles por la cancha antes de lanzar la pelota hacia el aro, donde la Bestia la agarró del cielo y la echó para dentro, con JD aún plantado en la *A*, mirando. Después de eso, los Cohetes se dieron vuelo. Solo tomó un par de jugadas más —JD perdió el balón en la primera ofensiva de las Panteras, el árbitro le marcó acarreo y fue otra asignación defensiva estropeada; luego JD quedó atrapado en un bloqueo y continuación que llevó a que la Bestia hiciera fácilmente de las suyas— para que JD volviera a la banca, donde permaneció el resto del juego. Trató de hacerle señas a Juan para que dejara de grabar, pero el muy idiota lo ignoró y ahí andaba cojeando por todo el CAP, grabando lo que parecía una variedad de tomas abiertas, planos medios y cerrados. Como si *él* fuera el puto Spielberg. Quizá entre Juan y él no estaba "todo bien" después de todo.

La paliza fue peor que la de El Paso. Sin Juan, las Panteras eran inconcebiblemente malas; los Cohetes metieron a jugar a los suplentes y hasta a los segundos suplentes antes del medio tiempo. Nunca antes se le había ocurrido a JD lo difícil que era ser Juan, lo brillante que era en cada minuto de cada juego solo para hacer que la derrota fuera menos brutal, para dejar espacio a las victorias morales —como sus propias estadísticas de juego— y hacer que todos siguieran creyendo que quizá en el siguiente partido el resultado sería diferente.

JD solo quería un pedacito de eso. Ser bueno en algo y no tener que ser siempre el payaso. Oyó a algunos de los otros jugadores hablando pestes de él, bromeando sobre el salto inicial y que le hicieran un mate. Juan, Eddie y el *coach* Paul estaban cerca de la oficina del *coach* cuando JD salió de las regaderas.

—Qué bueno que te metí a jugar, caray —dijo el *coach*

echando chispas—. Me hiciste quedar como un inútil.

—Bueno, eso no es muy difícil —dijo JD. Debería haberse ido a su casillero. La estaba cagando—. Tú solo te encargas de eso —fue lo siguiente que salió de su boca. JD se sentía como una bomba arrojada del cielo, activada y en caída libre. Incapaz de cambiar su curso.

—¿Quién te crees que eres para hablarme así?

Cayendo.

—Tú empezaste a echar mierda —más y más rápido, a una velocidad cegadora.

—¿Quieres seguir en este equipo, Sánchez?

Ya sin tiempo. Suelo sólido. Impacto.

—¿Todos los demás tienen que hacer tu trabajo por ti?

—*BUUUM*.

—¿Sabes qué? Estás fuera del equipo. Voy a darle la oportunidad a alguien de noveno a quien este equipo sí le importe un carajo, como lo hice con Juan. No sirves para nada en la cancha de básquetbol y se me hace que tampoco en ningún otro pinche lado. Empaca tus cosas y vete. Repórtate a Educación Física el resto del semestre.

—Me da igual —JD no podía mirar al *coach* Paul, temía soltarse a llorar. Trató de hacer contacto visual con Juan o hasta con Eddie, pero estaban mirando intensamente el suelo. Nadie le dijo nada en su casillero; los pocos Panteras que aún se estaban cambiando hacían como si no pasara nada. Aunque JD sabía que probablemente ya no iban a ganar más juegos —y que el *coach* Paul era un pendejo racista— de todas formas quería estar en el equipo. No desaparecer de su vida escolar como lo estaba haciendo de su vida familiar. No desvanecerse.

Diez minutos después JD estaba sentado en su coche, el motor apagado, en la penumbra del estacionamiento del CAP. Había empacado sus cosas, dejando atrás su uniforme de juego y su ropa de calentamiento sucios, hechos bolas en el escritorio del *coach* Paul. Todos los demás se habían ido; hasta había visto al *coach* Paul subirse de un salto a su chaqueto Jeep Wrangler de cabina abierta, con los interiores desgastados por el sol, calcomanías de surf desteñidas y las llantas lisas. JD sabía que tenía que llegar a su casa pero no quería.

—¡Oye, menso! Contesta tus textos —gritó Juan al mismo tiempo que daba un manazo en el Escort. JD saltó en su asiento.

—Chale... te dije que mi fon está tronado —dijo, bajando la ventanilla.

—Pensé que era mentira —Juan sonreía burlonamente—. Siempre dices mentiras.

—Excepto cuando no —JD salió de su coche y metió la mano al bolsillo, sacó su teléfono roto.

—¿Para qué lo andas cargando? —preguntó Eddie. JD no había visto a Eddie parado junto a Juan. Traía puesto el uniforme de calentamiento, PANTERAS DE AUSTIN impreso en su pecho, y parecía listo para jugar otro partido. Eddie era un buen apoyo en la cancha; probablemente podría serlo también en la vida.

—A la gente inservible le gustan las cosas inservibles —dijo JD.

—Ya no seas dramático. Apuesto a que Danny tiene uno viejo que te puede dar. Nunca tira nada. Seguro que puede cambiarle las tarjetas SIM y echar a andar tu fon sin pedos. Es como un *hacker* ruso.

—Puede ser —dijo JD—. Ya tengo su *laptop*. Mientras yo siga teniendo trabajo de jardinero en los veranos y él siga siendo buen cliente, siempre tendré una vida pocamadre de segunda mano.

—¿Quién es Danny? —preguntó Eddie, apoyándose en el coche. Eran los únicos en el estacionamiento. Las luces LED de los postes proyectaban desde lo alto aros brillantes sobre los espacios vacíos, sombras severas en capas a su alrededor.

—Nuestro amigo rico que va a una escuela privada —dijo Juan—. Además es el loco del grupo.

El barrio estaba en silencio excepto por el sonido de ellos hablando. No se oía música de ninguna casa. No había viejitos viendo la tele con la puerta de la casa abierta, el volumen demasiado alto.

—Pues ya no estoy tan seguro —dijo JD lentamente.

—El *coach* Paul se equivocó al correrte del... —estaba diciendo Eddie cuando un Cutlass pintado de *primer* gris con vidrios entintados y rines de veintidós pulgadas pasó muy despacito junto al estacionamiento. El coche venía lleno de güeyes tomándose el tiempo para verlos con ojos de pistola. Eran esos idiotas de Los Fatherless que asolaban El Paso

Central. Eddie se congeló. JD les devolvió sus jetas de mierda todo el camino hasta que el Cutlass dio vuelta en la esquina.

—¡No hagas eso! —dijo Juan, dándole un manazo a JD en el brazo.

—No van a hacer ni madres —dijo JD—. El *coach* Paul es más duro que ellos.

—Sí, cómo no —dijo Juan.

Luego agregó:

—Vamos por unas caguamas y nos lanzamos a la Escénica. Hay que sacarnos a la verga antes de que regresen esos tontos.

—Yo tengo que lanzarme a mi casa. Mi amá quiere hablar conmigo —JD nunca antes había visto a Juan ponerse tan nervioso, pero emborracharse era exactamente lo que JD tenía ganas de hacer.

—¿Por qué? —Juan parecía confundido—. ¿Para hablar de los condones?

—Sí. De los condones.

—Puta, güey. Pues dile que ni los usas.

—No, güey…

—Espera, tienes razón. No le digas eso. Va a pensar que te das a cualquier vieja sin protección. Di que solo los tienes por si acaso *necesitas* usarlos, pero que no los vas a necesitar porque nadie se va a meter contigo porque siempre te madrean y te corren de los equipos de básquet y eres feo y a nadie le caes bien y te apesta el hocico, pero al cabo que las viejas tienen piojos, así que olvídalo. Ni siquiera sabes por qué tienes esos condones.

JD miró a Juan, con la cara más inexpresiva que pudo. Luego dijo:

—Esos condones… eran de mi *jefe*. Los agarré de su camioneta y los escondí en mi cuarto. Mi mamá tiene las trompas ligadas, así que supe que la estaba engañando —respiró profundamente un par de veces por la nariz—. Y yo pensé que… bueno, da igual. Pero luego mi amá los encontró cuando no llegué a casa la noche que te encerraron. Mi apá básicamente confesó cuando la vio con los condones en la mano, pensando que los había encontrado en su camioneta, y ya no vive en la casa —JD se encogió de hombros, derrotado—. Creo que se van a divorciar. Estoy bastante seguro de que por eso quiere hablar conmigo.

—Verga —dijo Juan—. No sabía, güey —se volvió hacia JD—. No me habías dicho nada.

JD pensó en eso. Probablemente debería haberlo hecho antes; sí se sentía mejor después de contárselo a Juan.

—No hay bronca —le dijo a Juan—, a menos que tú seas el ligue de mi jefe.

—No hay pedo, güey. No tienes que hacer bromas.

—Por lo menos ya puedo bromear del tema. Mi familia solo está destrozada —el hecho era que JD no podía dejar de decir payasadas. Tener a Juan y Eddie muertos de risa era mejor a que le estuvieran teniendo lástima—. ¿Tienes mi cámara?

JD debería haber grabado lo que acababa de pasar: ellos negando con la cabeza y tratando de no reírse. También deseó haber grabado lo que había ocurrido con el *coach*

Paul. Esas cosas eran parte de una historia que siempre se le olvidaba retomar, que no estaba capturando pero necesitaba hacerlo. Miró hacia la colonia de casas pequeñas, la mayoría con la luz encendida pero algunas completamente a oscuras, como un tablero de ajedrez caótico. Se dio cuenta de que cada espacio era como el suyo, donde una historia se estaba desarrollando. Él solía pensar que nunca pasaba nada en El Paso, que la vida nunca cambiaba, pero quizá estaba pasando *demasiado*, y la nada que alguna vez sintió era en realidad una defensa contra la inundación constante de momentos que te cambian la vida. El aburrimiento, la única manera de no entrar en pánico.

Juan le pasó la cámara a JD.

—Grabé algunas cosas buenas, por cierto.

—Sí, te vi —dijo JD—. No hacía falta que grabaras todo el juego.

—Ya sé, pero quise grabar un poco del juego de Eddie. Para enseñarle algunos lugares donde puede mejorar. Espero que no te moleste.

—Para nada —dijo JD, aliviado. Por lo menos no había seguido grabando para humillarlo. Chale, la vergüenza de la noche parecía nunca acabar—. ¿De casualidad no grabaste nada de cuando el *coach* Paul se puso como loco conmigo?

—Lo siento, güey. Para entonces la batería ya estaba muerta.

Eddie levantó su teléfono, orgulloso.

—Él no pudo, pero yo sí. Juan me contó que estás haciendo una película. Suena muy padre. Solo es el audio y el interior de mi bolsillo, pero quizá de todas formas lo puedes usar.

—Me cae a toda madre este güey —dijo JD, dándole a Eddie un empellón en el hombro. Eddie se rio y, pues no parecía ser tan mal tipo después de todo—. Vamos por esas caguamas.

—¿Y tu mamá? —preguntó Juan.

JD se encogió de hombros.

—Ella está bien —pero sabía que no. Sabía que las luces de su casa probablemente estaban apagadas.

—Sí, está retebién —dijo Juan.

—Vete a la verga.

Se echaron a reír pero pararon en seco cuando el Cutlass regresó, esta vez rodando más lento que antes. El conductor se asomó por la ventanilla como si fuera a decir algo pero siempre no. Los tatuajes le subían por el cuello hasta el lado de la cara. Luego JD, Juan y Eddie lo vieron al mismo tiempo: el doble cañón de una escopeta asomando de la ventanilla trasera. El interior de la cabina estaba demasiado oscuro para ver quién la traía, así que la escopeta parecía estarles apuntando por cuenta propia. El Cutlass se detuvo. JD no se podía mover, no podía apartar los ojos de los cañones. Parecían las fosas nasales dilatadas de algún animal hambriento a punto de atacar; JD estaba listo para sentir cómo le hundía los dientes. Eddie no lo dudó y salió corriendo velozmente hacia la oscuridad, lejos del estacionamiento, mientras Juan se arrojaba al suelo. JD se quedó inmóvil, una estatua. Un blanco. El carro lleno de cholos arrancó a toda velocidad.

GLORY ROAD
(CAPÍTULO SIETE)

Ir a dar una vuelta parecía lo indicado. Ni JD ni Juan querían estar en un lugar fijo después de esa mamada con la escopeta. Daban sorbos a las caguamas que habían comprado en Jasmine's. Juan habló de su tobillo, que ya se sentía mejor. Habló de cómo había encontrado una rutina de ejercicios de rehabilitación en YouTube y juró que estaría listo para el último juego de locales. De cómo el *coach* Paul le había prometido que su amigo de Arizona vendría a verlo, siempre y cuando él ayudara a Eddie —que había seguido corriendo como maniático hasta llegar a su casa—. JD no se creía esas mamadas ni por un segundo pero no dijo nada. Quién sabe, en una de ésas *sí* podía pasar algo bueno. A él nunca le había tocado, pero a *alguien* tenía que pasarle.

—Dale hacia Glory Road —dijo Juan cuando se acercaron a la Ruta Escénica—. Vamos a ver qué andan haciendo los universitarios.

La vista desde la Escénica, un camino largo y sinuoso que atravesaba las montañas, eran las luces de los carros que iluminaban velozmente las curvas de la carretera más abajo, y las casas de las colonias, que brillaban como focos enroscados en la tierra. Era la favorita de JD.

—¿Para qué? Van a estar tomando como bestias en bares de puros güeyes —dijo JD. Se sentía drenado después del encuentro con los cholos.

—Que vayas, pues. Total, ¿qué chingados estamos haciendo? —dijo Juan, luego se empinó la caguama.

—Creo que tenías razón sobre esos güeyes. Debería haber desviado la mirada —y también debería haberse ido a su casa, JD ahora se daba cuenta.

—Esos güeyes nomás estaban chingando. No iban a disparar. Es una especie de juego para ellos… te apuesto a que sí —Juan bajó la ventanilla y lanzó la botella vacía a volar como pajarito, la botella giró en lo alto antes de estrellarse en pedazos en medio del camino—. Y a ver si ya me alcanzas, chavo.

JD no estaba tan seguro. No podía dejar de imaginar qué habría pasado si Danny hubiera estado allí en lugar de Eddie. Recordó el sonido de la pistola de Danny aquel día atrás del departamento de Juan. El tronido nítido y rápido. Danny hubiera sacado la pistola de su jefe después de la primera vuelta del Cutlass alrededor de la manzana. ¿Qué clase de juego habría sido entonces?

—Está bien —dijo finalmente—. Pero nomás una vuelta rápida.

Glory Road no era lo que JD esperaba, la calle corta atiborrada de *nerds* con *jeans* entubados, un mar de barbas y anteojos. Pensó en Melinda. Sin duda ella planeaba ir a la universidad —a la UTEP, si de veras quería—. Aun así, JD podía imaginarla en esta calle o una calle igual. Tomada de la mano de una de estas ratas que no eran de barrio. Pasaron junto a un letrero que declaraba: HOY MICRÓFONO ABIERTO, TÉ CHAI ORGÁNICO. La imaginó dentro, estudiando o escuchando a algún baboso de gorrito tejido rasguear su guitarra, mamadas que para nada eran la onda de JD. Esperando en una intersección de cuatro sentidos, JD le dio un buen trago a su caguama. Ya estaba tibia.

—Baja esa madre —le siseó Juan—. ¿Estás loco? Hay chota por todas partes.

—¿Ahora quieres que le *pare*?

Con la caguama otra vez entre sus piernas, JD dio otra pasada por Glory. Toda la escena parecía un set de cine. Las chicas, las mujeres, algunas vestidas con el mismo estilo de *jeans* entubados que los güeyes pero luciéndolos mucho mejor, y otras de vestido corto, los tacones altos claqueteando cuando cruzaban en manada la bulliciosa calle, yendo de bar en bar. Todos medio pedos y contentos, seguros de sí. JD quería esto; conforme el licor de malta empezaba a surtir efecto supo que no solo quería ir a estos lugares sino que también quería juntarse con esta gente, que los odiaba y los amaba al mismo tiempo, pensamiento que lo aver-gonzó. Dio otro trago sigilosamente antes de llegar otra vez a la intersección de cuatro sentidos, esta vez observando a un pequeño grupo, dos tipos flanqueados por tres chicas, que pasaba caminando.

—¡No mames! ¡Miren ese coche! —dijo el que traía puesto un saco y camisa de botones—. Está como literal-mente hecho de parches. Es como un coche colcha —se detuvo a pocos pasos del auto, apuntando—. ¿Sí están viendo esto? —el resto del grupo siguió cruzando y él los siguió tambaleante—. ¡Esos mexicanos vienen manejando un coche-colcha!

JD tuvo que usar todo el control que tenía para no saltar de su asiento y pelear. A ese pendejo se notaba que nunca le habían roto el hocico, nunca le habían dicho inútil ni le habían puesto una escopeta en la cara. Probablemente por eso le echaba mierda a gente de la que no sabía nada.

En vez de eso, Juan le pegó en el brazo.

—Oye, ¿no es esa la camioneta de tu jefe? —preguntó, apuntando a la hilera de bares con luces de neón que seguían por la calle, pasando la intersección.

JD volteó y en efecto, era su jefe, con una mujer que JD nunca había visto en el asiento del copiloto; iba saliendo de un estacionamiento. Como no había más coches, JD le pisó a fondo, dando un volantazo para esquivar al tipo del "coche-colcha" —el pendejo aún intacto; aún sin miedo.

—Pues parece que vamos a seguir a tu jefe —comentó Juan mientras se enfilaban justo detrás de la camioneta—.

Digo, pegártele así hasta el culo en tu coche de colcha mexicana que es súper reconocible, es exactamente lo que yo haría. Así siguen a la gente en las películas.

—Me dieron ganas de matar a ese pinche gringo —JD echaba chispas; se encogió en su asiento y bajó la velocidad, mezclándose en el tráfico que salía de Glory Road y volteaba sobre Mesa. JD esperaba que su apá no lo hubiera visto—. En primera, dijo que era un coche-colcha, lo cual es una estupidez. Si acaso, sería un coche-sarape.

—¡Puta! Pues mejor se lo hubieras tratado de vender en vez de pelarte. Le echas unos esqueletos de Halloween atrás y le dices que es un coche de Día de Muertos. Te hubiera pagado el doble de lo que vale —dijo Juan, riendo, antes de darle un buen trago a su segunda caguama.

—¿Sí crees que haya traído los veinte dólares? —preguntó JD y él también se rio y dio otro traguito disimulado; el chupe ya estaba pasando más fácil. Siguió la camioneta de su jefe de regreso a la autopista, atravesando velozmente el centro y tomando la 54 hacia el noreste. Se mantuvo cerca —no demasiado, para no ser visto, pero cuidando no perderlo—. JD no había visto a su apá desde aquella noche en casa de Danny —cuando le echó a andar el coche— y ni siquiera sabía dónde estaba viviendo. Se preguntaba si su padre habría tratado de llamarlo. Si sabría que su teléfono estaba descompuesto.

Tomaron la salida de Hondo Pass y entraron a un desarrollo habitacional. Las casas eran más bonitas que las de Central, al menos por fuera. No había carcachas descompuestas en los jardines, ni patios de tierra, ni grafiti en las paredes. Las cosas más feas de la colonia parecían ser el Escort de JD y la camioneta de su apá.

Cuando su jefe se enfiló en una cochera, JD se orilló a dos casas y se estacionó. Él y Juan observaron cómo su apá se bajaba a abrirle la puerta a la mujer y la acompañaba hasta su casa. Estaba oscuro, pero ella se veía como de la edad de su jefe, sepultada en algún lugar de los treinta. ¿Sabría que ella era *la otra*? ¿Le importaría?

JD alcanzó su segunda caguama del asiento trasero. Tronó el sello y dio un largo trago. Siguió viendo cómo su jefe era invitado a pasar, la luz de la sala encendiéndose unos momentos antes de que la casa volviera a quedar a oscuras. *Maldición*.

—Déjame hacerte una pregunta —dijo Juan, golpeteando su caguama, que ya iba a la mitad.

—Vas —dijo JD, que en realidad no quería contestar una chingada. Se sentía extrañamente invisible observando a su padre vivir otra vida, como si él y el resto de su familia ya no existieran. Como si fuera un fantasma.

—¿Qué chingados estamos haciendo aquí?

—¿Viendo en qué anda mi jefe?

—Pero… ¿por qué? Últimamente como que has estado muy fuera de ti.

—¿De veras? —se preguntó JD. Porque él sentía lo contrario, como si hubiera estado muy metido *dentro* de su propia cabeza—. ¿Cómo?

Juan golpeteó más fuerte.

—Bueno, huir de la chota; quedárteles viendo a Los Fatherless, que nos estaban apuntando con una *escopeta*; y estar chingando al *coach* hasta que no tuvo más remedio que sacarte del equipo. Cosas así.

JD se tomó un segundo para pensar y luego dio otro trago. Quería saber quién era la mujer. Quería ver qué aspecto tenía, pero más que eso, quería saber de su vida, averiguar qué la volvía tan especial que su jefe había arriesgado a su *propia* familia —todo— por ella.

—¿Estás diciendo que no nos metamos a esa casa a curiosear?

—No deberíamos hacer eso —dijo Juan, mirándolo con incredulidad—. Eso no, güey.

—Tienes razón, podemos dejarlo para después… y para responder a tu pregunta, solo quiero saber por qué. Por qué mi jefe hizo lo que hizo. Nos dejó así nomás, güey. A su familia. Es difícil de explicar.

Juan volvió a despatarrarse en el asiento del copiloto y se quedaron en silencio, cada uno dándole tragos a su caguama. JD podía sentir el alcohol, de pronto se sintió cansado y mareado. Afuera, el cielo se veía inmenso e insoportablemente negro, las estrellas desparramadas como sal tirada, diminutas e insignificantes. Pensó en Glory Road, el sonido de las conversaciones y la música que brotaban de cada bar, y se preguntó cómo podría un jodido como él llegar a ser algún día la clase de persona que pertenece a lugares como esos.

—Encontré una carta en mi casa —dijo Juan, su cabeza

ahora apoyada en la ventanilla, probablemente zumbándole fuerte—. De un tipo sentenciado a muerte.

—¿Qué? ¿De qué estás hablando?

—Era para mi ma. Supongo que fue su novio o algo.

—Pues qué pinche raro —dijo JD—. Pero no entiendo eso qué tiene que ver con la movida de mi jefe y que él nos botara a mí y al resto de la familia.

Juan miró a JD. Estaba apretando el volante con las dos manos.

—Bueno, estoy empezando a pensar que ese recluso sentenciado a muerte podría ser mi papá. Anduvieron más o menos en la época en que mi mamá se embarazó. Lo encerraron antes de que yo naciera. Tiene sentido. La cronología. Y por qué mi ma nunca me quiso contar. Así que entiendo un poco de lo que estás hablando.

—Puta. Perdón. Soy un pendejo —JD dio un último trago largo, la cerveza tibia y amarga bajando con un gluglú por su garganta hasta que el último chorrito espumoso desapareció. Claro que Juan sabía por lo que JD estaba atravesando. Tener un papá con otra vida era la historia de su vida—. ¿Qué vas a hacer? ¿Con este güey? ¿Tu *quizá* papá?

—No sé. Estaba pensando que quiero ir y, ya sabes, verlo. El güey tiene programada su ejecución para el mes que entra. El día de San Valentín.

—Verga.

Juan se estaba moviendo en su asiento, probablemente incómodo con todo lo que estaba diciendo.

—¿Y qué tal si sí es? Mi papá, digo. Solo quiero saber, ¿sabes?

JD contemplaba la angosta boca de su caguama vacía, evitando mirar a su amigo. La cara de Juan se veía desesperada y suplicante y era exactamente como JD se sentía desde que habían salido de Glory Road.

—Pregúntale a tu ma y ya. ¿Qué caso tendría seguirte escondiendo la verdad?

Juan cabeceó contra la cabecera.

—No *quiero* preguntarle. Si ese tipo es mi papá, también es un asesino. Tiene sentido que ella no me lo quisiera decir.

JD pensó en eso, lo terrible que debía haber sido para Juan pasarse todos estos años preguntándose quién sería su papá, haber soñado toda clase de escenarios y motivos por los que se había ido y cómo un día podía regresar. Obviamente ninguno de esos incluía que él fuera un asesino sentenciado a muerte.

—¿Pero no crees que ella te debe la verdad?

—No, ya no… Creo que después de todo lo que he hecho últimamente, lo menos que le debo son sus secretos. Puedo averiguar la verdad por mi cuenta.

JD exhaló fuerte.

—Güey, otra vez, perdón por lo de tu tobillo y que te arrestaran. La he estado cagando…

Juan lo agarró del brazo.

—Mira, compa, ya te dije que estamos chido. Después de enterarme de esto, la verdad no me importa. Pero tengo que pedirte un favor. Grande. Necesito que me lleves a

Livingston, Texas. Tengo que saber si este güey de veras es mi papá. Tengo que verlo a la cara y preguntarle.

—¿Ahorita? —JD arrancó el motor y prendió las luces. Si Juan quería decir ahorita, pues ahorita se iban. Él siempre había podido contar con Juan y ahora era momento de corresponder. Aunque eso significara actuar fuera de sí.

—No, ahorita no. Ahorita vámonos a la casa. Pero antes de que lo maten. Sin mamadas. Tú vas a ir. Tú me vas a llevar. Vas a hacer esto conmigo.

Un par de acelerones del motor sellaron el pacto. JD afirmó con la cabeza.

—Sí, güey. Te lo prometo. Seremos como Thelma y Louise, un par de perras en el camino en busca de respuestas.

—Güey, a veces no tengo ni puta idea de lo que estás hablando.

Antes de irse, JD colocó las caguamas vacías en el porche de la movida de su jefe —Juan concordó en que le daba un toque de distinción—. JD maniobró de vuelta por la colonia, tratando de regresar exactamente por donde habían venido. La segunda caguama ya estaba pegando, y a pocos minutos de iniciado el recorrido, Juan se quedó dormido. JD agarró más fuerte el volante, tratando de enfocarse en el camino borroso. Las calles estaban vacías, así que todo lo que JD tenía que hacer era llegar a la 54 y de allí a Central; una vez en territorio conocido, podía llegar a casa sin problema.

Al acercarse a una luz roja, JD bajó la velocidad hasta detenerse suavemente y esperó. Mantuvo la vista en el semáforo, la luz brillante sin cambiar. No veía que vinieran carros pero sabía que pasarse el alto era invocar a la chota. Así que esperó. Y esperó, y esperó. Empezó a oír un tenue ruido de algo frotando, primero como un solo grillo frotando sus patitas, pero el sonido creció rápidamente, el frotamiento transformado en un enjambre pesadillesco de langostas, el zumbido causando un dolor instantáneo en la cabeza de JD. Lanzado hacia delante en su asiento, JD se dio cuenta de que no estaba sentado en el semáforo. El coche estaba incrustado en un poste de luz con base de cemento. Ahora estaba sobrio de muerte, una descarga de adrenalina recorriéndolo. ¡Puta madre! ¡Seguro se quedó dormido manejando!

Juan desabrochó su cinturón de seguridad.

—Verga —dijo Juan—. ¿Estás bien?

—Sí, verga —dijo JD, haciendo lo mismo y saliendo del coche de un salto.

Las llantas delanteras estaban subidas en la acera, la defensa delantera estaba destrozada, el cofre estaba levantado contra al poste y líquidos fluían del radiador. El poste, por lo menos, se veía bien.

—¿Qué diablos pasó? —preguntó Juan, sobándose la frente.

—Supongo que me quedé dormido —dijo JD, incrédulo, tratando de reconstruir lo que había sucedido.

Estaban en frente de una oficina de reclutamiento de la fuerza aérea, el eslogan APUNTA ALTO pintado en la ventana.

—¿Cómo te sientes? —dijo JD.

—Bien, supongo —dijo Juan, mirándose las manos en busca de sangre. Nada. Por lo menos no había sangre.

—Bueno, pues hay que bajar esta mierda de la acera.

JD y Juan empujaron el Escort y lo bajaron de la acera, la chatarra se acomodó en el asfalto. JD sacó de la guantera los papeles del coche y del seguro y tomó cuidadosamente su cámara de video —que se veía ilesa— antes de cerrar las puertas con llave. Incluso con el cofre abollado, cuando los líquidos se secaran, el coche se vería como cualquier chatarra aburrida estacionada en una plaza de locales aburridos. No era para que nadie entrara en pánico de verlo allí.

JD miró el tobillo de Juan.

—¿Puedes caminar? —preguntó JD.

—Llevo caminando todo el día—dijo Juan.

—No queremos estar aquí si llega la chota.

Juan titubeó.

—¿Y tu carro?

—Que se lo quede la fuerza aérea.

VIVIR EL SUEÑO
(CAPÍTULO OCHO)

Juan soñó con la escopeta. Con el *lowrider* pasando lenta y deliberadamente. Un estallido de los cañones, fuego y humo y olor a quemado. En el sueño no se había agachado, sino que veía cómo los perdigones se abrían y rociaban su pecho, las postas de metal desgarrando su piel y músculo. Destrozando sus huesos y tirándolo a la acera. Con las manos tocaba un agujero donde antes estaba su pecho, explorando la cavidad de gelatina caliente y filos de huesos rotos. Había otro estallido. JD caía a su lado, su cara borrada, como si la hubieran tallado con una roca filosa y ardiente. Pronto había un charco de sangre, tibia y pegajosa. Eddie revoloteaba sobre ellos, rezando, o quizá gritando, una expresión de terror en el rostro, los ojos saltones. La sangre se seguía encharcando y seguía subiendo hasta ahogar el sonido. Luego Juan despertó en una recámara extraña con paredes blancas desnudas, y por primera vez en su vida, Juan se puso a rezar, sin saber las palabras correctas pero suplicando nunca volver a ver ese Cutlass ni a esos güeyes.

Después de rezar, Juan se puso a buscar a JD y se sintió a la vez ansioso y aliviado de que no estuviera en el cuarto. Quería preguntar qué había pasado anoche pero se alegraba de que JD no hubiera estado ahí para verlo rezar. Poco a poco fue cayendo en cuenta de que estaba en casa de Danny; la reconocía de la primera vez que fueron, cuando les dio el *tour*. ¿Cómo había ido a dar ahí? Lo último que recordaba era estar sentado en un estacionamiento en el carro de JD... ¿*chocamos*? Su ropa apestaba y el martilleo en su cabeza era implacable. Sentía la boca seca como la tierra del desierto. *Agua*. Juan decidió que tenía que bajar.

—Güey, estás de la verga —dijo Danny cuando Juan asomó la cabeza a la cocina—. Primero, no me textean para salir ni nada. Luego me llaman en la peda como a la una de la mañana. ¿Qué pedo con eso? Pensé que éramos compas.

—*Somos* compas —dijo Juan, apenado—. ¿Dónde está JD?

Danny lo fulminó con la mirada.

—¿Entonces por qué solo puedes hablar de JD? Te rompió la madre y ahora eres su perra o qué. Yo también debería partirte la madre.

—No me rompió la madre, y tú no me has texteado desde aquel día, de hecho. Pensé que a lo mejor te habían chingado por lo de la fiesta o por disparar la pistola. El

Sargento podría ponerse muy pendejo por cualquiera de esas cosas.

—Sí, eso fue mi culpa. Ese día estuvo raro. La buena noticia es que mi papá ni en cuenta de lo de sus pistolas, y la chota no me multó ni nada por la fiesta. Pensaron que estábamos invadiendo la casa, que aquí no vivía nadie. Por *eso* llegaron tan agresivos. El Sargento no tiene idea, mi mamá tampoco. En realidad no pasó nada.

—Excepto que me arrestaron.

—Excepto eso.

No era posible que la policía creyera que estaban invadiendo la casa, pensó Juan. La chota les aplicaba la misma maniobra en Central a cada rato, se sacaban de la manga una causa probable como cualquier pinche mago callejero haciendo sus trucos de cartas.

Danny lo invitó a pasar con la mano.

—Échate un cereal… y para responder a tu pregunta, JD está buscando un teléfono viejo que pueda usar. Soy como su Craigslist personal. Además anda muy sacado de onda por lo de su carro.

—¿Bueno, y exactamente qué pasó anoche? —Juan se frotó la cara. Danny estaba sentado en la barra del desayuno, que estaba puesta con cajas de cereal, tazones vacíos, leche y cucharas. Juan trató de imaginar cómo se sentiría despertar todos los días en un espacio así, trató de pensar en una palabra para describir el sentimiento pero no pudo, nomás sintió que le pulsaba la cabeza.

Danny le hizo un resumen del resto de la noche. De

alguna manera, JD se las había ingeniado para chocar con un poste de luz en el estacionamiento de una plaza de locales comerciales, luego JD y Juan abandonaron el coche y llegaron tambaleándose a una parada de autobuses. Juan le texteó a Danny y lo llamó como diez pinches veces aunque Danny ya había aceptado pasar por ellos. Cuando llegó, Danny les explicó que el coche no se veía *tan* mal. Luego Juan le rogó que lo llevara a casa porque quería a su ma. Llorando. Danny le texteó a Fabi —usando el teléfono de Juan— preguntándole si podía quedarse a dormir y disculpándose por escribir tan tarde. Ella respondió con una carita sonriente ☺. JD se había quedado dormido en el asiento de atrás, y tuvieron que sacarlo cargando del coche y llevarlo a la sala, donde lo botaron en el piso.

—Puta. ¿Por qué no me acordaba de eso? —preguntó Juan.

—JD tampoco se acuerda. ¿Pues cuánto tomaron, güey? Bueno, el caso es que quiere que lo lleve a recoger su coche hoy en la mañana. Estaba oscuro, y yo solo pasé manejando, no quería que me agarraran en la escena de un accidente, pero el coche parecía estacionado, como si ustedes se hubieran parado allí a propósito. Te apuesto a que arranca sin broncas.

Juan se apretó la cabeza punzante con las manos mientras Danny servía jugo de naranja de un empaque de cartón. Seguro que Danny tenía razón: el accidente no era nada del otro mundo. No estaba adolorido ni sentía que hubiera pasado nada en absoluto. Lo único que le dolía era la cruda más pinche de su vida. Y el tobillo, como siempre.

Un minuto después Juan cambió de idea sobre eso —quizá *sí* había estado en un accidente serio, con traumatismo en la cabeza— porque de pronto la chava chingona que le había echado bronca en el patio cubierto de la Austin High School entró de lo más tranquila a la cocina de Danny y se sentó a la barra. Era como si estuviera alucinando o algo. Ella le lanzó una mirada a Juan, que de inmediato lo hizo bajar la vista como si fuera el perro más fácil de amaestrar del mundo.

—Toma esto, Roxanne —dijo Danny, pasándole el envase de jugo.

—Ustedes dos dan pena —dijo la chica, rechazando el jugo con un ademán y muerta de aburrimiento—. Me dan tristeza.

El cerebro de Juan batallaba por no perder el hilo. ¿Ella era la prima Roxanne?

—¿Así que… que… ella es tu prima? —le preguntó tartamudeando a Danny. La última vez que había visto a Roxanne no había sido capaz de articular dos palabras seguidas, y ahora estaba dejando la peor segunda impresión imaginable—. Yo en realidad soy un tipo bastante divertido y feliz —dijo Juan, suplicante. ¡Uf, peor tantito!

—No me digas —Roxanne alcanzó una caja de Froot Loops y se sirvió un tazón.

—No seas güey —dijo Danny. Miró a Juan, levantando una ceja—. Sí, ella es mi prima. O sea que no es nadie importante. Neta yo pensé que el que iba a hacer el ridículo era JD.

—Es que ya la conozco. Eso es todo.

—Tú no me conoces —dijo Roxanne, sirviendo leche sobre el cereal y comiendo una cucharada.

—Quise decir que ya nos habíamos presentado —la cabeza de Juan estaba a punto de partirse en dos, lo cual era bueno: el dolor le dificultaba hablar y decir algo más idiota.

Luego llegó JD, sin camisa, y entró a la cocina sosteniendo en alto dos teléfonos inteligentes.

—¿Puedo quedarme con uno de estos? Los encontré en el cuarto de tus papás.

Danny giró rápidamente.

—¿Qué andabas haciendo en el cuarto de mis papás? No puedes meterte así nomás a revisar el cuarto de la gente. Te dije que checaras en *mi* cuarto.

—Dijiste que a lo mejor ellos también tenían teléfonos —dijo JD, que parecía confundido—. Oye, y ya busqué en tu computadora cómo cambiar las SIMs. Está fácil…

Ver a JD con los teléfonos inteligentes le recordó a Juan —verga— de su próximo examen de Álgebra.

—Oye carnal, ¿de casualidad no tienes una calculadora graficadora que te sobre? —el pánico lo invadió de pronto, así que se sentó en la barra junto a Roxanne y se sirvió un tazón de cereal que no tenía intenciones de comerse.

—¿Qué pedo? —le dijo Danny a JD, ignorando a Juan—. Y además quieres un aventón hasta allá hasta el noreste…

—Mira, compa —interrumpió Juan; sonaba desesperado, se daba cuenta—. La semana que entra tengo un examen y si no paso me corren del equipo. Además, voy a necesitar que... ¿me enseñes Álgebra? —lo que le recordó de Eddie y su trato con el *coach* Paul. ¡*Verga*! ¡*Verga*! ¡*Verga*! Buscó un reloj en la habitación. Había quedado con Eddie de verlo en el CAP a las nueve de la mañana. El reloj en la pared detrás de Roxanne le daba media hora para cambiarse y llegar al gimnasio. Aún podía lograrlo—. Una cosa más. ¿Me podrías prestar ropa de básquet... y quizá darme un aventón a Austin? Le prometí al *coach* que ayudaría a Eddie con la ofensiva.

—Ustedes son los peores amigos —gruñó Danny y se deslizó en su asiento, como si colapsara derrotado—. ¿Ya viste qué mamada, Roxy? No solo soy el Craigslist de estos cabrones, también soy su Uber.

—Ándale. Ayuda a tus amigos, Daniel. Mira qué tristes están. El tonto y el mendigo.

—Los dos son tontos y mendigos.

—¡Pues con más razón!

—¡Está bien! JD, te voy a pasar un fon. Juan, te voy a prestar ropa y te voy a llevar hasta allá hasta Austin *y* te voy a prestar una calculadora graficadora, pero Roxy te puede enseñar álgebra, ya que tanto le importa, ahora resulta.

—¿Seguro que no es porque tú tampoco sabes sumar? —dijo Roxanne, mirando a Danny con las cejas levantadas y metiéndose otra cucharada de cereal a la boca.

—Oye, yo por lo menos sé *sumar* —le dijo Juan, tratando de estar tranquilo pero dándose cuenta de que estaba sentado muy derechito y tratando de no verse tan emocionado como se sentía repentinamente. Estaba bastante seguro de que Roxanne, la chica del patio, Roxanne la chica del cabello increíble y los dientes perfectos, aunque casi nunca sonriera, acababa de aceptar (él esperaba que sí) ser su tutora.

—Gracias, *D-boy* —estaba diciendo JD—. En serio —le pasó los teléfonos a Danny y luego se acercó a abrazarlo—. Venga un abrazo, Danny…. De todas formas me vas a dar el aventón, ¿verdad?

—Y supongo que yo puedo darle una tutoría a este —dijo Roxanne, encogiéndose de hombros, examinando a Juan. ¡*A güebo*!—. ¿Y sabes qué, primo? Si quieres hasta lo llevo a su jueguito de básquet… si se baña.

Llegaron una hora tarde, encontraron a Eddie caminando por el barrio, rápido y con la cabeza agachada, alejándose del CAP. Juan salió corriendo del Honda de Roxanne y le rogó que se quedara, le rogó que no le dijera al *coach* Paul que no había llegado al entrenamiento. Eddie no parecía molesto de que Juan hubiera llegado tarde, pero le explicó que quería estar ya fuera en su casa o dentro del gimnasio. Lejos de donde el Cutlass, la escopeta, pudieran encontrarlo; Juan se daba cuenta. Sorprendentemente, Roxanne se quedó en las gradas mientras Juan repasaba la ofensiva con Eddie, y después del entrenamiento los llevó a los dos a sus casas. De camino a Five Points, donde Eddie vivía en una casita de ladrillo detrás de unas vías de tren en Pershing Drive, él explicó que anoche corrió todo el camino, atravesándose en el tráfico e incluso saltando entre los carros de un tren que iba lento, paranoico de que los pandilleros lo estuvieran persiguiendo. Juan observó con cuánta atención lo escuchaba Roxanne, la oyó explicar lo normal que era la reacción de Eddie. Que probablemente necesitaba hablar con alguien, un terapeuta.

Desde el asiento de atrás, Juan se dio cuenta de que la nave de Roxanne era nueva y que él nunca antes había estado en un coche nuevo. El tablero era curveado y elegante, futurista con luces LED azul brillante y una enorme pantalla táctil. El olor de la cabina era absolutamente perfecto. Cuando dejaron a Eddie, Juan se puso nervioso. Las tripas le daban vueltas, una licuadora moliendo un puñado de piedras.

Roxanne le lanzó una mirada mientras manejaba.

—¿De veras necesitas ayuda con Álgebra?

Juan miraba al frente, tratando de parecer tranquilo.

—Tengo un examen pronto.

—Sí, ¿pero *Álgebra*? Eso es fácil.

—Para mí es como Cálculo —Juan le lanzó una mirada a Roxanne. Tenía las manos sobre el volante en la posición de las diez y las dos y estaba sentada muy derecha: definitivamente no era una chingona atrás del volante. Ni siquiera tenía el radio prendido—. Si paso, puedo seguir jugando básquetbol. Podría conseguir una beca.

—Ah —Roxanne parecía confundida, volteaba a ver a Juan y luego el camino—. Eso me parece irónico. Nunca entendí las *becas* por jugar deportes.

A ella el básquetbol probablemente le parecía una tontería, quizá una estupidez, pero no importaba. Juan tamborileó suavemente en el tablero.

—Por suerte planeo estudiar Algo Fácil —Juan le sonrió—. Con una especialización en Babosadas. Seguro que para eso voy a necesitar algo de álgebra, y tendré que aprender qué significa "irónico".

Roxanne se rio —¡una risa sin mamadas, desde la panza!

—Seguro que con las Babosadas puedes conseguir un buen trabajo.

—Eso espero. ¿Tú qué vas a estudiar?

—¡Salud pública! —Roxanne tronó los dedos y le apuntó a Juan—. Quiero rastrear enfermedades. Estudiar distintas poblaciones minoritarias, ver cómo les afectan cosas como fumar y la pobreza y la comida rápida. Y me voy a meter a la política. Por lo menos voy a ser senadora.

—Chido —dijo Juan. Totalmente chido, pensó. Ella era *totalmente* chida—. ¿Entonces sí me ayuda, senadora?

Roxanne se orilló frente a su edificio. Detrás del panel de buzones Fabi estaba parada leyendo una carta. Su cara se veía contraída de concentración, o quizá era confusión. Juan no podía distinguir, pero los nervios le empezaron a zumbar de inmediato. Fabi lanzó una mirada hacia Juan y Roxanne, pero él se dio cuenta de que no reconoció a nadie en el coche —los vidrios demasiado oscuros, el coche desconocido.

—Esa carta ha de ser importante —dijo Roxanne, cabeceando hacia Fabi—. Si no, ¿por qué no leer tu correspondencia adentro, como una persona normal? Apuesto a que está loca.

—Es mi mamá —dijo Juan, sin quitarle los ojos de

encima a su ma. Seguro que estaba leyendo otra carta de Armando. El zumbido aumentó.

—Perdón —dijo Roxanne—. A veces digo cada cosa…

—No te preocupes —dijo Juan—. Está leyendo una carta de un novio de hace mucho. Está sentenciado a muerte.

¿Por qué dije eso? Cerró los ojos, no quería ver a Roxanne sentir vergüenza por él.

—Ah. Tu mamá está en la ventana.

—Verga —murmuró Juan, abriendo los ojos y bajando la ventanilla—. Hola, ma.

Se veía encabronada, como si lo hubiera oído avergonzarla de la manera más pinche.

—Hola, tú —dijo Fabi—. No parece tu amigo Danny.

—Es su prima Roxanne —dijo Juan, deseando poder desaparecer—. Me dio un aventón y ya.

Fabi metió la cabeza al coche de Roxanne, mirando el tablero y los asientos, el quemacocos.

—Qué bonito carro para una muchacha tan joven.

—¿Gracias? —dijo Roxanne.

—¿Entonces es tuyo? ¿Este es tu carro?

—¿Sí?

—Ah, nunca entendí a los papás que les compran carro a sus hijos.

—*Okey*, ma —Juan abrió la puerta y le dio un empujoncito a su mamá para quitarla del paso, saliendo del coche—. Gracias por el aventón —le dijo Juan a Roxanne—. Entonces, ¿nos vemos para la tutoría? Mi examen es como en dos semanas.

—Yo puedo el próximo sábado —dijo Roxanne, y salió disparada en cuanto se cerró la puerta del copiloto.

Juan echó un vistazo al sobre en la mano de su ma, reconociendo la escritura en la esquina y el nombre de su padre: *Armando Aranda, 999178*.

Fabi:

Estar sentenciado a muerte es como tener una enfermedad de la que nadie quiere que te cures. Todos los que están afuera quieren que te mueras y piensan que cada día que te dejan vivir es un desperdicio del tiempo y el dinero de todos. A veces yo también me siento así. Pero más que nada quiero vivir, aunque vivir sea doloroso todo el tiempo. Es difícil explicar la lógica de esto más allá de decir que no me quiero matar. Ya no.

Para responder a tu otra pregunta, la verdad fue algo más pequeño de lo que salió en los periódicos, en las noticias. Carlo y Fernie y yo asaltamos ese Denny's, y yo maté a Clark Jones. Eso es cierto. Lo que también es cierto es que mi jefe me ponía unas madrizas tan cabronas que luego me encerraba en mi cuarto, me tenía encerrado semanas, hasta que sanaban los moretones y los huesos. El cuerpo aún me duele de haberse roto y nunca haber sanado bien. Pero hay verdades más pequeñas dentro de esas más grandes. Verdades que no se pueden ver, como las células diminutas en tu cuerpo que forman tus huesos y tu sangre, la carne. Llevo años leyendo viejos libros de ciencia de la biblioteca, pensando mucho en lo que me pasó, por qué hice lo que hice. Luego se murió mi jefe y lo entendí. Solo me había escrito dos veces, una vez para decirme que ya no le escribiera y luego otra vez, años después, para saber si le podía donar un riñón desde la cárcel. Él nunca me quiso, y me di cuenta de que en toda mi vida nunca me quiso nadie. El amor no estaba en mi sangre, ni en mis huesos ni células. Hasta que te conocí. Tu amor fue como un virus, un invasor que enloqueció toda mi vida, que aún me infecta después de tantos años. Te amé más de lo que jamás amé a nadie, Fabi. Y por un corto tiempo, tú me amaste a mí. Esa es la verdad más pequeña de todo.

Mando

P.D. Estás en mi lista en caso de que quieras visitarme o venir antes del último día.

EN CAJAS
(CAPÍTULO NUEVE)

Empacar su cuarto en cajas fue más fácil de lo que Fabi creía. No tenía mucha ropa —unas cuantas faldas y tops para el trabajo; algunos *jeans* que se veían bien con tenis, zapatos planos y tacones; demasiadas camisetas; y una pequeña colección de joyería pero nada demasiado fino—. Fabi rara vez se compraba algo para ella. En su cama había rollos de película y alteros de fotos de ella y Juan —la mayoría tomadas cuando él era chico—. Tomó una foto de ella bañando a Juan bebé, desnudo en el fregadero de la cocina. Tenía los ojos y la boca apretados, los puñitos cerrados junto a su cara, como si supiera lo nerviosa que estaba Fabi en su primer baño. Ella podía ver el miedo en su propio rostro adolescente que no miraba directamente a la cámara ni a Juan, la boca ligeramente abierta, jalando aire para no marearse. Fabi recordaba haber planeado mandar enmarcar las fotos y colgarlas en las paredes de la casa que algún día compraría. Llevaba casi diecisiete años viviendo en esa pocilga de departamento y las paredes seguían tan desnudas como el día que se mudó. Fabi empacó sus zapatos.

El aviso de desalojo estaba pegado con cinta adhesiva en la puerta de entrada, citando uso de drogas ilegales y actividad de pandillas. Una pistola. Cuando Fabi había ido con Jabba a preguntarle de qué demonios estaba hablando, la casera había pegado de gritos, vociferando que Juan estaba traficando drogas detrás del edificio, que estaba haciendo películas sin permiso —lo que fuera que eso significaba—. Le dijo a Fabi que tenía suerte de que no llamara a la chota, pero que si Fabi se negaba a salir de su propiedad, lo haría. Y si algún día volvía a ver a Juan cerca del departamento, llamaría al equipo SWAT.

Fabi sabía que a Juan y sus amigos bobalicones les gustaba juntarse detrás del edificio y hablar cosas de hombres. A veces le llegaba el olor a mota por la ventana de su recámara, pero bueno, eso hacen los adolescentes. Ella había sido mucho peor en su momento —no solo fumaba mota sino que a veces también se metía coca y viajaba en ácido y éxtasis—. Su pasado no era algo de lo que estuviera orgullosa, ¿pero cómo podía decirle a Juan que no hiciera las cosas que ella misma había hecho? Por lo menos él no tenía que preocuparse de que lo embarazaran.

Fabi sabía que debería estar encabronada con Juan. El aviso de desalojo, el arresto… él aún podría estar en graves problemas y seguro que ya faltaban *días* para su cita en la corte. Pero no lograba sentir un enojo real. Esa mudanza tenía que haberse hecho hacía ya mucho y era necesaria. Para los dos. Sí le recordó a Juan que tenía que portarse bien, no meterse drogas ni andar haciendo encabronar a viejitas ignorantes, aunque fueran unas perras absolutas. Y él sí parecía sentirse mal de saber que tenían que mudarse por culpa suya y de sus amigos idiotas. Peor se sintió de que su única opción fuera pedirle al abuelo si podían vivir con él y bajo su lema: *Mi casa, mis reglas*. Un lema que la propia Fabi nunca había podido soportar.

Fabi empezó con sus fotografías y el contenido de un cajón de tiliches —un llavero de llaves que no servían para nada, viejos tubos de labial y maquillaje, morralla— luego se sentó en su cama. Su cuarto entero, menos la ropa de cama, cupo en tres cajas que había encontrado detrás del Vista Market Express. Lo que no empacó en las cajas fueron las dos cartas de Mando y el ultrasonido enrollado de Proyecto Vida. Eso lo guardó en su bolsa, que llevaba a todos lados.

Su padre estaba empacando la sala. Él quería empezar por el cuarto de Juan —para poder husmear, ella estaba segura— pero Juan ya había empacado todas sus pertenencias en una sola caja Rubbermaid. Las paredes de su cuarto habían estado cubiertas de recortes de revistas de coches de lujo estacionados bajo la luna, mansiones con vista a playas recónditas, y yates deslizándose sobre océanos en perfecta calma. Fabi nunca antes había prestado atención a las paredes del cuarto de su hijo. Juan tenía aún menos ropa que Fabi: usaba el mismo par de *jeans* dos o tres veces por semana y tendría unas seis o siete camisas. Tenía un buen par de tenis de básquetbol; Fabi se había encargado de eso. Descolgó los recortes antes de que llegara el abuelo, de pronto humillada por las imágenes. Juan nunca había aceptado regalos de cumpleaños, nunca quería una fiesta, y normalmente no abría sus regalos de Navidad hasta días después —casi siempre porque ella lo obligaba—. Fabi siempre había pensado que estos gestos de Juan eran por humildad, porque no era interesado, ¿pero qué tal si no? Se veía bastante a gusto paseando en la nave de esa chavala. ¿Qué tal si se sentía avergonzado de sus orígenes? ¿Humillado por su propia madre y sintiendo lástima por ella?

Preguntarle a su padre si podía regresar a casa había sido más fácil de lo que Fabi creía creído, aunque evitó contarle lo del desalojo —¿para qué preocuparlo?—. Le explicó al abuelo que Juan lo necesitaba, que ella se había cagado de miedo cuando lo arrestaron y que ahora más que nunca Juan necesitaba la presencia de un hombre en su vida. No eran exactamente mentiras, después de todo.

Fabi contempló por última vez la mancha de humedad arriba de su cabeza, examinando las burbujas cafés en la tablaroca y preguntándose cuánto tiempo aguantaría el techo. Se dio cuenta de que tenía suerte de que nunca se le hubiera caído encima. Luego pensó en el embarazo. ¿Qué iba a hacer? Era una niña cuando se embarazó de Juan, como de la edad de la chavala que venía en el coche. ¿Por qué había sido tan mala con ella?

Tal vez si su mamá no se hubiera enfermado las cosas habrían sido distintas. Gladi no se hubiera quedado en casa haciendo el papel de hija buena, no hubiera tenido que bañar y alimentar a mamá, ni cambiarle el catéter ni tratar en vano de que estuviera más cómoda hasta que se murió y Gladi se largó a la universidad. Fabi no hubiera sido tan parrandera, aterrada de quedarse en casa y estar viendo lo peor que veía en su vida. Ahora su vida no tendría que ser siempre tan difícil. ¿Quizá?

Fabi suspiró y esculcó en su bolsa, buscando una pluma. Agarró su block del cajón junto a la cama, el mismo que usaba para hacer la lista del súper, aunque a veces también lo usaba para hacer otro tipo de listas. Listas de trabajos que quería tener. De lugares en los que quería vivir algún día. De gente que quería ser. Empezó a escribir.

Mando:

Recibí tu segunda carta. Siento mucho saber lo de tu padre, lo que te hizo. Suena como una persona horrible, y qué bueno que ya se murió. Sí te amé, mucho, y éramos algo bastante sensacional en aquellos días.

Estábamos juntos el día que murió mi mamá. Yo le había prometido a papá que ese día la cuidaría yo. Tenía un presentimiento, en mi alma, de que ella se iba a morir, pero de todas formas pasé esa tarde contigo. Me arrepiento tanto de eso. Cuando ella se murió, te culpé a ti por no haber estado ahí para despedirme. Te culpé a ti por haberme divertido todos esos meses mientras ella sufría. Te culpé a ti de que tuve demasiado miedo para verla morir. Cuando te arrestaron, me dio gusto.

Cuando nació Juanito, me mudé a un departamento pinche y empecé a trabajar de cantinera. Todavía vivo en ese departamento y tengo el mismo trabajo. Es difícil no pensar que mi vida resultó así por ese día. Por ti. Me gusta tu idea de las verdades pequeñas, pero no estoy segura de que así funcione la vida. No estoy segura de que pueda culpar al amor por lo que hice. La cagué y nunca podré recuperar aquel día con mi mamá. Pero hay otros errores que sí puedo arreglar. Cosas que puedo hacer bien en una segunda oportunidad. Estoy embarazada otra vez.

—Tenemos que hablar de esta cosa —Fabi se congeló, la pluma suspendida en el aire, mientras el abuelo entraba zapateando a su recámara y se detenía frente a ella. Le puso frente a la cara una escuadra .22, sosteniendo la cacha entre el índice y el pulgar como si fuera un policía que acababa de descubrir la evidencia clave en algún drama policial aburrido de la tele—. No te saques de onda, pero encontré una pistola.

—*Tú* no te saques de onda. Es *mi* pistola.

—No puedes tener esto en mi casa —dijo el abuelo, levantando la barbilla. Le acercó más la pistola.

La pistola… casi la había olvidado. La había comprado hacía años en una casa de empeño. Era plateada y negra, una Smith & Wesson —la única marca que Fabi conocía, así que la compró, pensando que era buena idea—. Híjole. Las cosas que le parecían buena idea en ese entonces hacían que le doliera el cerebro.

—Nomás es para aparentar —dijo Fabi—. Ni siquiera tengo balas.

—Cartuchos —corrigió el abuelo, meneando un dedo—. Y no deberías tener esto aquí con Juan. ¿Sabe que la tienes?

Fabi negó con la cabeza, incrédula.

—No, por supuesto que no.

—¿Y siquiera sabes usarla? —ahora el abuelo daba pasos por el cuarto, ya no era el policía aburrido de la tele sino que ahora era el fiscal, interrogando a una testigo a punto de quebrarse.

—Tomé clases. Después decidí que era mejor nomás para aparentar.

—A ver, enséñame.

—Para qué me molesto —él no le creería ni aunque desarmara el arma por completo y volviera a armarla, lo cual había logrado hacer una vez, aunque llevaba años de no ver la pistola. Estaba escondida en una vaporera para tamales que nunca se usaba, refundida debajo del fregadero de la cocina. Su padre creía que ella siempre sería una mentirosa y nada iba a cambiar eso—. La voy a guardar en mi camioneta hasta que pueda venderla, ¿okey?

—Ya sabía que no sabías usarla. Mi casa, mis reglas, cariño —el abuelo se sentó en la cama junto a ella y le dio unas palmaditas en la pierna mientras seguía hablando—. Y más vale que también se lo digas a tu pequeño delincuente. Estaba hablando con tu casera y me dijo que este departamento se rentaba, si estaba interesado. Solo estaba esperando a que finalmente se fueran el chavito narco y su mamá prostituta.

Fabi le quitó la mano.

—Juan no es narco, pero tiene razón sobre mí. Todos mis clientes me pagan con pistolas.

El abuelo puso los ojos en blanco.

—¿Estás segura de que Juan no anda metido en algo? Va a venir a mi casa. Solo me estoy cerciorando.

—Ay Dios, papá. Esa mujer está loca. Debería haberme ido de aquí hace años —Fabi se frotó los ojos; le pesaban tanto. Cansada y hambrienta y sin humor de seguir oyendo más preguntas, se puso de pie, queriendo irse pero sin estar muy segura adónde.

—M'hija —suspiró el abuelo—. Mira, uno no siempre sabe cuando la gente cercana anda metida en algo. Eso es todo lo que estoy diciendo. ¿Te acuerdas de aquel asesino con el que salías?

—¿Sabes qué? No te apures. Podemos encontrar otro lugar donde vivir. No te preocupes —Fabi repasó el cuarto con la mirada. Todo cabía en su camioneta. Guardaría las cosas en una bodega. Esa noche irían a un hotel.

El abuelo se levantó pesadamente. Olía a sudor y colonia barata para después de afeitar, como si otra vez hubiera pasado la noche dormido en su jardín trasero.

—Eso no es lo que te estoy diciendo. Digo que quizá realmente no sepas si anda en malos pasos. Eso es todo. Yo *quiero* que los dos se vengan a vivir conmigo. Quiero ayudar.

Fabi miró a su padre un momento.

—Está bien, papá —pero no desempacaría todo al llegar a su casa. Acabaría su carta para Mando y luego en la siguiente página de su block empezaría otra lista: departamentos en renta.

—La verdad, deberíamos de haber hecho esto hace mucho, m'hija —dijo su padre, saliendo del cuarto y caminando al de Juan. Fabi lo siguió, lo vio pararse en medio de la habitación. El espacio estaba desnudo, las paredes cuarteadas donde las vigas se habían vencido, la alfombra sucia de manchas oscuras, quemaduras alrededor de los contactos eléctricos—. Nunca debí haber dejado que te quedaras aquí. Debería haber sido más firme.

—Más bien por eso nos vinimos para acá —dijo Fabi. Estaba parada al lado de su padre. Era más alta que él, tenía su misma constitución, pero seguía fuerte, correosa.

Su padre hizo un gesto y se frotó la cara con el pañuelo que siempre traía en el bolsillo trasero y a veces se ponía en la cabeza. Con las mejillas colgadas y su cabeza medio calva sudada, se veía viejo. Frágil.

—Este lugar no estuvo tan mal —agregó Fabi rápidamente, deseando que fuera cierto. No estaba segura de por qué quería hacer que él se sintiera mejor, pero se encontró a sí misma intentándolo.

—Eras muy difícil para lidiar contigo yo solo, tú y tu hermana.

—Pero no corriste a *Gladi* —le reviró Fabi. El impulso de ser amable había desaparecido tan rápido como llegó.

—Gladiola no se andaba escapando todo el tiempo —dijo él—. Gladiola no quería pelearse conmigo cada día de su vida.

—Y de todas formas te dejó —Fabi se tapó la boca con la mano, lamentando sus palabras inmediatamente. *¿Por qué decir eso?*

—En eso tienes razón —dijo su padre después de una pausa. Sus manos estaban temblando a sus lados, ligeros aleteos, sus dedos cerrados permanentemente en puños parciales—. De uno u otro modo perdí a mi mujer y a mis hijas.

—¿Sabes? Yo aún te necesitaba en ese entonces, papá —dijo Fabi, sintiendo que se encogía.

—A quien tú necesitabas era a tu mamá —dijo su padre, el temblor se extendió a sus hombros y su cabeza—. Y se nos murió —su padre se veía aun más viejo, su cabello ralo y canoso, la piel alrededor de su cara llena de arrugas.

Fabi abrazó a su papá.

—Creo que esto va a ser lo mejor, papá. Tienes razón.

—Yo también, m'hija —dijo el abuelo, estrujado en los brazos de Fabi—. Yo también.

Fabi:

Recuerdo el día que murió tu mamá. Había sido el mejor día de mi vida. Esa mañana pasé a recogerte temprano, antes de que sucediera, y nos fuimos de pinta a pasear a Memorial Park y estuvimos un rato junto a tu árbol favorito. Estuvimos echando la güeba todo el día, desde la mañana hasta la noche. Hicimos el amor afuera, en mi nave. Yo creí que así íbamos a estar siempre.

Creo que en ese momento no lo entendí. Primero pensé que necesitabas un tiempo para estar sola, pero cuando empezaste a juntarte con el tal Martín, me volví un poco loco. Ahora lo entiendo. Hasta entiendo por qué te enredaste con Martín. Tu mamá se había muerto de cáncer, su papá igual. Los dos tuvieron que enterrar a sus papás el mismo día. No hizo falta que me lo dijeras, yo ya lo sabía. Me culpas a mí por haberte perdido el último día con tu mamá, y sé que desearías haber pasado ese día con ella, pero si ese era el último día que yo te iba a ver me alegra que las cosas sucedieran así.

En el periódico nos llamaron "los asaltantes de Pulp Fiction", lo cual nos hizo sonar como un chiste. Y así nos trataron en el juicio, burlándose de nuestra ropa y de cómo había sido el robo, de que no traíamos máscaras. Hasta de que escogimos el Denny's cerca del aeropuerto, decidiendo que nuestra idea de que los viajeros traían más lana que los vatos de El Paso era una estupidez. Todo lo referente a nosotros era un chiste, excepto lo que le pasó al sheriff Clark Jones. El fiscal lo llamó así durante el juicio. Una y otra vez.

Entramos disimuladamente y nos sentamos en un gabinete junto a la puerta. Íbamos pachecos, nos acabábamos de fumar lo último de nuestras existencias y decidimos que traficar un poquito de mota, que era lo que hacíamos, no nos estaba dejando suficiente dinero. Yo quería ganar más. Juntar bastante para poder llevarte a otro lado, aunque no había pensado a dónde ni me había anticipado lo suficiente como para hacer planes reales —estaba pensando que tal vez Disneylandia, Mickey Mouse y Tribilín y las montañas rusas, podrían distraerte de la muerte de tu mamá—. Ahora suena tan estúpido, pero pensaba que irnos, sacarte de tu cabeza, de alguna manera te haría volver a mí, te haría volverme a querer. Fernie y Carlo traían unas .22 y yo una escopeta recortada debajo del abrigo. Carlo iba a ser el que hablara y se iba a encargar de la caja registradora. Fernie iba a recoger las carteras —esta era la parte "Pulp Fiction"— y yo iba a vigilar la puerta, pero el plan se fue a la mierda casi desde el arranque.

Ordenamos comida porque el lugar estaba medio vacío y esperábamos que entrara más gente, con más carteras y bolsos que robar. O por lo menos eso fue lo que nos dijimos. Yo estaba asustado, y estoy seguro de que Carlo y Fernie también. Todavía me acuerdo de los huevos que me sirvieron. Estaban tan aguados, casi crudos, que la yema se extendió por todo el plato en cuanto los toqué. No comí.

Lo que hice fue ver a Carlo y Fernie atascarse de huevos, tocino, papas, hot cakes y pan tostado. Tomaron jugo de naranja y agua y café, aunque estoy seguro de que en realidad ninguno de los dos tomaba café. Era como su última comida.

Cuando Carlo se levantó y anunció el robo, hubo personas que hasta se rieron. De seguro pensaron que estaba citando la película o nomás pendejeando, como era flacucho y pálido y le daba un aire al güey de la película, pero cuando le puso la pistola en la jeta a la mesera que nos traía la cuenta, vieron que iba en serio. La mesera gritó cuando Carlo le sumió el cañón en el cachete. Yo vomité toda la mesa.

Carlo se veía encabronado conmigo cuando arrastraba a la mesera hacia la registradora, y Fernie, parcialmente cubierto de mi vomitada, se paró todo tieso como una estatua. Nomás se me quedó viendo, como todos los demás en el restaurante. Sé lo estúpido que suena esto, que en ese momento debería haber estado preocupado por otras cosas y no por las burlas de la gente o lo que pensaran de mí, pero eso era lo único que podía hacer. Como si la gente en el restaurante de alguna manera supiera que en realidad yo era un pendejazo. Que había perdido a mi novia. Que había dejado la escuela. Que ni siquiera podía asaltar un Denny's. Debería haber corrido. Todos deberíamos haber salido corriendo.

En vez de eso me paré de un salto del gabinete, bombeé la escopeta y le dije a todo mundo que se echara al piso. Cuando nadie me hizo caso le apunté la escopeta a Jones. Él sonrió al verme, como si acabara de invitarle su pinche desayuno Grand Slam. Le dije que se echara al piso y me diera su cartera; me dijo que de ninguna manera. Que si tenía una pizca de cerebro en mi cabezota de mexicano me iría corriendo de regreso a mi casa con mi mamá. O mejor aún, de regreso hasta México. Oí que alguien se reía a mis espaldas, luego que alguien más lo callaba. Nadie estaba seguro de qué hacer o qué decir. Yo menos que nadie.

—Tú no me vas a disparar —dijo Jones.

—Chinga a tu madre —le dije—. Te voy a volar la cabeza de un pinche escopetazo.

—Yo fui sheriff en Victoria, Texas, durante veintidós años, y puedo distinguir entre un hombre que hace lo que dice que va a hacer y un pedazo de mierda que nomás se la pasa juntando moscas en un campo de sandías. A ti y a tus amigos los olí desde que llegaron. Ahora entrégame esa escopeta y deja que estas buenas personas sigan comiendo.

Jones se acercó a mí. En ese momento, yo no sabía que Carlo y Fernie ya se habían largado (ellos ya salieron, cumplieron quince años por robo a mano armada; en mi juicio, testificaron que me oyeron amenazar a Jones). Jones era más grande que yo, y aunque yo tenía la escopeta y él ya estaba viejo, yo era el que tenía miedo. Se paró bloqueando la única salida, y yo sabía que en el instante en que se la dejara ir mi vida habría terminado.

Él agarró el cañón y trató de arrebatarme la escopeta, pero yo también la jalé. Empezamos a jalonearla; yo sentía que la culata se me estaba resbalando de las manos. Traté de agarrarla más fuerte para quitársela a Jones, y en eso creo que bajé la mano demasiado y pegué fuerte en la caja y el gatillo. La escopeta se disparó; la detonación me tiró al piso, me rompió dos costillas de un culatazo en el pecho. Oí gritos, el restaurante se empezó a vaciar mientras el pánico se inflaba como globo dentro del salón. Me tomó un rato poderme sentar, hacer que mi cuerpo funcionara, pero cuando lo logré lo único que veía era sangre: me cubría.

No corrí. Esperé afuera a que llegara la chota. No le disparé al sheriff Clark Jones a propósito; solo estaba cerrando los ojos y jalando, igual que él. Aunque a veces sí me pregunto si no tendrían razón los fiscales. Si no le jalé al gatillo a propósito. Si no quería matar a Jones desde el instante en que abrió la boca. ¿Por qué los hombres como Jones siempre piensan que pase lo que pase todo mundo tiene que hacerles caso, y hasta cuando no tienen ningún motivo para pensar que están a cargo se portan como si lo estuvieran? Esa es la única razón por la que está muerto.

Sé que cuando llegue el día, la familia Jones vendrá

a verme morir, y se dirán a sí mismos que están allí por una cuestión de justicia. Pero quizá cuando entren a ese cuarto, me vean en la cámara, sujetado con correas a la camilla y con los venenos entrando, mi cuerpo paralizándose hasta detenerse, entenderán que lo que están viendo no es justicia. O lo entenderán después, cuando empiecen a soñar con mi muerte. Como las noches en que veo a Jones morir, aun después de todos estos años, y no importa todo lo que me haya dicho a mí mismo durante el día. Sabrán que hicieron la elección equivocada. Que eligieron la muerte sin fin.

EDITAR UNA PESADILLA
(CAPÍTULO DIEZ)

JD esperó a su hermana en los escalones de entrada de la Austin High School como ella le dijo. Y, por supuesto, cuando pasó por él, Alma quiso saber más sobre lo que había sucedido.

—Vuélveme a contar. No logro imaginarlo —dijo cuando llegaron. Se orillaron junto al Escort de JD.

El estacionamiento estaba lleno, excepto el lugar junto al coche de JD. Con todo, la carcacha abandonada no llamaba la atención en una plaza de locales comerciales llena de carros fregados, estacionados frente al Big Lots y al Dollar Tree.

Alma seguía emputada de que él hubiera mandado a volar la plática con su amá el viernes pasado después del juego. Y ahora sonaba como una reportera tratando de cachar a un político en una mentira, queriendo saber, a detalle, cómo le había hecho JD para estrellar su Escort contra un poste de luz en un estacionamiento vacío. Solo que JD no se molestó en mentir. ¿Qué caso tenía? El coche estaba chocado y por muchos perros imaginarios que se le hubieran atravesado o historias fantásticas de ir escapando de conductores iracundos, dando volantazos como un piloto de carreras heroico para huir de ellos, no iba a lograr explicar *ese* desmadre.

—Venía pedo —explicó JD—. Un minuto estaba parado en el semáforo y al siguiente ya había chocado con este poste.

Alma asintió con la cabeza, se bajó del coche y se acuclilló junto a la defensa abollada. Examinó el punto donde se había doblado alrededor del poste.

—Ay Dios. ¿Ya le dijiste a mi apá?

—¿Por qué iba a decirle? —dijo JD—. Él es la razón por la que yo andaba por acá. Por la que pasó todo esto en primer lugar.

—¿Porque lo seguiste hasta acá?

—No exactamente a este lugar. A una casa en esta calle. Así que, sí, así es. Yo le echo la culpa a él.

Alma le lanzó una mirada, la misma que su amá siempre le echaba cuando decía locuras: una ceja levantada y la cabeza ligeramente ladeada. Los ojos listos para ponerse en blanco si una palabra más escapaba de su boca.

—¿Entonces tú no tienes la culpa de nada? ¿De no haberte venido a la casa después del juego como quedaste? ¿Como prometiste?

—Ese no es el punto. Le sigue siendo infiel a mi amá.

—Entonces, ¿que mi apá le esté mintiendo a mi amá es la razón de que tú chocaras tu coche y lo abandonaras, sin contarle nada a nadie hasta hoy en la mañana? ¿Eso te suena lógico?

—No tienes que hacerme sonar tan estúpido —JD miraba el carro. Cuando había ido a recogerlo con Danny, esperando que el choque no fuera tan grave como lo recordaba, se encontró con que era peor aún. No solo se había roto el radiador y se había quedado sin anticongelante, sino que el cárter también se había fregado. Sin duda el motor estaba completamente seco—. Yo no soy el que la está cagando.

—*Sí* la estás cagando. Has estado evitando a mi amá y a la familia. Tu hermanito cree que eres un abusivo. Te peleas con tus amigos. Chocaste tu carro manejando borracho y te hubieras podido matar o matar a alguien más. Y toda tu explicación, para todo esto, es la aventura de *nuestro* papá. Que es algo que nos está pasando a *todos*.

JD pensó en eso. La infidelidad de su apá tenía que ser una mierda para Tomasito, que era demasiado chico para entender por qué su papá se había tenido que ir. Y su amá, seguro sentía que su vida estaba terminando. Pero Alma en realidad ya no vivía en la casa. ¿Qué onda con *ella*?

—¿Tienes problemas con tu novio o algo así? Te estás viendo muy perra.

Alma se agarró grandes mechones de pelo y parecía lista para arrancárselos. Su cara pacientemente molesta desapareció y se le botaron las venas del cuello y la frente.

—¡No puedo creer que estés siendo tan horrible!

—Okey, ya entendí. Todo es culpa mía. Lo que tú digas.

—¡No, no entiendes! Siempre te sientes muy listo pero nunca has podido comprender las cosas más básicas. No entiendes lo que es la familia. Lo entendiste todo mal. ¿Qué chingados tiene que ver mi novio en esto, imbécil? ¡Yo solo quería ayudarte!

Eso era todo lo que JD quería: *ayuda*. Alma era buena para los coches. El jefe se la llevaba a sus chambas cuando era chiquita, le enseñaba a arreglarlos, y luego, por cualquiera que haya sido la razón, nunca hizo lo mismo con JD. Pero lo único que Alma quería era jugar a la mamá y hacerlo sentir mierda, cuando él ya de por sí se sentía mierda. Quería que ella le dijera que lo podía arreglar, pero al ver su Escort otra vez —las salpicaderas de otro color, el cartón pegado a la ventana, la defensa delantera doblada, las llantas chuecas— supo que esa chatarra era una pérdida total. Pateó la puerta del copiloto. Vio cómo se arrugaba el metal. Volvió a patear, haciendo más grande la abolladura. Fulminó a su hermana con la mirada.

—No necesito más ayuda. Estoy bien, gracias.

—¿Qué estás haciendo? ¡Ya párale! No empeores las cosas. Siempre estás empeorando todo.

—Eso es lo que yo hago —JD siguió pateando, ahora estropeando la puerta trasera del lado del copiloto. Su cuerpo quedó cubierto en sudor mientras hundía el talón una y otra vez en el metal.

—¡¿Qué te pasa?! —Alma se apartó, se alejó.

—¡Vete a la verga!

—¡Carajo, JD! Eres de lo peor.

JD dejó de patear, se dio media vuelta y se alejó caminando de su coche y de Alma. Iba mirando al suelo, tratando de controlar su respiración. Quería gritar —en realidad no a Alma, solo inhalar profundamente y soltar un largo desahogo de sonido—. JD necesitaba alejarse de su hermana.

—¿Y dónde vas? No te puedes ir caminando a la casa desde aquí, Juan Diego. No seas tan estúpido. Súbete al carro.

Él podía oír la exasperación en su voz. Lo harta que estaba de él. Él también estaba harto de sí mismo. Al levantar la vista, JD se dio cuenta de que el único lugar al que podía ir era la oficina de reclutamiento —había llegado hasta el aparador—. Volteó para atrás y vio a Alma, parada con las manos en las caderas, la cabeza ladeada, como esperando a que él se diera la vuelta como un niñito asustado cuando se da cuenta de que se alejó mucho de su mami. *Ni madres*. JD volteó hacia el frente, jaló la puerta de Plexiglás de la oficina de reclutamiento, y entró.

El año pasado en Nochebuena estaban todos sentados en la sala viendo programas navideños en televisión. Rudolph y Frosty. JD, sentado en el piso, quería ir por la Kinoflex Pro 8mm que había encontrado en la venta de garaje de los Anaya —¡abierta hasta en Nochebuena!—. Después de buscar información de la cámara y ver videos en YouTube, parecía razonable pensar que una cámara así podría ser el punto de partida para que JD empezara a hacer películas. Parecía una cámara de cine de verdad, solo que más pequeña. La caja era negra, una moldura plateada con la lente salida, un mango liso para tomas cámara en mano que se quitaba fácilmente para colocarla en un tripié. No se parecía a las demás cámaras que JD había adquirido al paso de los años, cámaras hechas para grabar fiestas de cumpleaños y graduaciones escolares. Después de todo, si los rusos hacían la Kinoflex, tenía que ser seria; por lo que JD entendía del poco cine ruso que había visto y del desfile de videos de *dashcam* que había ojeado en línea, solo parecían ser chistosos por accidente.

Su amá había estado cansada de hacer tamales con las tías y prepararse para el día siguiente en casa de la abue, donde la familia entera se reunía cada año después de ir a misa, y se estaba quedando dormida en el hombro de su apá. Alma estaba en casa de su novio, lo que había hecho encabronar a su jefe. Se había quejado de que ese era un día para estar en familia, que él siempre estaba trabajando y cuando no, todos deberían estar en casa. Por supuesto que era un disparate. ¿Quién iba a saber cuándo estaría en casa? JD quería ir a tirar canastas con Juan o quizá a una fiesta que había mencionado Danny, pero con su jefe de gruñón, sabía que irse no era buena idea. Además, tenía la cámara.

El motor de la cámara era manual, de cuerda, pero no rotaba. No se oía nada suelto, así que probablemente no tenía nada roto, solo un engranaje desalineado o atorado. Tenía que haber algún ajuste que JD le pudiera hacer para echar a andar la cámara y empezar a filmar. Algo fácil. Incapaz de concentrarse en Rudolph y su conveniente deformidad, JD le preguntó a su jefe si podía tomar prestadas unas herramientas.

—¿Para qué? —su apá seguía viendo la tele, abrazando a su amá; Tomasito estaba sentado junto a sus pies. A diferencia de JD, la familia estaba absorta viendo a Rudolph. Todos preferían a los inadaptados en televisión.

—Quiero desarmar mi cámara. Ver por qué no funciona.

—¿Qué cámara?

—La compré en una venta de garaje.

—¿Compraste una cámara descompuesta en una venta de garaje? ¿Cuánto pagaste? —ahora JD tenía la atención no deseada de su jefe. Su apá se inclinó hacia delante para verlo mientras su amá se enderezaba.

—¿Qué hiciste? —preguntó, la pregunta automática, como un saludo. *Buenos días. Buenas tardes. Tienes derecho a guardar silencio.*

—Hoy compré una cámara en una venta de garaje.

—Más bien le vieron la cara —dijo su jefe con repugnancia—. ¿De quién era la venta de garaje? ¿De los Anaya? Te he dicho que no vayas ahí. Ladrones.

—No importa.

—Cómo chingados no. Si te vendieron algo que no sirve, te tienen que devolver tu dinero.

—Tiene razón, m'hijo —dijo su amá—. No los protejas.

—Yo lucharé contra ellos —dijo Tomasito, levantándose de un salto y asumiendo una seudopose de kung-fu y lanzando una patada al aire—. ¡Ya!

—Ya basta —dijo su amá, jalando a Tomasito a su regazo—. Mira a Rudolph.

—Por lo menos este no se dejaría estafar —soltando un largo suspiro, el padre de JD se volvió a recargar en el sofá y se frotó la cara con una mano, como si acabara de oír a JD confesar que había cambiado la vaca de la familia por unas habichuelas mágicas.

—Yo sabía que estaba descompuesta. Creo que la puedo arreglar.

—Tráeme la cámara —había dicho su padre.

Los Anaya querían veinte dólares por la cámara, probablemente era buen precio, pero él aún tenía que comprar los regalos de su amá y Alma, y también de su jefe y Tomasito. Probablemente había pagado de más por el balón que le compró a Tomasito, la estatua de la Virgen para su amá y los lentes oscuros para Alma. El reloj de *En alguna parte ya es hora de una cerveza* para su jefe. Así que JD no se sintió muy culpable de guardarse la cámara descompuesta en el pantalón y salir de ahí con un regalo para él mismo. Después de todo, era Navidad.

—Toma —dijo JD, después de traer la cámara de su cuarto.

Su padre la sostuvo en la palma de su mano, como si fuera una báscula para determinar el valor de la cámara.

—¿Cuánto pagaste?

—Un dólar —dijo JD, suponiendo que a su jefe no le molestaría esa cantidad.

—Bueno, por lo menos no fue más. Digo, es que hasta si la echas a andar, ¿dónde vas a conseguir película? ¿Dónde la vas a revelar? Esta cosa ya era antigua cuando yo era niño. Tu tata tenía una. Estas ya nadie las usa, m'hijo. Hasta por un dólar, te timaron.

—Pero es como una cámara de cine de verdad. Mírala —insistió JD.

—N'hombre, estas eran para películas caseras. ¿Verdad, mi amor? —esperó a que su mujer le diera la razón, pero ella se estaba quedando dormida otra vez, sus ojos parpadeando y cerrándose—. Como te digo, tu tata tenía una. La usaba para grabar cualquier cantidad de babosadas imposibles de ver. Ni siquiera graba sonido.

La cara de JD debió de haberse desmoronado porque su padre agregó:

—Pero si quieres tratar de arreglarla, tengo unos desarmadores chiquitos en la guantera de la camioneta que te pueden servir. Inténtalo.

Los desarmadores no estaban en la guantera, pero siempre había herramientas tiradas en el asiento y en el piso. Así que JD se puso a buscar por el piso y debajo de los asientos. Los condones estaban metidos en una bolsa de papel de estraza que los dedos de JD rozaron en su búsqueda. Tomó la bolsa, pensando que los desarmadores podían estar allí, desenrolló el papel gastado. Y descubrió la caja. Estaba rota descuidadamente, le quedaba la mitad de la docena original. JD se recargó en el asiento con los condones desparramados en sus piernas, la cabeza hormigueándole y el cuerpo pesado, aturdido, como si acabara de estar en un accidente automovilístico. Uno que no había visto venir.

Y ahora, sentado en la oficina de reclutamiento, sentía exactamente ese mismo estado aturdido. Y aunque lo que le había pasado no era lo mismo que acabar hecho nudos en una caja de metal, esa sensación de confusión —el hormigueo en la cabeza como si toda la sangre se le hubiera salido y se le estuviera agolpando en las plantas de los pies, sus ansias por huir de ahí— era igual. Alma se había ido en su coche y le había mandado un texto segundos después:

> YA MADURA!!!!!!

La oficina del sargento técnico Bullard, su nombre estarcido en la puerta de vidrio, estaba tapizada de pendejadas súper ñoñas. Pósters con aviones de combate volando entre las nubes, palabras como INSPIRACIÓN y DETERMINACIÓN escritas debajo en negritas. JD recorrió la oficina aparentemente vacía, los muebles y la alfombra eran baratos y tan mediocres como las imágenes de pilotos sonrientes comandando aviones o empuñando sus M16. Los pósteres de grupos de mecánicos mirando a la cámara, parados junto a bombas o en las bahías de mantenimiento rodeados de herramientas, siempre parecían incluir a un güey blanco, un güey negro y un güey moreno de origen étnico indefinido. Los vatos podrían haber sido indios, indígenas americanos, latinos o musulmanes. Era la manera de la fuerza aérea de decir: *Oigan, morenazos, esta mierda es para todos.* Detrás del escritorio de Bullard había placas, artículos de periódico laminados, y banderas de los Estados Unidos perfectamente dobladas en marcos de madera triangulares. JD se quedó parado detrás del escritorio del reclutador, leyendo. Curioso. Había tres distinciones por servicio en combate, en guerras que abarcaban toda la vida de JD.

—Una disculpa —la voz obviamente pertenecía al reclutador y era amistosa, pero de todas formas puso nervioso a JD. Rápidamente se quitó de atrás del escritorio. El hombre vestía un uniforme azul, las mangas impecablemente planchadas con una raya en medio. Una corbata azul perfectamente anudada—. Estaba en la letrina. Soy el sargento técnico Bullard.

—JD… y perdón por andar allá atrás —dijo JD, que no supo qué más decir.

—No hay problema, JD. ¿Estás pensando en unirte a la mejor fuerza aérea del mundo? —Bullard cruzó los brazos sobre el pecho y sonrió como un instructor de deportes hiperentusiasta.

—En realidad no —dijo JD—. Ya me iba.

—¿Por qué tan rápido? ¿Te asusté? —Bullard caminó hasta una silla junto a la entrada y se sentó—. Porque si no te asusté yo, fue algo más. Te ves muy sacado de onda, mano.

JD no pudo evitar mirar por la ventana hacia su Escort descompuesto. ¿Cómo iba a llegar a casa? Obvio que Danny no iba a venir otra vez. Alma también estaba descontada. ¿En camión?

Bullard miró el estacionamiento.

—¿Es tuyo? Apuesto a que tiene su historia —apuntó directo a la carcacha de JD. Le atinó a la primera.

—No quieres saberla.

—Seguro fue una noche de diversión que no acabó tan divertida. No eres el primero al que le pasa —Bullard pasó su atención del coche a JD—. ¿Te preocupa?

—A güebo —dijo JD.

—¿Quieres tomar algo? Hay un frigobar junto a mi escritorio —Bullard cabeceó justo hacia donde JD acababa de estar. JD estaba sediento y cansado. Sacó un refresco y fue a sentarse junto a Bullard.

—Qué intenso —dijo JD, sosteniendo una lata de Mountain Dew.

Bullard levantó una ceja.

—¿Te estás burlando de un refresco gratis?

—Perdón —dijo JD, sintiéndose mal de inmediato. *Maldición*—. Estoy seguro de que funciona muy bien cuando reclutas a la raza —le dio un trago. El agua burbujeante y azucarada le supo fantástica.

—A los *gamers* también les gusta —sonrió Bullard—. ¿Te puedo hacer una pregunta?

—Supongo —aquí venía. El discurso vendedor.

—¿La policía está involucrada?

—No —JD evitaba mirar al reclutador, que estaba haciendo todo lo posible por hacer contacto visual—. Solo estuvimos el poste y yo. Nadie sabe lo que pasó.

—¿Ibas borracho?

—Sí —honesto. ¿Por qué no?

—Bueno, ¿y qué vas a hacer al respecto? —Bullard se recargó en su silla, queriendo una respuesta que JD no estaba seguro de tener—. Obviamente tienes un problema con ese coche inservible. Tienes que hacer algo al respecto. Dime tu plan.

—No sé. ¿Arreglarlo?

—Eso sería demasiado caro. Realmente no podrías pagarlo. ¿Cuál es tu siguiente plan? —Bullard saltó de su asiento y fue a su escritorio, luego giró para ver de frente a JD—. ¡Vamos! ¡Dime!

—¿Dejarlo ahí? —JD se desplomó en su asiento; ahora estaba seguro de que no tenía todas las respuestas.

—Pésima idea. Tarde o temprano alguien va a reportar el carro abandonado. Te van a mandar citatorios, muchos. Luego una grúa se va a llevar el carro y tú vas a acabar en una corte, debiendo miles de dólares por un coche que no vale nada. ¿Cuál es tu opción número tres? ¡Vamos!

—¿Qué caso tiene? —de pronto JD quería irse a su casa. Deseó haberse subido en el coche con Alma en vez de decirle locuras. ¿Por qué siempre hacía lo mismo?

—El punto es que cuando la gente como tú entra a esta oficina piensa que está buscando un trabajo o dinero para la universidad, pero lo que necesita son habilidades para resolver problemas. La fuerza aérea puede enseñarte eso, muchacho. Créeme. Yo he estado en situaciones complicadas.

Bullard se recargó en su escritorio. Era musculoso, el pelo muy corto y perfectamente peinado, el pecho cubierto de medallas. Parecía una estrella de cine. Si Bullard hubiera sido su *coach* de básquetbol, quizá hubieran ganado unos dos, tres juegos con el puro estilo.

—¿Bueno, y *tú* qué harías? —JD pensó en la cámara que dejó conectada a su computadora, bajando todo el material que había capturado hasta ahora. ¿Estaba loco por pensar que debería haber estado filmando este momento?

—Hacer que una grúa se lo lleve a un deshuesadero.

¿*Qué? Sí, definitivamente estaba loco de remate.*

—¿Y ya?

—Escucha. Si lo llevas a un deshuesadero, se los puedes vender en lo que te quieran pagar, y el problema está resuelto. No tiraste dinero bueno, no ignoraste el problema, empeorándolo, y te quedó un poquito de dinero para volver a empezar. ¿No crees que te convendría mejorar tu habilidad para resolver problemas?

—¿Puedo aprender a pensar así en la fuerza aérea?

—Si eres listo, y tienes cara de que quizá lo seas.

JD sacó su teléfono, abrió la pantalla.

—¿Y qué me dices de los trabajos? Yo quiero ser cineasta. ¿Ese es un trabajo de la fuerza aérea? Quizá ir a la universidad.

—La fuerza aérea tiene su propio equipo de producción.

Hacemos nuestros propios materiales promocionales y tenemos acceso a los mejores equipos, después de Hollywood. Desde luego, hay prestaciones para ir a la universidad. Y toda clase de beneficios adicionales. ¿Pero para qué hablar de todo eso ahora? Te ves cansado. ¿Qué te parece si te doy un aventón a tu casa?

JD sabía perfectamente que aceptar su oferta significaría estar en deuda con el reclutador. Que Bullard empezaría a llamarlo y a buscarlo en la escuela. JD nunca antes había visto a Bullard, pero había notado a otros reclutadores merodeando la cafetería y apareciéndose el día de orientación vocacional. Buscando ingenuos.

—Está bien. Pero no me voy a meter.

—Toma mi tarjeta. Quizá algún día me quieras llamar.

JD decidió que este tipo no estaba *tan* mal y la tomó. Por ser educado.

Más tarde esa noche, cuando Tomasito dormía, JD miró el material haciendo el menor ruido posible. Repasó las imágenes que había tomado: momentos aleatorios de Juan y Danny platicando, vistazos de casas y coches del barrio, montones de cielo y nubes. El sonido de un balazo y el interior del bolsillo de su chamarra, la conversación amortiguada entre él y su apá —todo el audio estaba horrible y era imposible de escuchar—. JD se dio cuenta de que su material funcionaría mejor para editar una pesadilla que un documental. Tenía que aprender los fundamentos del cine, porque ninguna de las cosas importantes que habían estado pasando había quedado en la película. Se estaba perdiendo de todo; hasta su material familiar era horrible.

Se sentía mal de lo que le había dicho a Alma, por seguir evitando a su amá, y por ser un abusón con su hermano. JD amaba a su familia, pero podía sentir cómo se iba desvaneciendo de todos —no solo de su amá—. Lo echarían a patadas, como a su apá, si supieran lo que en realidad pensaba y sentía, si pasaban un tiempo metidos en su cabeza. Estaba seguro de ello. Estaba a punto de textearle a Juan para contarle de su coche, pero Juan había estado en un encierro autoimpuesto, estudiando sin parar para su examen de Álgebra básica como la fregada. El güey estaba todo sacado de onda por nada, y hasta había conseguido que la prima de Danny aceptara ir a enseñarle.

Era hora de que JD hiciera lo mismo. JD agarró su teléfono y empezó a buscar la manera de ser un mejor cineasta, un mejor lo que fuera, cuando una idea nueva de pronto floreció en su cabeza. Una idea que lo ayudaría a él y a cumplir su promesa a Juan.

Cine documental

Cine documental consejos
Cine documental técnicas
Cine documental cursos
Cine documental equipo
Cine documental talleres

Cine documental escuelas

Sentenciados a muerte

Sentenciados a muerte película completa

Sentenciados a muerte internos

Sentenciados a muerte última comida

Sentenciados a muerte elenco

Sentenciados a muerte historias

Sentenciados a muerte últimas palabras

ÁLGEBRA BÁSICA

Identidad es una relación de igualdad, $x = y$, donde x e y contienen diversas variables y x e y producen los mismos valores independientemente de qué valores se sustituyan por esas variables. Es decir que $x = y$ es una identidad si x e y expresan las mismas funciones.

Es sábado en la tarde y Roxanne vino a estudiar, como prometió. Llevas una semana entera estudiando álgebra, esforzándote como loco por tu cuenta mientras rehabilitas tu tobillo, sabiendo que te tienes que enfocar. Tu ma y tu abuelito están emputados contigo. No te dicen ni madres pero tú lo notas, los dos te miran de reojo.

Llevaste a Roxanne a tu cuarto nuevo. Ella huele bien, trae un perfume ligero que se te está subiendo a la cabeza. Los dos están sentados en tu cama, junto con tu libro de Álgebra, cuaderno, mochila y la calculadora graficadora de Danny. Ella está abrazando tu almohada. Tu ma lleva todo el día en su cuarto con la puerta cerrada. Pensaste en ir a estudiar a la cocina, para no hacerla encabronar más, pero tu abuelo estaba ahí reconstruyendo un carburador. Te da gusto que Roxanne nunca viera el interior de tu viejo departamento y desearías que nunca hubiera sabido que vivías allí.

Roxanne empieza con lo que llama lo básico, y explica que la información de las operaciones aritméticas con fracciones puede extrapolarse a todos los números reales. Te dice que hagas de cuenta que x siempre va a ser racional y que puedes estar seguro de que el resultado será válido para todos los números x. Ella agarra tu lápiz y garabatea en tu cuaderno abierto.

$$\frac{x+9}{12} + \frac{x-12}{9} = \frac{(x+9)(9) + (12)(x-12)}{(12)(9)}$$

Las identidades, explica, son expresiones simbólicas que son ciertas para todos los números reales.

$$(x-y)(x+y) = x^2 - y^2$$

Roxanne es demasiado lista para ti, por mucho. Eso además de ser demasiado bonita. Demasiado chingona. Te dice que la factorización es la descomposición de un objeto matemático, reducirlo a sus términos más básicos. Piensas en números muriendo —todos los puntos y rebotes, todas las asistencias y robos que te mataste para hacer, marcados en lápiz en la libreta verde de marcadores, desvaneciéndose lentamente—. Roxanne sigue escribiendo.

$$10x^2 + 51x - 180 = (2x + 15)(5x - 12)$$

Ella te mira y sonríe.

—¿Ves? —ya está factorizando.

Mientras Roxanne escribe símbolos y expresiones sin ningún esfuerzo, le devuelves la sonrisa, mostrándole tus dientes chuecos que te avergüenzan un chingo, y te das cuenta de que *esta* es otra cosa que está fuera de tu alcance. Te sientes como Eddie, que nunca va a *entender* realmente el básquetbol; como JD, que no puede sentir a Dios. Que eres una x y tus amigos son las y: los tres son diferentes variables pero están igual de jodidos.

—¿Sí estás entendiendo esto? —Roxanne baja el lápiz—. ¿Voy muy rápido?

—Nooo —dices, respondiendo a su primera pregunta—. ¿Y x puede ser lo que yo quiera, cualquier número? —no puedes evitar pensar que si x puede ser lo que sea, ¿entonces qué más da lo que sea la x? X no significa absolutamente nada.

—Mientras no sea nada irracional, como pi…. ¿Ves? Ya le estás agarrando.

Necesitas saber lo suficiente para pasar el examen de la Sra. Hill, pero eres estúpido y eso ni cómo remediarlo. Te acercas un poco más a Roxanne, tu pierna toca la suya.

Roxanne sigue sonriendo, pero deja el cuaderno en su regazo, alcanza tu libro de Álgebra y te lo estrella juguetonamente en el pecho.

—Mira, estás guapetón, pero tenemos que seguir trabajando. Nos falta repasar mucho.

—Perdón —dices—. Fue mi culpa —te vuelves a separar un poco, respetando su espacio, pero te das cuenta de que con gusto reprobarías todos los exámenes de Matemáticas por la oportunidad de poner tus labios sobre los de ella, porque eres irracional, de hecho estás al pinche límite de ser ridículo, igual que π.

VIVA LA REINA
(CAPITULO ONCE)

Le tomó varios días a Juan sentirse cómodo con la idea de tomar el viejo cuarto de Fabi, ella se daba cuenta; normalmente dormía en el sofá cuando venían de visita. El cuarto no se parecía nada a lo que era cuando Fabi lo compartía con Gladi. Las estrellas fluorescentes que Gladi había pegado en el techo hacía mucho que se habían quitado, y se habían pintado las paredes, el rosa brillante ahora era blanco liso. Las cortinas de Rosita Fresita habían sido reemplazadas por unas persianas, y la corriente alfombra azul de pelo largo era ahora un tapete berebere rústico color café. Fabi apenas reconocía el cuarto, de lo cual se alegró. De hecho, la casa entera parecía nueva. ¿Cómo no se había dado cuenta, en años de venir a dejar a Juan, que su padre lentamente había remodelado toda la casa? Se asomó a la recámara de su padre. Podía haber sido parte peluquería antigua, parte museo militar. Él dormía en una cama individual bien tendida, metida en un rincón del cuarto. En el centro había un sillón reclinable frente a una mesita baja llena de revistas y periódicos. Las paredes estaban salpicadas de premios y condecoraciones de su tiempo en el ejército; artículos de periódico amarillentos sobre la guerra de Vietnam, donde había hecho dos periodos de servicio, colgaban enmarcados. En la esquina opuesta del cuarto estaba el maniquí. Ella recordaba que su madre solía llamarlo Manny el Maniquí; seguía vestido con el viejo uniforme de combate de su padre: pantalones y camisa verde olivo, cinturón de red con cantimplora, botas para la selva y el casco de bacinica que estaba abollado donde su padre afirmaba que le habían dado un balazo que lo dejó inconsciente. Había despertado en una unidad hospitalaria MASH y después lo habían dado de baja por motivos médicos. Excepto por Manny, no quedaba rastro de mamá en ninguna parte del cuarto.

Fabi tomó el viejo cuarto de costura. En realidad era una recámara, pero nunca se usó como tal —aunque tampoco se usó para coser—. Coser era algo que su mamá siempre decía que quería hacer pero nunca hacía mucho, la cara máquina Singer que le compró papá un eterno comodín que él siempre sacaba a relucir cuando ella quería algo nuevo para la casa o para ella misma.

Necesitamos una estufa nueva. Esta tiene las patas rotas. Los pasteles me salen todos chuecos.

¿Por qué no haces los pasteles con la máquina de coser esa que

me hiciste comprar? Costó bastantito; seguro que hasta pasteles hace.

Necesitamos una lavadora nueva. Esta ya no gira.

No pues. Mejor haznos ropa nueva con la Singer.

El cuarto de costura fue donde mamá pasó sus últimos meses, la habitación convertida en un improvisado hospital para enfermedades terminales. Donde ella murió. Ahora era una recámara ordenada con una cama *queen size*, dos burós y una mesa de costura del otro lado, la Singer montada dentro de la pesada mesa de madera y cargada con hilo, lista para trabajar si tan solo alguien la encendiera. Fabi se preguntaba si su padre había arreglado el cuarto para ella. Siempre había sido mejor con las manos que con las palabras.

Ahora que salía al trabajo, Fabi se apresuró por el pasillo pero paró en seco cuando oyó risas provenientes del cuarto de Juanito. Eso era raro. Curiosa, abrió la puerta lentamente y se asomó. Una chica estaba sentada en la cama junto a él, con un libro en las piernas. No estaba haciendo nada malo, más allá de reírse, pero al verla junto a su hijo, Fabi se llenó de pánico. Podía oír a su padre: *Mi casa, mis reglas.* Fabi aún no hacía su lista de lugares adonde mudarse. No tenía dinero ahorrado. Ningún plan. Juan se quedó helado al verla. Nunca había traído a una chica a la casa, al menos no que ella supiera.

—Bueno, ¿qué está pasando aquí? —preguntó Fabi, tratando de sonar como si no estuviera ahí para regañarlos, pero quizá sí.

—Nada, estamos estudiando —dijo Juan, alejándose de la chica—. Tengo que pasar un examen de Matemáticas la semana que entra o me sacan del equipo.

—¿Qué? No esperas que te crea eso —*guau*. Fabi no podía creer cuánto sonaba como su padre. Reconoció a la amiga de Juan, era la del coche nuevo. ¿Juan y ella traían onda?

—Ay ya, ma. Nunca te portas tan rara cuando vienen mis otros amigos. Me estás avergonzando.

Él tenía razón, por supuesto. La pobre chica tenía cara de que quería desaparecer; subió las rodillas al pecho y las abrazó. Fabi de inmediato se arrepintió de haber avergonzado otra vez a la chica. Se arrepintió de la forma en que los trató a ella y a Juan el otro día en los buzones.

—¿Por qué no me pediste ayuda a *mí*? —Fabi también había batallado en la prepa. Pero, como su padre, su problema era el inglés, eran las palabras—. No soy estúpida, ¿sabes?

—Bueno, pues yo sí, ma. Yo *sí* soy estúpido —dijo Juan—. Y si no paso este examen la semana que entra, como dije, me van a correr del equipo de básquetbol.

—Tú no eres estúpido —dijo Fabi, queriendo correr hacia su hijo. Abrazarlo como cuando era chico, cuando estar asustado significaba necesitarla.

—Soy Roxanne —dijo la chica, poniéndose de pie. Buenos modales, pensó Fabi, relajándose un poco—. Juan me invitó a venir. Siento causar tantos problemas y siento haberme ido el otro día sin presentarme.

—No te preocupes, Roxanne —dijo Fabi—. Juan causó los problemas. Él es el que nunca me cuenta qué está pasando —se acercó extendiendo la mano, la muñeca llena de pulseras tintineando. Estaba consciente de lo corta que era su falda, lo escotada que era su camiseta de tirantes. Aunque básicamente administraba el bar aún tenía que servir; sin propinas, ganaba una mierda—. ¿Y por favor, podrían estudiar en la cocina? En esta casa hay una regla de que no puede haber un chavo y una chava solos en la misma recámara.

—¿Desde cuándo? —dijo Juan, volteando a ver a Fabi.

—Desde que llegaste *tú* —dijo Fabi—. Y le ha tomado al abuelo casi dieciocho años superarlo.

Con Juan y Roxanne prudentemente instalados en la cocina, Fabi subió de un salto a su camioneta. Sacó la pistola de su bolsa. Ella tampoco pensaba romper las reglas de su padre, así que había decidido vender esa cosa o regalarla; ¿quizá llevarla de vuelta a una casa de empeño? Hasta entonces, la escondería debajo del asiento del conductor, así si su papá decidía hacer otra inspección de su cuarto, no encontraría nada.

La .22 cabía perfectamente en la ranura detrás de la palanca para mover el asiento, haciéndola preguntarse si esa era la intención de ese espacio, si todas las camionetas tenían un espacio listo para una pistola y si la mayoría de las camionetas circulando ya la traían ahí acomodada y ella no tenía idea. *Qué locura.* Quizá se lo preguntaría a Rubén.

Rubén. ¡Híjole! Tenía que decidir cuándo iba a decirle a Rubén lo del embarazo. A pesar de todo lo que estaba pasando con Juan, no dejaba de pensar en eso. Francamente, casi todo se lo recordaba. Los anuncios de televisión con familias que, por algún motivo, lavaban la ropa todos juntos. Su montón de cuentas sin pagar. Juan. Escarbó en su bolsa y sacó el ultrasonido. Ya habían pasado casi dos semanas desde su visita a Proyecto Vida.

En la clínica, había logrado evitar ver la pantalla del ultrasonido. Estaba casi muda, respondiendo las preguntas del doctor con respuestas de una palabra. No, no tenía problemas de abuso de drogas o alcohol. No, no tenía seguro. Probablemente había sido un error aceptar el papel enroscado cuando él le ofreció la foto, su mano tomándola como por voluntad propia. Porque ahora se descubría mirándola prácticamente cada momento libre que tenía. La imagen parecía cambiar cada vez que la miraba. En un principio la manchita blanca se veía tan solitaria contra la negrura, como un satélite perdido flotando en el espacio exterior, destinado a siempre seguir así. Por lo menos eso fue lo que pensó hasta que empezó a ver su cuerpo como el espacio exterior, su nombre, Fabiola Ramos, impreso a un lado del ultrasonido. Su ser era un universo infinito, inacabable y en expansión. Posibilidad sin explorar.

El Paradise estaba en Five Points, donde la clientela había ido cambiando al paso de los años aunque el nombre no. Cuando ella empezó a trabajar ahí, el lugar atendía sobre todo a los viejos borrachos del barrio. Luego llegó la gente de Juárez, multitudes de hombres y mujeres desplazados que vinieron para escapar del horripilante *show* de la guerra contra las drogas, pero a ellos los acabó corriendo la actual clientela *hipster*, a la que le gustaba disfrutar con ironía la decoración boba de tema tropical y la cerveza barata. Fabi entró al estacionamiento y vio la Hummer verde limón de Rubén, EL REY DE LA GANGA estampado en la parte de atrás. Ahora, Rubén era un tipo que nunca parecía encajar en ningún grupo. No era un borracho, no era un refugiado buscando comunidad y, por supuesto, no era ningún *hipster*. Rubén había entrado un día al Paradise, diciéndole que lo había hecho porque justamente estaba buscando el paraíso. Qué cursi. Había regresado a la noche siguiente, esta vez con un amigo, y los dos se pasaron la noche en la barra platicando entre ellos, pero obviamente habían venido a verla a ella. Se volvió un cliente habitual, haciéndole plática, contándole de su lote de autos y los secretos para cerrar un trato. La plática de Rubén había sido el preámbulo para invitarla a salir. Fabi le dijo que no a una noche de baile, luego a una salida a cenar y al cine. Simplemente no estaba muy interesada. Cuando él le dijo que si aceptaría ir a tomar un café, solo por una hora, ella accedió, cansada, decidiendo que Rubén estaba guapetón y era inofensivo.

—¿Por qué no me contestas las llamadas ni los textos? —le dijo ahora Rubén en cuanto Fabi entró al bar. El primer golpe de aire estancado, el olor a alcohol rancio y limpiador fuerte, le quitó el aliento. Los flamencos rosas de plástico que normalmente estaban posados en las esquinas del bar habían sido derribados y había que volverlos a poner; las palmeras inflables, adorno de centro de los gabinetes, estaban desinfladas. No tenía idea de dónde podía estar la bomba.

—Te contesté —dijo Fabi—. Te dije que estaba ocupada con la mudanza.

—Y yo te dije que me dejaras ayudarte.

Hizo una pausa, como si estuviera inseguro, luego agregó:

—Que hasta te podías mudar conmigo.

—Ay Dios. Yo pensé que estaba siendo buena onda por no pedírtelo —mintió Fabi. El bar estaba casi vacío, lo cual era una mala señal. Si bien los *hipsters* dejaban buenas propinas, normalmente empezaban la fiesta tarde y pedían los tragos más baratos. Los dueños los odiaban y estaban pensando en volver el Paradise un bar de deportes o peor aún, un club de estriptis, pero el menso de su hijo Chuchi los adoraba. Eran sus cuates de la peda casi todas las noches.

—¿Y eso qué tiene de buena onda, que me ignores todo el pinche tiempo?

—Tengo que ponerme a trabajar —y era verdad. Y no solo aquí. Todavía no acababa de desempacar. Tenía que lidiar con Juan. Por no hablar de un embarazo.

—Entonces tráeme una cerveza, ya que solo quieres trabajar.

—¿Qué?

—Tráeme una cerveza. Ese es tu trabajo, ¿que no?

Fabi suspiró. Así que ahora iba a tener que lidiar con esto.

—Sí, está bien… ¿De cuál?

—Una PBR —Rubén se enderezó el saco, ladeó su sombrero vaquero y guiñó un ojo altaneramente, el mismo gesto que hacía al final de sus comerciales. Antes de conocerlo ella realmente no había notado sus anuncios pero ahora los veía todo el tiempo, pasaban en los programas de deportes y los noticieros locales. Ella podía recitar todos sus chistes malos y ya se sabía de memoria los movimientos de cámara y efectos mal hechos, el zoom que se acercaba y se alejaba a su cara, flechas señalando los coches baratos mientras las palabras PRECIOS MUY MUY BAJOS parpadeaban en la pantalla.

—Lo que tú digas —Fabi desapareció detrás de la barra para traerle su cerveza y empezar su turno, deseando que la noche ya hubiera acabado.

Rubén seguía en la barra cuando los *hipsters* finalmente aparecieron. Ordenaron sus cervezas PBS e IPA. Algunos se burlaron de Rubén mientras esperaban sus tragos, echándole mierda a su atuendo y su Hummer. Uno lo llamó el Rey del Neón. Él les respondía con un pulgar hacia arriba y seguía tratando de hacer que Fabi hablara con él, mientras ella le servía cervezas y después tragos. Fabi esperaba que él se fuera en algún momento, pero en vez de eso se quedó y se emborrachó. ¿Por qué sería que los hombres como Rubén, los "lindos", eran igual de implacables que los supuestos chicos malos y los machos y la raza a la hora de no aceptar un no por respuesta?

—Otra —dijo Rubén, sacudiendo su lata de cerveza vacía hacia ella. Alguien había puesto música de surf cursilona en la rocola, la guitarra ondulando fuerte, dificultando oír. Un grupo que se había sentado en la mesa detrás de Rubén estaba tomando *shots* de golpe y jugando con la palmera desinflada.

—Te voy a cortar el servicio —dijo Fabi, con los brazos cruzados.

—¿Otra vez? ¿Puedes hacer eso aquí también? —Rubén se rio, manoteando en la barra con la palma abierta.

—Ya basta, Rubén —dijo Fabi, notando que la gente de la mesa empezaba a desviar su atención hacia ellos—. Estás borracho, cabrón.

—No me digas, cabrona. He estado tomando. ¿Cuál es tu bronca? O, mejor dicho, ¿cuál *no* es tu bronca?

—Ahorita tú eres mi bronca —Fabi volteó y notó que un güey sentado a la mesa, con lentes de plástico negro y barbita rala, sacó su teléfono. Empezó a grabarlos.

—¿Qué hice? Hice todo lo que querías —Rubén ni siquiera la estaba mirando a ella, le estaba hablando a la cámara del teléfono.

—No hiciste nada —Fabi sabía que razonar con borrachos era un error, un error de principiantes, pero ahí estaba.

—¡Mentirosa! —volteó a verla—. ¿Por qué no me quieres? ¡Dime! ¿Por qué sientes que soy poca cosa para ti? Eres una pinche mesera.

Hubo una pausa de silencio. Los parroquianos voltearon a ver a Fabi, esperando a que dijera algo. Rubén tenía los ojos rojos y vidriosos, el sombrero vaquero chueco en la cabeza, los puños apretados del coraje. Fabi se dio cuenta del costo continuo de darle el sí a Rubén. Que haber ido a tomar esa primera taza de café significaba que algún día se mudaría a la casa de él y tendría sus bebés; significaba transformarse lentamente en cualquier *cosa* que él se hubiera imaginado que ella era el primer día que entró al Paradise. Darle el sí significaba ser parte de alguna *ganga*.

—No sé —dijo Fabi, mirando directamente a Rubén, con ojos fríos como el acero—. Solo soy una pinche mesera.

—Qué perra —gritó Barbita Rala, sin dejar de enfocarlos con el teléfono. Rubén se levantó de su banco y de inmediato se cayó al piso. Toda la mesa se rio—. ¡El rey sólo quería a su reina! —exclamó Barbita Rala.

—La mesera debe tener buen crédito —gritó alguien más, causando rugidos de risa—. Viva la reina.

Gateando en el piso, Rubén alcanzó su sombrero vaquero. Fabi se agachó para ayudarlo a levantarse, pero él le dio un empujón, lanzándola de espaldas contra la mesa. Las botellas de cerveza a medias y los vasos para *shots* le llovieron encima. Su ropa quedó empapada y apestando a chupe de inmediato mientras ella batallaba por ponerse de pie. Las botellas caían ruidosamente a su alrededor. La guitarra seguía tocando enérgica en la rocola mientras un mar de *hipsters* miraban boquiabiertos.

—Eso te sacas —dijo Barbita Rala, plantándole el teléfono en la jeta—. Espérate a que Chuchi vea esto, ¡su bar es como una telenovela!

—A la chingada Chuchi —dijo Fabi, apartando la cámara bruscamente. Los idiotas *hipsters* borrachos estallaron en gritos y aplausos. Ella recorrió el lugar con la mirada y se dio cuenta de que estaba rodeada de hombres. Todos estaban borrachos, sus caras abotagadas burlándose. Abriéndose paso a empujones entre la gente, salió corriendo. El incidente entero iba a acabar subido a Twitter o alguna otra pendejada de internet. Y eso en el mejor de los casos. No quería imaginarse el peor. Era hora de irse.

Afuera, el minúsculo estacionamiento estaba a oscuras, la única luz provenía de un poste de alumbrado público en una esquina lejana. Por un momento oyó pasos aplastando la grava, luego nada. El vehículo de Rubén seguía ahí, estacionado a pocos metros del suyo. Cautelosamente se acercó a su camioneta, el corazón latiéndole rápido. ¿A dónde se había ido Rubén? Cuando Fabi se subió a su camioneta se dio cuenta de que la puerta del conductor de la Hummer estaba parcialmente abierta. Rubén se había quedado dormido en el asiento del conductor. Ella encendió sus luces y se abrochó el cinturón de seguridad, la cabeza punzándole, y en eso se detuvo un momento. Sabía que debería irse. Pero otra vez pensó en lo mismo, en que estaba embarazada, en la posibilidad de *otro* bebé suyo creciendo sin papá. Fabi respiró profundo y salió lentamente de su camioneta. Se acercó cautelosamente a la Hummer.

Rubén estaba encorvado, aún apretando sus llaves en la mano. Fabi le quitó las llaves delicadamente y las arrojó hacia la oscuridad. Una música amortiguada se filtraba del interior del Paradise como si nada hubiera pasado. Todo como de costumbre. El teléfono de Fabi zumbó en su bolsillo. Ella esperó un momento antes de sacarlo; ya sabía de quién era el mensaje de texto. Era de Chuchi, el niño-jefe que se quedaba escondido en su oficina de atrás y solo salía a parrandear. Fabi abrió su teléfono.

ESTÁS DESPEDIDA!!!!!

SOMOS MONSTRUOS
(CAPÍTULO DOCE)

Juan vio a su abuelo sentado al volante de su Imperial Crown 1965 oyendo *oldies*. El sedán necesitaba reparaciones—el interior de cuero estaba podrido por el sol y las costuras se estaban abriendo, el tablero estaba cuarteado y le faltaban la mayoría de los paneles de madera—. Además la carrocería necesitaba pintura. El negro medianoche se había manchado y decolorado hasta quedar de un morado soso, y la moldura cromada alrededor de las defensas y la cajuela se había caído. La música sonaba amortiguada, siseando como las canciones que se oyen en un tocadiscos. Los Lobos cantaban: "*Aquí estoy del lado corto de la nada / No encuentro mi camino a casa / No hay escape a la vista...*"

El Imperial estaba parado en el jardín trasero y llevaba ahí desde que Juan se acordaba. A veces el cofre estaba abierto, el abuelo metiéndole mano. El carro parecía ser la única cosa de la casa que nunca se acababa de arreglar. Apenas el mes pasado el abuelo había instalado una nueva toma de agua después de que la tubería se reventó en el jardín del frente. Cuando ma le preguntó por qué no había reparado la vieja y ya, él dijo que no quería arriesgarse a que otra helada de cien años la reventara. El abuelo estaba loco.

—¿Camina? —gritó Juan, parado en la puerta de la cocina.

No sabía si salir al jardín trasero; la inflamación de su tobillo finalmente había disminuido, pero todavía lo tenía adolorido. Caminar en la oscuridad por el jardín lleno de trastos viejos del abuelo parecía una forma segura de volvérselo a torcer. Al abuelo le gustaba agarrar a Juan de ayudante cuando venía de visita —casi siempre cuando Juan se metía en problemas por algo— y el viejo le explicaba la importancia de ser habilidoso, de saber arreglar cosas. *No tener que depender de nadie sino que la gente dependa de ti no es una mala posición*, le explicó una vez cuando los dos le instalaron la bomba de gasolina al Chevy Impala de un vecino. A Juan no le molestaba ayudarlo, pero el abuelo no parecía estarle ajustando las tuercas al Imperial.

Cuando Roxanne y Juan acabaron de estudiar —sorprendentemente él empezaba a agarrarles la onda a las ecuaciones de segundo grado y estaba pasando a probabilidad— ella se fue, diciendo que no iba a pasar el rato con él hasta que aprobara el examen, y entonces solo si dejaba de actuar como un idiota, pues ahora ella sabía que en realidad *no* era un idiota.

—Camina mejor que tú, Juanito —dijo el abuelo—. Vente para acá. Hace tiempo que quiero hablar contigo. ¿Ya se fue la chamaca? ¿Tu mamá?

—Sí, estamos solos.

—Bien. Bien.

Juan se sentó de copiloto. No se había dado cuenta de que el abuelo había estado bebiendo. De hecho, el abuelo probablemente estaba más que un poco pedo, una lata grande de cerveza descansaba entres sus piernas y había un par de latas vacías tiradas en el piso del lado del copiloto. Juan nunca había visto a su abuelo así. Nunca había pensado en cuánto tiempo pasaba solo el viejo, si esto era normal para él.

—¿Estás borracho, abuelo?

—No —dijo el abuelo. Agarró el volante y lo jaló, como si estuviera corrigiendo un lento desvío—. Solo cerré los ojos un momento, oficial. Estoy bien.

—Voy a tener que remitirlo —dijo Juan, bromeando—. Aunque este carro no camina, usted claramente es un peligro para la sociedad.

—Hablando de la ley, déjame decirte algo, Juanito —el abuelo volteó y le puso una mano en el hombro a Juan, lo apretó fuerte—. No vas a llegar a ninguna parte con todos los errores que estás cometiendo, haciendo las mismas pendejadas que hacen todos los cabrones de por aquí. Para los mexicanos no hay una segunda oportunidad.

—Ey, estaba bromeando, abuelo. Tranquilo. Ya sé lo que estás diciendo.

—¿Tú qué sabes?

—¿De qué?

—De lo que estoy diciendo.

—¿Que soy mexicano? —Juan no tenía idea de qué estaba tratando de decir su abuelo.

—No te pases de listo —el abuelo soltó a Juan, volvió a agarrar el volante del Imperial y miró por la ventana. *La casa del abuelo, las reglas del abuelo, las palabras bien pinches locas del abuelo.* Juan no sabía cuánto tiempo debía quedarse en el auto. Si tenía permiso de irse.

Luego el abuelo empezó otra vez.

—Mira, los gringos, sobre todo los ricos, tienen chance de cagarla. ¿Tú sabes? De todas formas les toca una buena vida. Puta, una vida increíble. Van a escuelas privadas y universidades y consiguen un abogado a la primera; por eso a ninguno lo reclutaron para ir a la guerra conmigo. Mira, cuando los arrestan por cualquier pendejada como por la que te arrestaron a ti, o algo peor, les dan una segunda oportunidad. Son cosas de muchachos. O cualquier pendejada que diga el juez sobre ellos. "Lo hicieron porque no sabían. Van a madurar. Son tipos buenos". Bueno, pues tú no. Si quieres tener cosas en esta vida no puedes andarla cagando. Es más, tienes que hacer mucho más que no cagarla. Tienes que ser perfecto. Tienes que ser mejor que cualquiera a tu alrededor solo para probar que no eres un pedazo de mierda. Créeme, yo lo sé.

—¿De veras? —Juan podía ver que el abuelo se estaba dando cuerda para su discurso de ya lo viví, ya lo vi, pero ahora de todas formas quería escucharlo. También quería una cerveza.

—Mira. Antes de que me reclutaran y me fuera a Vietnam, antes de que me dispararan en la cabeza y me dieran por loco, yo iba a ser ingeniero. Tenía las mejores calificaciones de la escuela. ¡Las mejores! Pero yo no sabía que había que aplicar a la universidad antes de ir. Que primero te tenían que *aceptar*. ¿Me entiendes? Yo creía que uno llegaba, llenaba unos papeles y ya podía entrar. Nunca nadie me dijo cómo se suponía que debía hacerlo. El primer día cuando llegué me dijeron que no podía entrar hasta el año siguiente. Quizá. Traté de discutir, les dije lo listo que era, pero ni modo. Un mes después me reclutaron. Fui a la guerra. Infantería —se acabó el resto de la cerveza y esta vez echó la lata vacía al suelo.

—Eso está de la chingada, abuelo —Juan conocía la historia de la última misión del abuelo, maniobrando por la jungla en un intento por tomar una colina cuando la bala de un francotirador había dado en la parte de arriba de su casco, dejándolo inconsciente. Juan siempre había pensado que el abuelo había tenido suerte de seguir con vida. También se daba cuenta de que *él* tampoco había aplicado a ninguna universidad ni sabía cómo funcionaba todo el rollo. *Mierda*. ¿Ya era demasiado tarde? Se preguntó si bastaría con que el *coach* de Arizona le ofreciera una beca para que lo admitieran. ¿Qué tal si no? Pensó en el reclutamiento; el país parecía haber estado en guerra prácticamente desde que él nació. Puta, ¿qué tal que se les ocurriera hacer *eso* otra vez?

—No uses esas palabras frente a mí, malcriado. Eso es lo primero. Muestra un poco de respeto. Y no es demasiado tarde para ti. Todavía no, pero casi. Estás perdiendo el tiempo con el básquetbol. Eso es de negros.

—Ay, abuelo. No digas cosas así. Es racista.

El abuelo miró a Juan, la cara arrugada de confusión, y Juan estaba seguro de que le parecía ridículo. Como un perrito de diseñador o un robot creado para tocar la trompeta.

—No me vengas con que "Ay, abuelo". Todavía podrías salir adelante trabajando con la ciudad en algo. O trata de ser cartero. La paga y el seguro son mucho mejores si eres federal. Vas a necesitarlo si algún día quieres tener una familia. Ya es demasiado tarde para que seas ingeniero.

Por un momento Juan se imaginó sentado en una oficina, con una camisa azul de manga corta, *shorts* azules combinados que no le quedaban bien y zapatos negros de Velcro. Rodeado de montones de sobres con recibos y de cupones de descuento para changarros de comida rápida, listos para ser metidos en buzones interminables.

—Pues estaba estudiando álgebra. Si quisiera podría ser ingeniero.

—¿Con esa chamaca en tu cuarto? ¿Estaban estudiando?

—Sí.

—No mames. Ustedes estaban haciendo bebés, o tratando. A lo mejor tuviste suerte y no supiste cómo. Aléjate de esa chamaca antes de que la arruines como tu papá arruinó a tu ma.

—Eso sí está de la chingada, abuelo.

Le gustaba decir mamadas con el viejo, hablar como se imaginaba que hablaban otros hombres. Pero pensándolo bien, agregó:

—Perdón.

En el radio, José Feliciano cantaba *"Ain't No Sunshine"* de Bill Withers. El sonido se oía apagado y lleno de estática, pero el abuelo se entregó al sonido. Ingeniero. Juan desearía creer realmente que podía llegar a serlo. Se sentía estúpido por no saber realmente qué es lo que hace un ingeniero. *"Ain't no sunshine when she's gone / Anytime she goes away / And I know, I know, I know..."*

El abuelo se pegaba suavemente con el puño en el muslo en cada *"I know"*.

—Todavía extraño a tu abuela, Juanito. Que ella se haya ido sigue siendo un golpe al corazón. Un golpe cada pinche día.

—Lo siento —dijo Juan, deseando que la maldita canción se acabara. Cuando la tarde se hizo noche, Juan podía ver su vaho. No había una sola nube en el cielo, solo negro con estrellas desparramadas. Buscó la luna y pensó en el cielo, en rezar. Le había pedido a Dios una señal de que las putas cosas iban a salir bien. De que él iba a poder jugar, conseguir esa beca. Si eso no, entonces, quizá, de que podría finalmente conocer a su padre. Era lo menos que *Él* podía hacer—. Por lo menos mi abuelita está en el cielo, esperándote. La vas a volver a ver, ¿verdad?

El abuelo sacó otra lata grande de una hielera que Juan

ni siquiera había visto en el suelo afuera del Imperial; miró a Juan y le pasó la cerveza antes de sacar otra. Juan trató de no parecer sorprendido, solo abrió la lata y dio un largo trago. Se sentía bien al bajar. Quería sentir la cabeza ligera y que la sensación de aturdimiento llegara rápido.

—No me está esperando nadie. Siempre le digo a la gente que ella me espera, pero eso es para hacerlos sentir mejor a *ellos*.

—¿Entonces qué, crees que está en el infierno? —Juan dio otro buen trago, sin voltear a ver al abuelo después de su pregunta.

—Cállate. Lo que digo es que no creo que esté en el cielo ni en el infierno. Lo que está es muerta. Santa Claus no existe, m'hijo. ¿No te lo dijo tu mamá?

Juan se movió en su asiento, incómodo, ahora de veras no quería mirar a su abuelo.

—¿Crees eso porque se murió mi abuelita? —Juan había oído a su madre decir eso. Que cuando murió su mamá ella había dejado de creer, al menos por un tiempo. Ella se preguntaba cómo Dios podía hacerle eso a una persona, consumirla poco a poco, aun después de todo el tiempo que había pasado rezando. Mendigando. ¿No era eso lo que Juan acababa de hacer? ¿Mendigar por una beca?

—No, que tu abuelita se muriera no tiene nada que ver.

—¿Entonces por qué?

Juan nunca iba a la iglesia, no estaba seguro a qué religión pertenecía, si acaso pertenecía a alguna. Sabía que estaba bautizado —después de todo, era mexicano—. Pero estaba seguro de que nunca había hecho su primera comunión, y no sabía qué seguía después de eso. JD se la vivía quejándose de que su mamá lo obligaba a ir a misa todos los domingos y en las fiestas de los santos, y que tenía que ir al catecismo cada año. A JD le gustaba hacerse el que no creía, siempre señalando las contradicciones o las referencias a la esclavitud en la Biblia, pero Juan sospechaba que a JD le gustaba pertenecer a algún lado. Tener una tribu. Juan no tenía ese lujo. La religión y la fe solo eran dos cosas más sin las que Juan había nacido.

—Por el arca de Noé —dijo el abuelo—. Por eso.

—Ah, ¿porque es imposible que cupieran todos esos animales en un barco? —adivinó Juan, tomando otro trago—. ¿Y cómo es que nadie ha encontrado el barco? Y si todos venimos de Noé, ¿entonces por qué no todos somos blancos? ¿O de Medio Oriente o lo que haya sido Noé? Vi una pendejada sobre eso en el History Channel. Sí sonaba a puras mamadas.

—¿De qué estás hablando? —dijo el abuelo, que ahora miraba a Juan—. Si puedes creer en Dios, puedes creer todo eso. Es fácil. Solo es fe.

—¿Entonces por qué? ¿Porque se le olvidaron los dinosaurios?

—No seas pendejo, Juan. ¿Por qué no te tomas nada en serio?

—Vamos, abuelo. Me estás pidiendo que me tome en serio un cuento para niños.

—Eso no es un cuento de niños. Ese cuento es sobre

un Dios que asesinó a todos los hombres, mujeres, niños y bebés de todo el mundo —el abuelo dio un trago largo a su cerveza y se arrimó a Juan; tenía los ojos rojos, caídos—. Imagínate el montón interminable de cuerpos ahogados que quedaron pudriéndose cuando todo se secó. Y una sola familia, obligada a vivir en un planeta completamente aniquilado.

—Estaría pinchísimo —interrumpió Juan, esperando parar la conversación, pero el abuelo no iba a permitirlo. Con un dedo picó a Juan en medio del pecho.

—En la Biblia, m'hijo, dice que Dios inundó el mundo porque la humanidad era *malvada*. Pero si un hombre ahogara a su esposa y todos sus hijos porque eran malos, pero salvara a todas sus mascotas para su siguiente familia buena, no estaríamos adorando a ese güey. No mames.

El abuelo se deslizó otra vez a su lado y contempló a Juan; parecía irritado.

—Mira, si somos malvados, es porque Dios es malvado. Eso es lo que digo. Si Dios existe, entonces tarde o temprano *nosotros* vamos a inundar el mundo. *Nosotros* vamos a destruir todo. *Nosotros* fuimos creados para ser monstruos.

—Chale, abuelo —dijo Juan, sintiéndose borracho él también y preguntándose si había sido creado para ser un monstruo. Si tenía por lo menos una parte de asesino.

El abuelo tendió los brazos hacia Juan y le aplicó una llave china, lo jaló hacia él, su aliento caliente irradiando en la cara de Juan cuando apoyó su cabeza sobre la de él.

—Dios tiene que ser una gran mentira porque nomás

no me la creo… Y además, tienes razón de ese pinche barco. Imposible que todos los animales cupieran en esa mierda.

Esta vez el *coach* Paul dejó abierta la puerta de atrás del gimnasio de práctica. Otra vez Eddie le había ganado a Juan a llegar a la cancha y ya estaba dentro, practicando sus tiros en suspensión, corriendo de ida y vuelta entre fallas y aciertos. Juan acababa de ejercitar su tobillo y tomar ibuprofeno, tanto para controlar la inflamación como para ayudarle con la cruda que no había anticipado tras pasar una velada con su *abuelo*. Su ma había llegado temprano del trabajo y se había ido derechito a su cuarto, y el abuelo se había quedado dormido en el Imperial —Juan le había tenido que llevar unas cobijas en la noche, cuando se rehusó a irse para dentro—. Se había ido caminando a la escuela y había examinado su tobillo, que finalmente parecía un tobillo, los moretones aún presentes pero ya desvaneciéndose, decolorándose de morado profundo a anaranjado y amarillo oscuro alrededor de los dedos del pie. Se había apoyado en él demasiado, pero realmente no tenía cómo evitarlo: no tenía coche. Ahora, en las gradas, Juan metió su pie suavemente en un tenis de básquetbol y lo amarró con cuidado. No planeaba jugar, pero quería echar unos tiros. Para no perder su tiro en suspensión. Para meter la pelota en el aro. Se moría por encestar una bola.

Eddie tenía un buen tiro en suspensión, fluido, con un buen lanzamiento desde arriba. Hacía el seguimiento sin quedarse viendo el tiro, buscando el rebote en vez de esperar a que la pelota entrara en la red. Era más alto que Juan. Más pesado y probablemente más fuerte. Juan quería odiarlo al cabrón y su juego, pero no podía. Sería estúpido no quererlo en tu equipo después de verlo tirar y driblear y moverse en una cancha vacía. Pero si el terreno estaba bloqueado con otros nueve jugadores, el juego enredado con jugadas y tácticas y güeyes echando mierda, el juego de Eddie se atoraba. El *coach* Paul estaba equivocado: Eddie no era demasiado tonto para aprenderse las jugadas. Su problema era la falta de visión. Eddie sabía todas sus asignaciones, dónde debía estar cada jugador en cada posición. Lo que Eddie no podía ver era el juego en sí. Cuando aparecía una defensa para la que no se habían preparado, cuando JD o quien fuera no llegaba a su asignación y no había a quién pasarle la bola, o cuando el guardia contrario lo llamaba perra apestosa, Eddie se congelaba. Estos eran los momentos que Juan amaba, y sabía que eso era lo que lo separaba de los jugadores como Eddie. Si una posición se rompía, Juan no entraba en pánico, no dejaba de driblear ni se apuraba a pedir tiempo fuera: improvisaba. A veces pedía un bloqueo, para hacer un bloqueo y continuación o un bloqueo y apertura, pero más que nada se metía en los meros dientes de la defensa y les hacía saber que lo iban a tener en la jeta toda la noche.

—¿A qué horas llegaste? —dijo Juan, caminando hacia la cancha.

—A las seis —dijo Eddie.

—Puta, ¿por qué tan temprano? Pensé que habíamos

quedado a las ocho. Eso ya es temprano. Yo llegué temprano. Crudo pero temprano.

—¿Otra vez andas crudo? ¿Qué, tú y JD agarran la peda todas las noches?

—No. Me empedé con mi abuelo —Eddie dejó de tirar. El eco de la bola rebotando se detuvo y el gimnasio quedó en un silencio escalofriante.

—¿Tomas con tu abuelo?

—No tienes que decirlo así. "¿Tomas con tu abuelo? ¿Tienes una colección de muñecas de porcelana?". Tampoco es un pedo *tan* jodido.

—Es un pedo bastante jodido.

—Bueno, por lo menos ya no tengo edad de jugar con muñecas.

—Pero tampoco tienes edad para beber… Yo nomás digo.

Si Eddie tan solo supiera las mamadas que el abuelo estaba diciendo anoche, le daría un ataque. Juan ya había estado teniendo pesadillas con los güeyes del Cutlass; lo último que necesitaba era la imagen de cuerpos ahogados en su cabeza. Anoche había soñado que él estaba flotando junto a ellos, despierto pero sin poderse mover mientras se desplazaban sumergidos entre partes de coches y latas de cerveza aplastadas.

Le arrebató la bola a Eddie y se puso a driblear por la cancha. Iba despacio, haciendo cruces con la bola y pasándola por atrás, su cuerpo recordando cómo hacerlo. Dobló el codo y lanzó un tiro en suspensión, la rotación de la bola apagada, el arco plano y duro. La bola rebotó contra el lado del aro.

—Tienes que enderezarte —dijo Eddie, recuperando el balón.

—Ya no me dijiste por qué llegaste a las seis —dijo Juan, queriendo desviar la atención de su espantoso tiro. Quizá podían volver a la conversación de beber con el abuelo—. No juegas tan de la verga.

—Es domingo. Tengo que ir a la iglesia a mediodía, y juego mejor que tú, por lo menos ahorita.

—Ah. Bueno, pues empecemos con tu entrenamiento. No quiero que llegues tarde por mi culpa. Y tenemos que trabajar en tus insultos.

Eddie botó la bola entre sus piernas como si quisiera distraer a Juan del dribleo.

—Si quieres puedes venir, a la iglesia. En el camino me puedes enseñar más de la ofensiva del *coach*.

—No creo —dijo Juan—. No me interesa mucho ese rollo.

Eddie le lanzó la bola.

—Bueno, ¿y qué es lo que te interesa, aparte del básquetbol?

La escena entera deprimió a Juan, el lugar común en que estaba a punto de convertirse. Sabía que, dependiendo de su respuesta, seguiría una lista de preguntas inevitables: ¿Quería algo más de la vida? ¿Se sentía atrapado o sin amor o sin esperanza o patético o estúpido o el ser más pinche despreciable? ¿Le pasaba que todo lo que hacía, fuera lo que fuera, siempre parecía salir mal, así que por qué no intentar esto? *Puta*, se estaba reclutando él solo. Y por supuesto, la respuesta a todas esas preguntas era sí.

—Beber —dijo finalmente Juan—. ¿Qué no pones atención?

—Seguro que por eso juegas tan pinche.

Juan levantó los brazos, gesticulando hacia las gradas vacías.

—¡Miren nada más: Eddie trae sus chistes!

Parado en la línea de tiro libre, decidió lanzar dos. Si acertaba los dos, iría a esa iglesia a la que iba Eddie. Si acertaba uno de los dos, se quedaría en el gimnasio después de que ambos entrenaran, y trabajaría en sus tiros libres y de suspensión para tratar de reconstruir su juego antes de que su única oportunidad lo pasara de largo. Era imposible que fallara los dos. Hizo un esfuerzo por no pensar en Arizona. En la beca. Lanzó el primer tiro. Lo sintió raro pero la bola cayó directo a la red. Eddie le lanzó la bola otra vez a Juan. No le preguntó nada más, percibiendo que Juan estaba pensando en algo. Juan giró la bola en su mano; había extrañado la sensación de la piel encerada, y se dio cuenta de que nunca había pasado más de una semana sin jugar desde, bueno, desde siempre. Sin el juego se había estado desmoronando. Enderezó los hombros, extendió los brazos y la soltó.

TEN FE, TEN FE, TEN FE
(CAPÍTULO TRECE)

Eddie era el mayor de cinco: él y tres hermanas, todos se llevaban más o menos un año, y un hermanito bebé que aún estaba en pañales. Sus padres sonrieron para darle la bienvenida a Juan cuando se subió de un salto a la *minivan* destartalada, haciéndolo sentir, extrañamente, como si no estuviera incomodando al tomar el lugar de Eddie, que tuvo que viajar en el estrecho maletero. Le preguntaron por el tobillo, qué tal iba sanando. Le dieron las gracias por ayudar a su hijo. La madre de Eddie traía un vestido que bajaba ondulando hasta sus tobillos. Las hermanas de Eddie estaban vestidas exactamente igual y parecían de esas muñequitas en forma de huevo que se van metiendo una dentro de otra de la más chica a la más grande.

El jefe de Eddie venía manejando, tomó la autopista.

Estaba vestido muy elegante de camisa blanca y corbata, la cara seria.

—¿Michael o Kobe? —preguntó, al parecer a nadie.

—¡Kobe! —gritó Eddie desde el maletero.

Juan se sentía vulgar comparado con la familia de Eddie, todavía andaba con su ropa de básquetbol, apestando a sudor y alcohol. Eddie se había cambiado en el gimnasio a unos pantalones negros y una playera polo blanca.

—Tú no —dijo el papá de Eddie. Le lanzó una mirada a Juan por el retrovisor. Los coches que venían detrás se salían del carril para evitar la humareda negra de la *minivan* y luego se les metían bruscamente, la *minivan* avanzando con trabajo—. Ya sé que *tú* estás mal. Le estoy preguntando a Juan.

—Jordan —dijo Juan. Claro que nunca había visto jugar a Jordan, solo había visto videoclips viejos en YouTube. Pero todo mundo sabía *esa* respuesta—. Kobe es genial, pero todo lo que hace se lo robó a Jordan.

—Me cae bien este muchacho —declaró el padre de Eddie—. Y Magic es mucho más grande que cualquiera de ellos dos —volteó a ver a Juan, quitando los ojos del camino por un momento—. Es el jugador más grande de todos los tiempos —iban a sesenta y cinco kilómetros por hora pero el motor venía forzado, toda clase de luces de alerta iluminando el tablero.

—Lo que tú digas, papá —la voz de Eddie se oyó del maletero—. *LeBron* es el mejor de todos los tiempos.

—Diablo —el papá de Eddie se persignó. Un camión los rebasó con un rugido, sacudiendo la *minivan*—. LeBron James es bueno, pero ni siquiera es mejor que Kobe. Que no era mejor que Bird. Que no era mejor que Dr. J.

Siguieron adelante, el motor de la *minivan* sonaba a punto de descomponerse —o incluso de explotar— haciendo ruidos que Juan no estaba seguro ni que el abuelo sabría explicar. Se imaginaba a Eddie apretujado en el maletero, rebotando de un lado a otro y viendo los coches que llegaban a toda velocidad por atrás desde la gran ventanilla trasera. Nadie parecía notar la cantidad desquiciada de tráfico excepto Juan.

—¿Ya estamos cerca? —preguntó Juan. Un par de camionetas todoterreno se les emparejaron, metiéndose a su carril. La madre de Eddie le sonrió a Juan, probablemente pensando que estaba ansioso por llegar a la iglesia. Las hermanas se retorcían en sus asientos y Juan se preguntó si quizá ellas también pensarían que estaban a punto de chocar.

—¡Deberías ser más como este muchacho! —le gritó el padre de Eddie a su hijo. Afortunadamente tomaron la siguiente salida. Juan tenía la espalda empapada en sudor, las piernas cansadas de venir brincando todo el camino. Estaba harto de venir aterrado de chocar, preocupado de que Eddie en el maletero acabara aplastado y se muriera.

—¿Y *tú* quién crees que es el más grande? —preguntó el papá de Eddie, volviéndose hacia Juan—. ¿*Magic*?

—Sin duda —dijo Juan, aunque en realidad le daba igual

y solo se alegraba de que hubieran salido de la autopista. Se enfocó en la iglesia a lo lejos, tratando de calmarse. El edificio hubiera podido ser un complejo de cines, un estadio nuevo para un equipo de ligas menores de futbol o un museo elegante, si alguien de El Paso alguna vez se hubiera tomado la molestia de construir un museo elegante.

Entrando al "Centro", pasando la enorme recepción y los corredores que se extendían con hileras de puertas cerradas, había un teatro. Y era un teatro de verdad, con butacas de estadio divididas en tres secciones enormes frente a un escenario con tres pantallas de cine de no mamar suspendidas en el aire. En todas destellaban citas inspiradoras y memes religiosos como SUPÉRAtE y DIOS ESTÁ DE TU LADO y ☞ † ☜ POR AQUÍ SE LLEGA AL CIELO.

Sentado en la sección central y rodeado de gente vestida casi exactamente igual que Eddie y su familia, Juan se sentía ridículo con sus *shorts* de básquetbol y su camiseta que decía SI NO HAY SANGRE, NO ES FALTA. Siempre le había parecido que JD se quejaba demasiado de la iglesia, a él le sonaba como algo más bien lindo, un lugar apacible. Pero el Centro parecía ser otra cosa muy distinta. Como si quizá fueran a usar una máquina de humo. No había cuadros en las paredes dentro del teatro, ni confesionarios ni velas prendidas. A Juan le gustaban esas cosas.

Poco después de que tomaron asiento, las luces bajaron y empezó a atronar una música que parecía salir de todas partes, hasta de abajo de sus asientos. Detrás de ellos, un tipo en una consola de sonido estaba ocupado girando perillas para hacer que la música *rock* —no del bueno, algo como 3 Doors Down pero *más* fresa— se sincronizara con las luces que parpadeaban y las nuevas imágenes que ahora pasaban veloces por las tres pantallas de izquierda a derecha: ¡TEN FE! ¡TEN FE! ¡TEN FE! † = ♥ † = ♥ † = ♥

El pastor subió al escenario. Era un ruco blanco vestido de playera polo y saco, un par de *jeans*. El vato parecía bastante informal, hasta en su manera de caminar hacia el podio, lleno de brío al andar, cabeceando. El cabrón definitivamente tenía su estilacho y probablemente le decían el pastor Ricky o el pastor Bobby. Todos le aplaudieron y lo ovacionaron cuando se acercó al micrófono; Juan estaba seguro de que nadie en Nuestra Señora de Guadalupe se ponía a gritar porras cuando el padre Balbuceos subía al púlpito. La familia de Eddie aplaudía como todos, excepto Eddie, que parecía preocupado. Juan había acabado sentado junto al padre de Eddie, y de alguna manera se alegraba de evitar a Eddie y no tener que fingir una cosa u otra sobre lo que creyera que estaba pasando.

El pastor Cool no perdió tiempo para entrar en materia.

—¿Qué haces cuando la vida no te trata bonito? ¿Cuando todas las cosas que quieres que te pasen, no te pasan? ¿A quién recurres? —ahora, esto parecía una mierda demasiado conveniente, un mensaje diseñado específicamente para Juan. Juan no pudo evitar voltear a ver a Eddie, que no estaba poniendo atención para nada, sino mirando disimuladamente su teléfono. El padre de Eddie también notó lo que hacía su hijo y se lo quitó, la imagen en la pantalla era una foto de Magic Johnson y lo que parecían las estadísticas de su carrera.

El pastor siguió adelante, citando de la Biblia, interpretando la cita —hasta explicando la traducción hebrea—. Contó anécdotas de su vida y de las vidas de sus amigos, de gente que había recurrido a él cuando las cosas se habían puesto pinches. Juan pensó que eso era ilegal o debería serlo; JD le había contado una vez que cualquier cosa que se dijera en confesión era totalmente confidencial. Punto para los católicos. Después el pastor explicó lo pinche que le fue al apóstol Pablo por seguir a Jesús.

—En Corintios, el apóstol Pablo nos dice: "De los judíos cinco veces he recibido cuarenta azotes menos uno. Tres veces he sido azotado con varas. Una vez fui apedreado. Tres veces he padecido naufragio; una noche y un día he sido náufrago en alta mar; en viajes, muchas veces, en peligro de ríos, peligro de ladrones, peligro de los de mi nación, peligro de los gentiles, peligro en la ciudad, peligro en el desierto, peligro en el mar, peligro entre falsos hermanos; en trabajo y fatiga, en muchos desvelos, en hambre y sed, en muchos ayunos, en frío y desnudez. Y además de otras cosas, lo que sobre mí se añade cada día: la preocupación por todas las iglesias". Ahora bien —dijo el pastor, como cabeceando hacia Juan—. Si todo esto le pasó al apóstol Pablo y a pesar de eso él pudo mantener la fe, pudo seguir sintiendo el amor de nuestro Padre celestial, ¿por qué nosotros no podemos? ¿Por muy difíciles que se pongan nuestras vidas?

Pero oír lo pinche que le había ido a Pablo hizo que Juan se sintiera peor sobre el mundo. El pastor Cool parecía haber entendido mal. El apóstol nunca mencionó el amor, solo la ansiedad por el futuro. Juan pensó en el abuelo y su historia de Noé. En los monstruos. En su padre.

—¿Me dan un amén por eso? ¿Un amén por el amor de nuestro Padre celestial?

—¡*Amén*! ¡*Amén*! ¡*Amén*!

Juan sabía que su ma tenía por lo menos dos cartas de su padre. Él quería leerlas, quería saber por qué Armando había acabado sentenciado a muerte. ¿Qué significaba tener un padre asesino? ¿Y un Dios?

El pastor Cool siguió recorriendo el escenario, vendiéndoles a todos la idea de ser como Pablo, de sufrir su camino al cielo.

—¡*Amén*! ¡*Amén*! ¡*Amén*!

—¿No tendrá una Biblia que me regale? Si le sobra una o algo así —Juan le preguntó al papá de Eddie cuando la *minivan* se detuvo frente a casa de Danny, el motor encendido. Para el final del sermón todos las estaban ondeando suavemente sobre sus cabezas, cantando con la música cristiana que se oía—. Quiero leer sobre el diluvio —después de oír la historia del abuelo del asesinato en masa y la historia de eventos desafortunados del pastor Cool, Juan quería leer los versículos él mismo.

—Es uno de mis favoritos —dijo el padre de Eddie, volteando desde el asiento del conductor—. ¿No tienen una

Biblia en tu casa? —parecía perplejo más que crítico. Como si Juan le hubiera dicho que su casa no tenía ventanas.

Juan se abrió paso en la *minivan* atiborrada y saltó a la acera.

—Creo que no —la mamá y las hermanas de Eddie lo estaban viendo fijamente, Eddie estaba desviando la mirada, y Juan se dio cuenta de que *ellos* se avergonzaban por él—. Bueno, no importa. Adiós, gracias —Juan se arrancó hacia la puerta de Danny.

El padre de Eddie apagó la *minivan* y lo siguió.

—Espera, Juan.

Juan se detuvo.

—Es casa de mi amigo —le dijo—. No hay problema si me deja aquí —el sol le daba en la cara a Juan, obligándolo a entornar los ojos. Miró la calle y alcanzó a ver la casa en obra donde lo habían arrestado.

—Conozco esta casa —dijo el padre de Eddie—. Es de Daniel Villanueva. Él es de nuestra congregación.

—¿Quiere decir el Sargento? —Juan no tenía idea de que Danny fuera *junior*—. Es que no quería que me tuvieran que llevar hasta mi casa. Ya han sido muy buena onda —la verdad era que a Juan le aterraba que pudieran ver al abuelo dormido de borracho en el Imperial o a su ma saliendo con su ropa de trabajo. Y además no quería volverse a meter a la *minivan*, obligar a Eddie a regresar al maletero.

—¿Dónde vives, Juan?

—En Central.

—Nosotros vivimos en Five Points. Queda muy cerca. ¿Tus papás están en casa? Aún te puedo llevar.

—Mi mamá sí está, pero trabaja hasta tarde así que probablemente esté dormida. Mi papá...

Juan hizo otra pausa, luego de su boca salió:

—Mi papá está sentenciado a muerte.

Juan ya se sentía bastante raro de decir "mi papá"; huérfano de padre es quien había sido tanto tiempo. Pero la parte de la sentencia a muerte —la parte inesperada, indeseada— era un alivio increíble. Ya no tenía que preguntarse por la otra mitad de sí mismo —las partes que no reconocía— aun si esas partes pudieran ser parte asesino. Parte monstruo. Por primera vez estaba completo.

Luego, para total sorpresa de Juan, el padre de Eddie lo abrazó, con uno de esos abrazos fuertes de los que no puedes escapar y que te dicen que nada malo podría pasarte. Era más alto que Juan, como Eddie, de brazos y hombros musculosos, muy en forma excepto por la panza. Juan aspiró aire por la boca, de pronto tenía la nariz tapada de mocos; estaba sollozando. ¡Sollozando! No podía parar. La impecable camisa blanca y la corbata del padre de Eddie estaban quedando ensopadas, y Juan sintió que su cuerpo se ponía laxo, la cabeza ligera. El padre de Eddie lo sostuvo, diciéndole que el Espíritu Santo estaba con él y que todo iba a estar bien de ahora en adelante.

BASE DE DATOS DE MAMADAS
(CAPÍTULO CATORCE)

El Sargento no estaba en casa ni tampoco la mamá de Danny. Juan ya no estaba sollozando pero sí aturdido cuando Danny, que extrañamente traía puestos unos guantes de trabajo, lo acompañó arriba. Juan necesitaba dormir para detener el martilleo en su cabeza. Danny lo dejó arriba de su cama y agarró una cobija de su clóset. Juan se preguntó vagamente si la pistola de Danny estaría allí, junto a sus cobijas y su ropa, la imagen del arma, el sonido nítido del tronido, flotando de pronto en su memoria. Danny abrió una botella de Gatorade y la dejó en el buró sin decir palabra. Era un buen amigo, y eso fue lo último que pensó Juan antes de quedarse dormido. Cuando despertó, la cabeza aún martillando, ojos y boca secos, avergonzado de haber llorado, allí estaba JD, su *laptop* abierta, la expresión de su cara gritando: *¡Al fin!*

—Escucha esto —dijo JD, sin siquiera esperar un segundo a que Juan acabara de despertar—. "Policías payasos. Ya van a pararle de andar matando tantos chavos. Ya van a dejar de matar chavos inocentes, de asesinar chavos inocentes. Cuando yo mato a uno o me echo a uno todos ustedes me quieren matar. Dios tiene un plan para todo. ¿Oyen? Yo quiero a todos los que me quieren a mí. No tengo nada de amor para nadie que no me quiera". Ese güey se llamaba Jeffrey D. Williams. Ahora oye ésta. "La vida es muerte, la muerte es vida. Espero que algún día esta absurdidad a la que ha llegado la humanidad llegue a su fin. La vida es demasiado corta. Espero que cualquiera que tenga energía negativa hacia mí lo pueda resolver. La vida es demasiado corta para albergar sentimientos de odio e ira. Eso es todo". Ese fue Richard Cobb. Escucha, este otro cabrón, Jesse Hernández, estaba loco. "Díganle a mi hijo que lo quiero mucho. Dios los bendiga a todos. Sigan caminando con Dios. ¡Vamos Cowboys! Los quiero a todos, compas. No se olviden del T-ball. Sra. Mary, gracias por todo lo que ha hecho. Usted también, Brad, gracias. Ya puedo sentirla, saborearla, no está mal". ¿Qué pedo? ¿"Vamos Cowboys"? ¿Quién chingados le manda saludos a un equipo de futbol americano justo antes de que lo ejecuten?

Juan batalló para sentarse. Agarró la botella de Gatorade y dio un largo trago, su boca seca se sintió mejor al instante. El dolor insoportable de la cabeza era otra historia.

—¿Qué chingados estás leyendo? ¿Y qué estás haciendo aquí?

JD se encogió de hombros.

—Danny me texteó que aquí andabas. Que la familia de culto de Eddie te botó aquí. Tuve que tomar *prestada* la carcacha de mi hermana para venir. La mía está un poco madreada, si lo recuerdas.

Juan se acabó el resto de la bebida deportiva.

—¿Gracias por venir?

Las paredes del cuarto de Danny estaban cubiertas de dibujos, no estilo mural, sino ilustraciones de cómic, los paneles recién pintados. Juan trató de seguir la acción que se extendía por todo el cuarto, pero aún no estaba terminado y tenía pocas palabras. Miró la alfombra y notó manchas de pintura por todas partes. Las líneas rectas de la aspiradora y el olor a nuevo ya habían desaparecido.

—El Sargento se va a encabronar —dijo Juan, señalando las manchas. ¿Cómo le había hecho Danny para arruinar esto tan pronto?

—Uy, sí. Se lo va a cargar la chingada en cuanto su jefe entre aquí —JD recorrió el cuarto con la mirada como si acabara de notar los dibujos—. Pero me gusta el trabajo. *Rip* es un buen título. Supongo que Danny *sí* es un artista. Pero volvamos a nuestro asunto. Güey, ¡encontré a tu papá! Y lo que chingados estaba leyendo eran las últimas palabras de güeyes que han sido ejecutados por el estado. Todo está en línea. El estado lleva registro de todo. T-O-D-O. Lo que hicieron los güeyes. Cuándo están programados para morir. Sus últimas palabras. Su raza. De dónde son. Qué comieron. Es toda una base de datos de mamadas.

—¿En serio? —Juan se acabó de enderezar. Sabía que se podía encontrar toda clase de información en línea, pero que Texas tuviera todos esos datos en un mismo lugar le parecía una locura.

—Ya sé lo que estás pensando: "Qué pinche locura" —por supuesto que JD se había metido de inmediato en su cabeza.

—*Sí* estaba pensando eso, ¿pero cómo sabes que encontraste a mi papá? No te dije su nombre.

JD tenía una expresión altanera, la misma que ponía cada vez que metía una canasta en un partido perdido.

—Me dijiste cuándo estaba programada su ejecución. Es la única para el día de San Valentín.

JD volteó la *laptop* hacia Juan. El brillo lo cegaba, pero cuando sus ojos se ajustaron Juan vio el viejo formulario que había sido llenado con máquina de escribir y posteriormente escaneado para internet. Tanto así llevaba encerrado su padre. Un asesino del siglo pasado.

NOMBRE: Armando Aranda

FN: 9 de diciembre   **PM:** 999178

RAZA: Hispánico   **ALTURA:** 1,73

PESO: 59   OJOS: Cafés

PELO: Negro

CONDADO: El Paso   **ESTADO:** Texas

OCUPACIÓN PREVIA: Ninguna

NIVEL DE EDUCACIÓN: 11°
ENCARCELAMIENTOS PREVIOS:
Ninguno
RESUMEN: Sentenciado por el asesinato
del *sheriff* Clark Jones de 60 años. Aranda
y dos cómplices intentaban asaltar una
cafetería cuando la víctima recibió un disparo
fatal en la cabeza, perpetrado por Aranda.
COACUSADOS: Fernando Méndez y Carlos
Rubio
RAZA DE LA VÍCTIMA: Blanco del sexo
masculino.

La fotografía de Armando Aranda era en blanco y
negro, una fotocopia pésima, borrosa y oscura, que le dificultaba a Juan reconocer cualquier cosa excepto por la información escrita debajo. Hispánico. 1,73. Pelo negro y ojos cafés. Último año de educación terminado: onceavo grado. Juan no podía respirar bien: esos detalles fácilmente podrían ser los suyos. Deseó que JD cerrara la *laptop*, de pronto no quería saber nada más de Armando Aranda.

—Conseguí toda la información que pude sobre él —explicó JD—. Más de lo que había en este sitio. Tengo que decirte, no está padre.

Juan se sobó la cabeza; le seguía pulsando.

—Quizá no necesito saber todos los detalles —Juan no estaba listo para este JD, para un JD proactivo que ya tenía todos los pormenores de cómo había acabado su padre en el pabellón de la muerte. La carta que Armando le escribió a su ma había sido más bien dulce, reflexiva. No podía haber sido escrita por un monstruo, ¿verdad?

JD lo estaba mirando, su rostro tan confundido como el del papá de Eddie esa mañana.

—Es demasiado tarde para eso. Si vamos a hacer el viaje, tienes que saber en qué te estás metiendo. No puedes esperar hasta llegar allá para enterarte de todos los detalles mierdas. Vamos a ir a una prisión, güey. De máxima seguridad. Al pabellón de la muerte. Va a estar de la verga.

Juan no se podía concentrar. El martilleo en su cabeza y los cómics que Danny había dibujado lo estaban distrayendo. En la pared cerca de la cama, Rip —una adolescente que se parecía mucho a Roxanne, excepto que tenía el pelo azul y alocado, y estaba vestida como una Selena gótica— estaba sentada en uno de los paneles apretándose la cabeza; el siguiente mostraba un acercamiento a su cara con una mueca de dolor entre las palmas de sus manos. En el último panel, incompleto, ella estaba en un lugar completamente distinto, vestida de general, a la cabeza de un batallón de soldaderas a medio pintar. En el recuadro inferior decía: ¡*Rip: Ama del Multiverso*! Las cuatro paredes estaban igual. En cada una, Rip aparecía parcialmente dibujada o pintada, yendo de un universo inconcluso a otro que apenas existía. Juan se preguntaba qué estaba pasando en las paredes de Danny, pero más que eso, se preguntaba qué le pasaría a él mismo cuando supiera lo que había hecho Armando. Si después de saber quedaría como Rip, metido en otro universo. Uno donde ya no se reconociera a sí mismo. Después de todo, solo había leído esa carta, donde Armando parecía más triste que peligroso.

—Compa, ¿dónde andas? —dijo JD.

—Perdón —dijo Juan—. Estos dibujos me traen jodido. No los noté cuando entré.

—Danny fuma demasiada mota.

—Sí —concordó Juan, y deseó tener un poco de mota en ese momento—. ¿Te molesta si leo yo solo lo que hizo mi jefe?

JD le pasó la *laptop*.

—Claro, carnal.

Juan leyó sobre la cafetería y el asalto, sobre el asesinato de Clark Jones. El nudo que se le estaba haciendo en las tripas al leer ese breve artículo probablemente era el mismo que se le retorcía a su ma cuando él solía preguntarle por su padre. ¿Acaso ella se habría preguntado, como él se preguntaba ahora, si una sentencia de muerte sería su herencia? Ahora Juan entendía por qué su ma siempre se ponía inquieta cuando hablaba de su padre, por qué insistía en esperar hasta que fuera "mayor" para decirle la verdad, porque era un tema "complicado".

—Me pregunto cómo habrá ocurrido —dijo Juan, devolviéndole la computadora a JD—. Digo, a lo mejor no todo fue su culpa. A veces pasan chingaderas. ¿Sabes?

—No sé cómo le disparas a un güey en la jeta accidentalmente, pero los artículos no dicen nada más, en realidad —dijo JD—. Pero tienes razón de que a veces pasan chingaderas. No sé —JD estaba siendo un buen amigo, como Danny hacía rato. Por buscar la información. Por venir por él. Por mentirle—. Busqué las reglas para ir de visita. Tenemos que estar en la lista, de lo contrario no podemos entrar.

Juan empezó a sudar.

—Entonces no podemos ir de visita. Estamos jodidos —le costaba distinguir si estaba molesto o aliviado.

—Todavía no estamos jodidos. Dejé una carta en el correo que debe salir mañana.

Juan se levantó de un salto. Esta mamada se estaba volviendo real.

—¿Que hiciste *qué*?

—Cálmate. Solo mentí un poco. Dije que tú eres un bloguero, esa es la mentira, y que yo soy un cineasta, y que estamos interesados en contar su historia y esperamos que nos ponga en la lista. Okey, varias mentiras más. Pero si mi carta tarda tres días en llegarle, un par más para que los guardias la lean y se la entreguen, y luego digamos un día más para que nos pongan en la lista, creo que estamos bien. Podemos irnos el viernes o el sábado y estar allá el domingo a la hora de visita.

Juan empezó a dar pasos por el cuarto. Alcanzó a ver a Danny por la ventana. Estaba en el jardín trasero, paleando grava de turba a una carretilla, de un montón enorme en una esquina. ¿El Sargento lo había puesto a plantar el jardín él solo? Juan se volvió hacia JD.

—¿Qué tal si no quiere salir en una película ni un blog?

—¿Qué tal si no quiere un hijo? Si estuvieras a punto de

morir, enterarte de que tienes un hijo estaría medio culero, ¿no? Quizá no querrías lidiar con eso. Creo que es mejor si no le damos la oportunidad de decir que no —JD apretó los puños mientras hablaba, obviamente emocionado. Y probablemente tenía razón.

—De todos modos, ¿no se te hace medio pinche? No somos blogueros ni nada —volviendo a la ventana, Juan vio a Danny llevar la carretilla y vaciar varios montones de grava sobre el suelo desnudo del desierto y luego alisar los montones con un rastrillo.

—Güey, yo estoy por lo menos tratando de hacer una película así que esa parte es verdad. Y cualquier pendejo puede ser bloguero. Abre un Tumblr si tanto te preocupa mentir. De veras podemos hacerlo; a mí me vale madres... Una cosa más.

—¿Qué? —Juan regresó toda su atención a JD, aunque de pronto se preguntó si la vida de Danny no era tan genial como había creído originalmente. Ya no se juntaban tanto desde que se mudaron y el Sargento se retiró del ejército. Lo ayudaría a palear grava en cuanto acabara de hablar con JD... y también pondría a JD a trabajar en el jardín.

—Necesitamos un vehículo. El mío está tronado. Hay que decirle a Danny que venga. Sus jefes ni cuenta se van a dar si se va todo el fin de semana.

De pronto todo estaba pasando demasiado rápido. Pero JD estaba esperando una respuesta.

—Cierto. Hagamos eso —le dijo Juan.

Pero había algo: el plan era bueno. Y se sentía como una

locura, irreal. Juan había pasado tanto tiempo sin decirle prácticamente una palabra a nadie sobre su padre. Y nunca le había contado a nadie lo perplejo que se había sentido siempre, como un personaje en un cuento que hubiera recibido un trancazo en la cabeza y no pudiera recordar quién era antes; pero en vez de tratar de ayudarlo a recuperar la memoria, todo mundo parecía desear que se contentara con ser amnésico. Pensó que siempre iba a estar solo con sus "problemas de papá". Pero de pronto todo estaba cambiando. Y ahora, después de mencionar la carta una sola vez, de pedir ayuda una sola vez, JD —JD, que a veces era irritante como la chingada— lo iba a llevar a conocer a su padre. Juan sintió las lágrimas correr por su rostro por segunda vez en un día, feliz de oír a su mejor amigo del mundo llamarlo "el güey más maricón de todo el pinche planeta".

FABI Y GLADI
(CAPÍTULO QUINCE)

Fabi se sentó en el sofá y leyó la carta hasta el final. Ayer había tenido que discutir con Jabba para que la dejara entrar al edificio; la mujer demente inicialmente se negaba a dejarla pasar a preguntarles a los nuevos ocupantes si habían guardado algo de su correspondencia. La inquilina, una muchacha de veintitantos años, la había estado apilando en su cocina, sin saber muy bien qué más hacer con todo eso. Frustrada, Fabi había agarrado el montón suelto de correspondencia publicitaria y cuentas por pagar y se había ido sin revisarla. No había notado la delgada carta de la oficina del Secretario del Condado de El Paso hasta ahora.

Ya habían fijado la fecha para la lectura de cargos contra Juan —la carta era una sola página con todos los datos—. Ubicación del edificio y número de caso, día y hora. Dentro de una semana Fabi y Juanito estarían ante un juez, ahora ella entendía lo que significaba "evadir arresto". Era un delito menor clase A, lo que significaba que era de los más graves y que su Juanito podía ir a dar hasta un año a la cárcel. Ay Dios. *Ay Dios*. Encima, ella aún no tenía idea de qué iba a hacer con su embarazo. Necesitaba un trabajo nuevo, y para acabarla de chingar, Gladi estaba de visita.

Gladi había llegado esa mañana sin anunciarse de McAllen, Texas, con sus maletas, su marido gringo y dos pequeños *yorkies* que no habían parado de ladrar. Estaban en la cocina con papá, hablando en voz baja de que pensaban quedarse una semana en la casa pero no sabían que Fabi y Juanito se habían mudado. No les molestaba irse a un hotel. No querían ser "invasivos". Gladi era psicóloga clínica para el Departamento de Asuntos de Veteranos. Fabi nunca podía recordar a qué se dedicaba su marido gringo. Algo en una oficina, a juzgar por su apariencia. Alto, blanduzco y barbón. Tipo *geek*, con anteojos. Llevaban un par de años casados; Fabi se había saltado la boda.

—Hola, Fabi —dijo Gladi, entrando a la sala con su papá y su marido—. No sabía que estabas despierta.

—¿Por qué no iba a estar despierta? —dijo Fabi—. Es de mañana. Soy adulta —levantó el montón de correspondencia que había estado revisando para que Gladi lo viera, excepto la carta sobre la lectura de cargos. Había tenido esperanzas de que llegara otra carta de Mando, aunque ahora se preguntaba qué responderle. *¿Qué podría yo decirle?*

Su hermana parecía querer acercarse a abrazarla, pero

Fabi se quedó en el sofá. Su hermana y ella rara vez hablaban. No es que hubieran tenido un gran pleito, alguna razón demasiado dramática para distanciarse. Sus frentes de batalla eran simples. Gladi era la chica buena, la que nunca cometía errores, y Fabi era… pues eso no.

—Déjame invitarte a desayunar. ¿Qué tal Marie's?

—Se volvió un changarro de cocina fusión: asiática y hamburguesas —dijo Fabi—. Y no tengo hambre.

—¿*Qué*? ¿Y *qué*? Además, tú siempre tienes hambre. ¿Qué cambió?

—Yo cambié —dijo Fabi, moviéndose a un lado para alejarse de su hermana.

—No ha cambiado —dijo papá, uniéndose a la conversación—. Tu hermana sigue siendo una grosera, como de costumbre.

—¿Qué tal L&J? Hacen unos chilaquiles buenísimos.

Papá le sonrió a Gladi, siempre se ponía tan risueño cuando ella venía.

—A esta le encantaría sacar una comida de gorra. Anda sin trabajo —miró a Fabi con el ceño fruncido de siempre.

—Eso no está bien, papá —dijo Gladi—. No tiene que venir si no quiere.

—No —dijo Fabi, poniéndose de pie. Los *yorkies* ahora sí estaban ladrando en serio; Gladi, papá y el marido gringo la estaban mirando. Ella podía sentir cómo se iba formando su ira, cómo surgía desde las plantas de sus pies y recorría su cuerpo—. Él tiene razón. Nada de lo que yo había planeado para esta mañana importa. Bueno, desde que llegaste *tú*. Ni buscar trabajo. Ni mi *aborto*. Vamos por esos chilaquiles.

—¡¿Aborto?! —su papá parecía a punto de desmayarse—. ¿Qué dijo ella? —volteó a ver a Gladi y luego a su marido, ambos con la vista clavada en el suelo. No quería mirar a Fabi—. ¿Qué fue lo que dijo?

—Que estoy embarazada. ¿Qué otra cosa podría estar diciendo? —Fabi agarró su bolsa de la mesa y miró a su hermana con actitud desafiante—. ¿Vamos a ir o no?

Ahora papá y Gladi la estaban mirando pesado, tratando de adivinar si hablaba en serio o no. Fabi odiaba lo rápido que decía la peor locura que se le metía a la cabeza. Esa, suponía, era la verdadera razón por la que nunca hablaba con Gladi. Odiaba a la persona en la que ella misma se convertía cuando estaba su hermana. Insegura y muy irritable. Y *estúpida*. Como si fuera una adolescente otra vez.

Los chilaquiles *sí* estaban buenos. *Gladi vuelve a ganar*. De camino al L&J Café, ella y Gladi habían hecho como si la escena de la sala no hubiera ocurrido. Como si Fabi no hubiera rechazado la invitación. Como si el abuelo no hubiera insultado culerísimamente a Fabi. Como si nadie hubiera dicho "aborto". En vez de eso, charlaron del clima veraniego en McAllen —húmedo y caliente—. Papá y el maridito se quedaron en casa, dejando que Fabi y Gladi salieran solas, algo que a mamá le habría encantado ver. Los nombres Fabiola y Gladiola habían sido idea suya. Amante de las flores, así es como pensaba en sus dos niñas: como una primavera que podría disfrutar hasta en invierno.

—Así que un aborto —dijo Gladi, y rápidamente se metió un bocado de chilaquiles a la boca.

Fabi supuso que hablar del clima se estaba poniendo muy aburrido para su hermana psicóloga.

—No lo sé —dijo Fabi mirando a su alrededor, intranquila, como si Rubén pudiera estar en el gabinete de atrás—. Lo estoy pensando, no es que ya tenga uno programado ni nada. Pero quizá. Pronto.

Gladi tragó fuerte y miró a Fabi como Fabi suponía que miraba a sus pacientes: no era una expresión en blanco, sino una expresión que no acababa de ser sonriente y no acababa de ser adusta, y una cara de *Te estoy escuchando* que seguramente había aprendido en un salón de clases.

—Ni siquiera sabía que estabas embarazada —empezó Gladi.

—Tú y papá son a los primeros que les digo —dijo Fabi, preguntándose si soltar la noticia al final de su segunda carta a Mando contaba—. No es algo que me tenga muy contenta.

—Entonces… ¿no fue planeado? Suena a que no —Gladi le dio un sorbo a su café, luego comió otro bocado de su desayuno. Desde lejos, probablemente parecía que estaban disfrutando su mutua compañía.

—No me chingues, Gladi. ¿Quién planea un embarazo nomás para abortar?

Gladi le hizo a Fabi una seña de que parara, levantando la mano como policía de intersección.

—Cálmate. Yo solo quiero ayudar… si puedo.

Por supuesto que eso quería. La gran Gladi había vuelto al pueblo a salvar a la pendeja de su hermana que estaba atorada exactamente en el mismo barco que cuando iba a *high school*. Solo que ahora en ese barco también había un joven de dieciocho años enfrentando un año en la cárcel. Un *año*. ¿Y por qué? ¿Por asustarse? ¿Por correr? De pronto Fabi ya no podía comer. Tiró su tenedor y se frotó la cara con las palmas de las manos, disfrutando su suave y fresco alivio por un momento. Juanito. Tenía que conseguir un abogado. No tenía idea ni de dónde empezar a buscarlo. ¿Cómo le iba a hacer para pagarle?

—¿Quieres que yo te lo pague? —preguntó Gladi—. Puedo hacerlo. No es problema.

Ahora Gladi estaba dentro de su cabeza. Seguro que su hermana tenía un tiempo compartido allí.

—¿Qué tan diferentes hubieran sido nuestras vidas si a mamá no le hubiera dado cáncer? ¿Si siguiera viva? —dijo Fabi en voz baja, luego miró por la ventana. Los coches pasaban continuamente en ambos sentidos por la calle Stevens, la gente de los suburbios yendo y viniendo hasta la entrada y de allí a la interestatal, pasando el viejo Cementerio Concordia, con su suelo de tierra dura y sus lápidas desperdigadas.

—¿De qué estás hablando?

Fabi volteó otra vez a ver a su hermana.

—Nada.

La carta de Mando le había estado dando vueltas en la

cabeza. Su idea de las pequeñas verdades: la manera rebuscada de Mando de decir que el pasado sí importa. Que todo lo que le había pasado a ella, cada elección que había tomado, se le pasaría a Juan de alguna manera, y después se volvería a pasar.

Gladi empujó su plato a la mitad de la mesa; se veía frustrada, los hombros caídos.

—No sé de qué estás hablando. No vivo metida en tu cabeza, Fabi.

—En aquel entonces me pudiste haber ayudado, pero no lo hiciste. Mi vida hubiera podido cambiar. También la vida de Juan.

Gladi soltó un largo suspiro.

—¿Qué, *exactamente*, hubiera podido hacer yo en aquel entonces?

—No sé *exactamente* —Fabi volvió a mirar por la ventana—. Es solo que en ese momento todos me abandonaron. Tú. Papá. Mamá.

—¡Mamá se *murió*! —Gladi levantó su tenedor y lo enterró en sus chilaquiles ya fríos—. Siempre actúas como si tú hubieras sido la única que la pasó de la chingada... la única que perdió a su mamá. Yo cuidé a mi mamá prácticamente sola hasta su último día. ¿Alguna vez piensas en eso? ¿Que yo también te necesitaba a *ti*? ¡Era mi último año de escuela! Y todo *sería* diferente si mamá estuviera viva, pero no lo está.

Gladi aventó su tenedor y cayó ruidosamente en el plato. La verdad era que Fabi no sabía qué quería o qué esperaba de Gladi. Había estado enojada y asustada hacía tantos años. Sola. Seguía estando así. Lo que ella quería, más que nada, era que su madre estuviera viva.

—Tienes razón —dijo Fabi—. Es solo que mi vida resultó tan… difícil. Debería haberlo hecho todo distinto.

Gladi le dio un sorbo al café y, como buscando la respuesta correcta, se volvió a meter de un salto en la cabeza de Fabi.

—¿Fabi, qué le está pasando a Juan?

—Hoy tiene un examen de Álgebra. Lo ha tenido muy preocupado.

—Tú sabes que no estoy hablando de eso.

Fabi asintió con la cabeza, preguntándose si así sería la terapia, sin tener la menor idea de por qué alguien lo haría voluntariamente. Pero dijo:

—La semana que entra tiene que presentarse en la corte. Podría enfrentar hasta un año en la cárcel.

—Ay Dios. ¿Qué pasó?

Fabi se pasó las manos por el pelo.

—Esa es la cosa. Ni siquiera sé lo que hizo en realidad. Estaba en una fiesta, haciendo lo que hace todo mundo en una fiesta. Pendejadas. Luego llegó la policía. Él salió corriendo. Por supuesto que lo agarraron, y yo creo que le pegaron porque después de eso estaba cojeando y tuve que llevarlo a urgencias, y ahora… podría pasar un año en la cárcel. No entiendo. Solo estaba siendo un chavo. Tampoco tengo dinero para pagar eso.

—Los chavos hacen tonterías —dijo Gladi, alcanzando la mano de Fabi.

La mano de Fabi se puso laxa en la de su hermana.

—Me acuerdo. Juan fue el resultado de mis tonterías.

—Eso no es cierto —insistió Gladi—. Juan no estaría aquí si no fuera su destino.

—Suenas como una tarjeta de felicitación —Fabi le dio una palmada en la mano a Gladi antes de retirar la suya.

—Y tú suenas a la defensiva —replicó Gladi—. Mira, Juan va a estar bien. Es bueno que se hayan regresado a vivir con el abuelo. Se gradúa este año, ¿verdad? Todavía puede ir a la universidad. Yo te puedo ayudar con eso. Y tengo una amiga abogada que vive aquí en la ciudad. Podemos echarle una llamada. Yo lo pago… después de todo, Juan es mi sobrino.

Híjole, Gladi hacía que todo sonara tan fácil. Fabi sabía que su hermana no era rica, pero tenía dinero y parecía contenta y quizá no malvada (los abortos y los abogados no eran las mejores cosas de la vida, desde luego que no eran gratis, pero la gente los necesitaba y Gladi tenía para pagar los dos). Carajo, hasta estaba envejeciendo bien la cabrona, tenía la piel tersa y el rostro suave de mamá, su misma sonrisa que de inmediato te hacía sentir mejor. Y Fabi quería que su hijo tuviera una vida como la de Gladi. Si no es que la vida que él mismo había colgado en las paredes de su cuarto.

—¿Te puedo hacer una pregunta? ¿Y no te enojas demasiado?

El mesero les estaba sirviendo más café.

—Claro —respondió Fabi.

Gladi le dio una palmadita en la panza.

—¿Qué onda con el papá?

Fabi le dio un sorbo al café fresco mientras Gladi le vaciaba sobre rosas de endulzante al suyo.

—Terminamos. Si ves un poco la tele mientras estés aquí, verás uno de sus estúpidos comerciales. Tiene una concesionaria de coches usados, EZ Motors. Es Rubén "El Rey de la Ganga" González.

—Así que eso *nunca* iba a funcionar —Gladi se inclinó hacia ella, con los codos en la mesa, la cabeza apoyada en las palmas de las manos. *¿Esto era terapia o plática de chicas?*

Fabi deslizó las manos alrededor de su taza, disfrutando el calor en sus palmas.

—Yo no lo quería. Y además me despidieron por culpa de ese pendejo. Puedes verlo en YouTube.

Gladi peló los ojos.

—¡Oh! Eso está terrible.

—Sí, bueno. A veces pasan chingaderas. Déjame preguntarte algo *a ti* —dijo Fabi, pidiendo la cuenta con un ademán a un mesero cercano, luego volteando otra vez hacia Gladi—. ¿Qué pedo, por qué te casaste con Seth? Yo pensé que siempre habías querido casarte con Antonio Banderas. Me acordaba de haber gastado el video de *Desperado* contigo, hace mil años.

Gladi sonrió tímidamente.

—*Sí*, siempre quise uno tipo Antonio Banderas.

—¿Y por qué no te lo conseguiste?

—No hay. En mi universidad había muy pocos mexicanos y en mi trabajo ninguno. Por lo menos no en el área donde yo trabajo, y allí es donde paso la mayor parte del tiempo. Es donde conocí a Seth. Primero solo platicamos y luego empezamos a salir. Lo normal. No es lo que yo soñaba a los dieciséis, pero ha estado bien. Es un buen tipo. Y sí, lo amo —se rio—. Aunque se vea raro con pantalones de cuero.

—Y ahora tienen *yorkies*.

—Cierto —Gladi se volvió a reír—. Fueron idea mía. Él quería unos chihuahueños, pero me entró la duda de si estaba siendo racista o no.

Ahora Fabi se rio, una risa de verdad que se sintió bien. No se había dado cuenta de que el L&J se había llenado; afuera, la gente iba y venía por las aceras, camino al trabajo en las imprentas y las tiendas de conveniencia cercanas, la tienda de antigüedades que apenas si colgaba de un hilo. Todos seguían adelante con su mañana. Era asombrosa la manera en que la vida seguía su marcha sin importar lo que pudiera estar pasando en la vida de alguna persona. Esto solía molestarle muchísimo, pero quizá después de todo no era tan malo. Todo mundo jalando a todos los demás hacia delante por el simple hecho de seguir vivos.

—¿Sí sabes que Antonio Banderas es español, verdad? No mexicano —dijo Fabi, alcanzando la cuenta cuando el mesero la dejó junto a Gladi. A Fabi le urgía cambiar el cableado de cómo se veía a sí misma, dejar de odiar a la persona que era, a la chica que solía ser.

—No mames, mi vida entera ha sido una mentira —dijo Gladi, dejando que su hermana tomara la cuenta, las dos riendo, riendo *de verdad*—. Y todo va a estar bien, sobre todo Juan. Hasta con su examen de Álgebra. Simplemente lo sé.

UN EXAMEN DE ÁLGEBRA

La probabilidad es un área de las matemáticas que utiliza experimentos para arrojar resultados aleatorios; sin embargo, con el tiempo los resultados producen patrones que nos permiten predecir los resultados futuros con notable precisión.

Preguntas de permutaciones y combinaciones

Por un error de empaque, 5 pares de tenis de básquetbol defectuosos se empacaron con 15 pares en buen estado. Todos los tenis se ven iguales y tienen la misma probabilidad de ser elegidos. Alguien escoge tres pares.

a) ¿Qué probabilidad hay de que los tres pares estén defectuosos?

b) ¿Qué probabilidad hay de que exactamente dos pares estén defectuosos?

c) ¿Qué probabilidad hay de que por lo menos dos pares estén defectuosos?

Respuestas

a) E = 3 pares de zapatos defectuosos, $n(S) = c(20,3) = \dfrac{20!}{17 \cdot 3!} = \dfrac{20 \cdot 19 \cdot 18}{6}$

$= 1140$, $P(E) = \dfrac{n(E)}{n(S)} = \dfrac{10}{1140} = 0.0088$

b) F = 2 pares defectuosos, $c(5,2)c(15,1) = \dfrac{5!}{3! \cdot 2!} \cdot \dfrac{15!}{14! \cdot 1!} = 10 \cdot 15 = 150$,

$P(F) \dfrac{n(F)}{n(S)} = \dfrac{150}{1140} = 0.1316$

c) G = por lo menos dos pares están jodidos, $G = E \cup F$, $P(G)$

$= P(E) + P(F) = 0.0088 + 0.1316 = 0.1404$

Crédito extra:

¿Cuáles son las probabilidades de que tu ma te compre un par de esos cacles defectuosos y que te destruyan el tobillo y todo se vaya a la mierda?

CHINGA A TU MADRE POR PENSARLO.

Una función exponencial es una función cuyo valor es una constante elevada al poder del argumento. $f(x) = ax$

Preguntas sobre lo real:

Oye, pendejo, ¿sabías que la concentración de alcohol en la sangre de una persona se puede medir? El riesgo R (expresado como un porcentaje) puede modelarse mediante la ecuación $R=6e^{kx}$ donde x es la concentración variable de chupe en la sangre y k es la constante. ¿Entendiste, estúpido?

a) Suponiendo que la concentración de 0,04 resulte en un riesgo de accidente del 10% (R=10). Despeja k en la ecuación.

b) Usando k, ¿cuál es el riesgo si la concentración es de 0,17?

c) Si la ley establece que cualquiera con un riesgo de 20% o más no debe manejar, ¿qué tan hasta el güebo andaban JD y tú cuando chocaron? ¿Cuánta suerte tuviste de que la policía no estuviera allí para volverte a torcer? ¿Cuánto tiempo crees que durará tu suerte? Seguro que ni siquiera te sientes suertudo, ¿verdad?

Respuestas:

a) $x = 0.04$ y $R = 10$, $R = 6e^{kx}$

$$10 = 6e^{6k(0.04)}$$

$$\frac{10}{6} = e^{0.04k}$$

$$0.04k = \frac{10}{6} = 0.5108256$$

$$k = 12.77$$

b) usando $k = 12.77$ y $x = 0.17$, $R = 6e^{kx}$

$6e^{(12.77 \times .17)} = 52.6$ Una buena probabilidad de que te estrelles con un poste en un estacionamiento vacío.

c) No, no me siento afortunado. ¿Existe alguna estúpida fórmula para resolver la mala suerte, o por lo menos para neutralizar esa mierda?

Crédito extra:

Grafica la función exponencial de tu puñetera vida.

LA CONSTANTE ES ESTAR JODIDO. LOS ARGUMENTOS QUE ME JODEN SON NUMEROSOS.

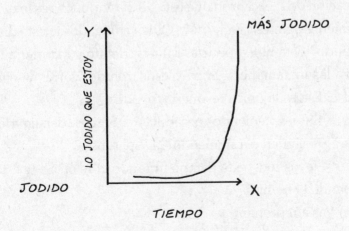

Una **hipérbola** es el conjunto de puntos en un plano cuyas distancias a dos puntos fijos en el plano son constantes.

Pregunta de aplicaciones:

Suponiendo que una pistola se dispara desde una fuente desconocida, F. Un observador en O1 escucha esa mierda 1 segundo después que otro en O2. Puesto que el sonido viaja a 335 metros por segundo, significa que el punto F debe estar 335 metros más cerca de O2 que de O1. Entonces, cabrón, F está en la rama de una hipérbola con centro en O1 y O2. ¿Sí entendiste esa mierda? ¿Sí sabes que la diferencia de la distancia de F a O1 y de F a O2 es la constante de 335? Si un tercer observador sin otra puñetera cosa que hacer más que estar mirando oye el mismo disparo 2 segundos después de que lo escucha O1, la F estará en una rama de una segunda hipérbola cuyo centro es O1 y O3. La intersección de las dos hipérbolas te dirá la ubicación de F, el cabrón que está disparando. Eso es lo que realmente quieres saber, ¿no? ¿Quién chingados te está disparando? O también podrías salir corriendo y mandar a la verga las matemáticas. Si oyes esos tronidos corres vuelto madre. Esa es la única respuesta, pendejo.

a) ¿Sigues teniendo pesadillas? ¿Sigues debajo del agua? ¿Te siguen persiguiendo? ¿Disparando?

b) ¿Llevas todo este tiempo mirando el reloj? Se te está acabando el tiempo.

c) Vas a reprobar.

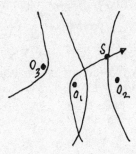

Respuestas:

No tengo las respuestas.

Crédito extra:

¿Te acuerdas cuando le dijiste al abuelo que tú podías ser ingeniero? No te la creíste ni por un segundo. ¿Y eso de ir a una universidad pública en Arizona a jugar básquetbol después de tu graduación? ¿Y lo de dar un juegazo para un *coach* colegial que quizá ni siquiera exista porque tu *coach* actual es un mañoso hijo de la chingada y probablemente te esté mintiendo? Se acerca tu juicio. También está eso, no se te olvide. ¿Cuál es la probabilidad de que todas esas madres te salgan bien? Además, ¿qué tu papá no es un asesino?

Crédito extra extra:

¿Qué es más probable: que acabes jugando básquetbol profesional o que sigas a tu papi derechito al pabellón de la muerte? ¿Qué está más metido en tus huesos? Recuerda mostrar tu trabajo.

Ah, por cierto, vino tu ma. Está parada en la puerta, asomándose para dentro. Güey, se ve bastante bien, para ser una mujer mayor.

CUANDO ÉRAMOS TEMERARIOS
(CAPÍTULO DIECISÉIS)

Fabi ya tenía el nombre de la abogada amiga de Gladi, Vanessa Peña. Se acordaba de Vanessa. Era como Gladi: sacaba puros dieces, estaba en todos los clubs de estudiantes *nerds*, y hasta le ganó a Gladi con el mejor promedio de su generación (Gladi le hubiera ganado si no hubiera sido por la muerte de mamá, que hizo que sacara un nueve en Inglés Avanzado). Fabi buscó en el viejo directorio telefónico del abuelo a ver si había un anuncio de ella, pero esa cosa tenía diez años. Pensó en googlearla, pero desde luego que su papá no tenía internet y Fabi todavía tenía un celular plegable. Lo único bueno de vivir en su viejo departamento era que Flor nunca le ponía contraseña a su wifi.

Después de pasar la mañana platicando con Gladi, se dio cuenta de lo mierda que habían sido las últimas semanas para Juanito. Se imaginó su noche en la cárcel. Lo espantoso que debió ser. Cómo entre la lesión del tobillo y la preocupación por la escuela seguramente estaba muy sacado de onda. Hasta mudarse a la casa nueva debió haber sido difícil. Ella en realidad no había hablado con él sobre nada de esto; había estado muy ocupada lidiando con su propias chingaderas. Fabi decidió que podía esperar para llamar a Vanessa. Quería pasar el día con su hijo, hacer por él lo que Gladi acababa de hacer por ella.

Hacía años que Fabi no caminaba por los corredores de la Austin High School. El interior del edificio era esencialmente el mismo, lo cual primero le pareció reconfortante, después triste: el azulejo de cerámica verde en las paredes y el piso de cuadros blancos y negros eran salidos directo de los años cuarenta. Las puertas de los salones eran pesadas, de madera, con manijas de latón que se empezaba a poner verde. Sus tacones altos resonaron por el corredor vacío mientras se dirigía al salón de la Sra. Hill, donde Juan tomaba Álgebra. Fabi le había dicho a la secretaria en la oficina de asistencia que Juan tenía una cita con el doctor por lo de su tobillo, aunque no estaba segura de por qué había mentido. Tampoco es que la fuera a regañar nadie. Fabi paseó por los corredores, no quería esperar hasta que el alumno acompañante regresara con su hijo —demasiado emocionada por el día que había imaginado con Juanito—. Había pósters cubriendo las puertas de los salones y pegados sobre los bebederos de agua. Los pósteres de "di no a las drogas" y "cuidado con las pandillas" que colgaban en los muros y las puertas de los salones cuando ella era alumna, reemplazados por las redes sociales y advertencias contra el *bullying* cibernético, algunos con *hashtags* en la parte inferior: #seamableenlinea y #sextingesparasiempre. Se preguntó si a los chicos los pósteres realmente les parecerían útiles o si, como cuando ella era joven, eran más para los adultos: colgar carteles era mucho más fácil que tener que sentarse a hablar de esas cosas.

El salón de Juan parecía estar haciendo un examen, todos con la cabeza mirando el escritorio, escribiendo apurados. *Mierda.* No había acabado el examen. Juan estaba mirando el reloj con expresión ida. Fabi también había odiado Álgebra; recordó lo nerviosa que se ponía cuando tenía examen. Muchas veces sabía la respuesta pero le daba nervios tener que mostrar todos los pasos correctos. Su trabajo. Aun así, al seguir mirando por la ventanita en la puerta empezó a desear que Juan fuera como todos los demás muchachos y se pusiera a trabajar.

Antes de salir de la casa Fabi había doblado el aviso de la lectura de cargos, lo había vuelto a meter en el sobre y lo había guardado en su bolsa junto con el ultrasonido y las cartas de Mando. Planeaba hablar con Juan sobre eso y sobre la abogada que le iban a conseguir. Sabía que Juan no tenía nada de fe en ella, como en otros tiempos ella no tenía fe en el abuelo. Pero de eso se trataba el día de hoy. De arreglar el pasado.

—¿Qué haces aquí? —siseó Juan, cerrando la puerta del salón de la Sra. Hill a sus espaldas. La había sorprendido asomada al salón; salió disparado de su lugar a la puerta—. Se supone que no puedes estar parada tú sola aquí en el pasillo, psicópata.

—¿Qué? Soy tu mamá… y necesito sacarte de clase. Tenemos que ir de compras —dijo Fabi. Oír sus palabras en voz alta la hizo retorcerse de vergüenza. Lo mal que sonaron—. Y no me hables así —*otro error*.

El rostro de Juan era confusión pura.

—¿De compras? ¿Pero de qué estás hablando? Tengo que pasar este examen. ¡Es mi futuro, ma!

—Bueno, ve a terminarlo. Te espero. Pero cuando acabes tenemos que hablar.

—¿Hablar de qué? ¿De las *compras*? Nunca tiene sentido lo que dices.

Fabi escarbó en su bolsa, agarró la carta de la lectura de cargos de Juan.

—Malcriado, tienes que ir a juicio *la semana que entra*. Enfrentas un año en prisión; necesitas un traje para evitar que ese sea tu futuro —supo que la tarde que había estado deseando, ir de compras y platicar y arreglar las cosas con Juanito, acababa de estallar. Que ella la había hecho estallar.

—Verga —dijo Juan, se dirigió hacia el salón y luego se detuvo con la mano en la manija de la puerta; parecía una nave espacial perdiendo contacto con su planeta base. Tenía el rostro en blanco, sin expresión. Fabi se dio cuenta de que no iba a poder concentrarse en lo que quedaba de su examen. Que probablemente iba a reprobar. Que *ella* tampoco podía evitar seguir reprobando.

—Déjame decirle a tu maestra que tenemos que irnos por una emergencia. No es mentira. ¿No puedes acabar el examen después?

Juan no se movió, aún congelado.

Luego, como si recuperara la señal, negó con la cabeza.

—No. Voy a entregar mi examen. Ya acabé —Juan desapareció rápidamente de vuelta al salón.

¿Qué había hecho? Se quedó parada, paralizada en el corredor, sin saber bien qué hacer o qué decir. No tenía por qué estar ahí. Juan salió del salón hecho una furia, su mochila al hombro, y se fue por el pasillo a toda velocidad, pasando a un guardia de seguridad y hacia la puerta principal. Por lo menos ya no parecía estar cojeando.

Había una hilera de árboles en frente de la escuela, sus ramas sin hojas golpeadas por el clima, astilladas y nudosas, parecían a punto de quebrarse por el viento. El polvo se arremolinaba. Fabi esperaba encontrar a Juan parado junto a la camioneta. Esperaba que no se hubiera ido corriendo a la casa o a quién sabe dónde. Que no se le hubiera perdido. Quería enmendar lo que acababa de pasar, aún quería enmendarlo todo.

Kiki's fue idea de su padre. Le encantaba el filete de hamburguesa, cubierto de chile con queso y servido con una guarnición de papas fritas y frijoles. Con una jarra de cerveza. Sobre todo si no pagaba él. Y Gladi y Seth iban a invitar. Fabi quería salir sola con Juanito, pero supuso que esto estaba bien: podía esperar al fin de semana, cuando Gladi se hubiera ido, para realmente empezar a arreglar todo. Tenían tiempo; ella podía compartir a su hijo. Después de que Juanito salió furioso de la escuela, *sí* la había esperado junto a la camioneta. Habían ido a JCPenney a comprar un traje, uno muy bonito que costaba justo lo que ella le podía meter a la tarjeta. Trató de hablar con él en la tienda, mientras le pegaba pares de pantalones a las piernas, lo hacía probarse sacos y sobreponer corbatas a distintos estilos de camisas de vestir, pero Juan apenas si dijo palabra, seguía encabronado. Ella lo entendía.

Ahora todos estaban sentados en una mesa junto al bar, tratando de hacer plática ligera. El restaurante estaba descomunalmente lleno para ser entre semana. Los fines de semana siempre había una larga espera, a veces afuera. Las paredes estaban cubiertas de viejas fotografías, autógrafos de celebridades documentando comidas de antaño y reseñas amarillentas del periódico local. Los paneles de madera de la pared ya tenían que cambiarse, al igual que las mesas y los gabinetes que hacían juego.

—Me encanta regresar a casa nomás a comer —dijo Gladi—. La comida mexicana en McAllen no es tan buena.

—Me gusta —dijo Seth, mirando el lugar.

—¿Tú qué sabes? —dijo Juan, sin molestarse en mirar a Seth.

—¿Conoces McAllen? —preguntó Seth.

—¿Por qué habría de ir allá? —Juan se metió una tostada con salsa verde a la boca y fulminó a su tío con la mirada. Tenía la misma expresión de molestia en la cara que siempre ponía cuando Fabi cometía el error de presentarle a un novio.

—Bueno, punto a mi favor —dijo Seth, tamborileando en la mesa—. Algún día te irás de este lugar. Quizá cuando salgas de la universidad hasta puedas viajar por el mundo.

—¿Viajar por el mundo? Claro. Voy a reservar mi vuelo.

—Bueno, después de la universidad —dijo Seth—. Muchos chicos lo hacen. Se toman un año para encontrarse a sí mismos.

Juan se metió otra tostada a la boca, evitando hacer contacto visual con Fabi. Ella quería que él dejara de hablar y se preguntaba si él también lo quería pero no podía contenerse. Se preguntaba si, como ella, él a veces sentía que las palabras le quemaban por dentro como un fuego, que crecía de pequeño a furioso y acababa quemando a todos con los que hablaba.

Seth agarró un totopo con salsa y se lo llevó a la boca; se volvió hacia Gladi, que había estado observando en silencio.

—¡Mi amor, esto está fantástico!

—Es de bote, pendejo, y no voy a ir a la universidad —interrumpió Juan—. Seguro voy a tener que meterme al ejército. Te apuesto a que puedo ver Afganistán. Dicen que es muy bonito en primavera.

De pronto papá golpeó la mesa con el puño.

—Tú no vas a entrar al pinche ejército. Ni madres.

—Papá —dijo Gladi—. Nadie va a entrar al ejército. Cálmate.

Juan puso los ojos en blanco.

—¿Pero si no cómo me voy a encontrar a mí mismo?

Fabi estiró la mano desde el otro lado de la mesa y trató de tomar la de Juan, pero él la quitó.

—Por favor, Juanito —murmuró ella—. Ya estuvo bueno.

—¿Ya estuvo bueno de qué? ¿De decir la verdad? —dijo Juan—. Somos pobres. Las únicas veces que podemos comer en este cuchitril es cuando alguien nos invita —Juan ya no evitaba mirarla: sus ojos eran como rayos láser quemándola hasta hacerle agujeros—. Lo que estuvo *bueno* es que arruinaras mi última oportunidad de entrar a la universidad para ir a comprar un *traje*.

—Cállate —dijo papá, golpeando la mesa con el puño otra vez. Fabi notó que su jarra de cerveza estaba casi vacía, y nadie le había ayudado a echársela. Ella tendría que haberse dado cuenta. Llevaba años viendo tipos así en el trabajo, hombres callados pero iracundos, que parecían estar bien hasta que se ponían pendejos sin ninguna advertencia. Su padre, se estaba dando cuenta, era un borracho.

Seth tomó otro totopo.

—¿Por qué es tan malo el ejército? —le preguntó al papá de Fabi—. Pensé que siendo veterano, usted más bien lo impulsaría a decidirse por algo así.

—Ay Dios —dijo Gladi—. Seth, por favor deja de hablar. Papá, todo está bien. Nadie se va a meter a nada. Juan va a ir a la universidad. Todo va a estar bien.

¿Eh? Fabi también pensaba que su papá sería proejército. Él tenía más o menos la edad de Juan cuando lo mandaron a la guerra —apenas un niño, ahora que lo pensaba—. Igual que Martín Juan Morales, el muchacho que conoció cuando mamá estaba enferma en el hospital. Él ya se había graduado de El Paso High School y se había enrolado en el ejército, estaba esperando que lo enviaran al entrenamiento básico; su padre se estaba muriendo de cáncer de próstata al mismo tiempo que mamá se estaba muriendo de cáncer de colon. Era callado. Lindo. Jugaba básquetbol. Era un tipo que a Fabi no le hubiera parecido atractivo de no ser por la situación. Vivieron su pena juntos, pasaron semanas juntos, los dos solos, después de las muertes de sus papás; era una relación que había complicado su vida más que ninguna otra. Era una relación que... Sus pensamientos fueron interrumpidos por su padre, que se arrancó a lo grande.

—Déjenme decirles algo a los dos. Cuando yo tenía la edad de Juanito, me reclutaron. No tenía opción. Tuve que ir al ejército y a la guerra, donde me dispararon en la cabeza, en mi *segundo* periodo de servicio. Si no iba, me metían a la cárcel. ¡A la cárcel! ¿Me entiendes? Y en aquel tiempo, solo reclutaban a la gente pobre. A los niños ricos les tocaba ir a la universidad. Hoy es lo mismo. Los pobres siguen peleando las pinches guerras y los universitarios no tienen que hacer ni madres. La única diferencia es que hoy a los chavos pobres los engañan para que se enlisten, en vez de ordenárselos...

—Un momento. Nadie engaña a nadie —interrumpió

Seth—. Ya nadie va a dar a la cárcel por no enrolarse. Es completamente diferente.

—¡Seth! ¿Por qué sigues hablando? —exclamó Gladi, jalándolo del brazo—. Deja de hablar.

—Mira, Seth, pon atención. Probablemente pienses que soy un viejo borracho. Y eso es porque lo soy. Pero eso no significa que esté equivocado.

Juan no le quitaba los ojos de encima a su abuelo, y no de una manera sarcástica, como a punto de hacer un chiste. Fabi se preguntó —oh no— si en serio estaría pensando en meterse al ejército. Y como su padre, ella se opondría.

—Yo nunca dije eso —dijo Seth, de pronto mirando a su alrededor, nervioso.

—Nos vamos a divorciar —dijo Gladi, negando con la cabeza en reproche—. En cuanto lleguemos a casa le voy a hablar a un abogado.

—¿Sí saben por qué quitaron el reclutamiento? —papá hizo una pausa, le dio un trago a su cerveza—. El reclutamiento convertía a todos en algo. Un evasor de la leva. Un prisionero. Un manifestante. O un soldado. La guerra le llegaba a todo mundo, de una u otra manera. Ahora, nadie se da cuenta ni de que hay una guerra. Porque nadie se fija en los pobres.

Martín murió en Irak. Ella lo leyó en el periódico, su funeral en Fort Bliss. Juan apenas acababa de entrar a la escuela. Ella recordaba que lo fue a dejar y después se coló a la iglesia la mañana del funeral. Recordaba a la esposa de Martín, una güera alta, parada en la primera fila de bancas cuando metieron rodando el ataúd de Martín y lo llevaron al frente de la iglesia. Estaba cargando un bebé; había otro en un asiento para coche a sus pies. Gemelos que crecerían sin su padre.

Gladi alejó la jarra de cerveza de su padre, pero era demasiado tarde para evitar que dijera locuras.

—Yo hubiera podido ser un gran ingeniero, pero me dispararon en la cabeza. Ahora mi cerebro es un desastre. Antes de eso, cuando era de la edad de Juan, su mamá y yo estábamos enamorados. Es cuando éramos temerarios. Estábamos en nuestro mejor momento. Yo he estado enfermo desde la guerra, desde el balazo. Cuando su mamá se enfermó, fue ir a la guerra otra vez. Y cuando se murió, ya nunca regresé.

Del otro lado de la mesa, Gladi estaba llorando; Seth le sobaba la espalda. Juan, que había estado escuchando muy atento a su abuelo, ahora miraba a Fabi. Ella reconoció la expresión en su rostro. Culpa. Culpa por echar a perder la cena de la misma manera en que ella había estropeado su examen de Álgebra. Fabi sintió que los ojos se le llenaban de lágrimas. Volteó a ver a papá. Estaba comiendo su filete de hamburguesa, y ella se preguntó qué clase de hombre podría haber sido si no lo hubieran reclutado. Fabi no quería balas para Juan. Quería que su hijo fuera temerario.

LOS JUANES DEL MAL
(CAPÍTULO DIECISIETE)

Después de cenar, cuando Juan estaba seguro de que su ma y su abuelo estaban dormidos, sacó el traje del clóset. Se lo había probado en JCPenney pero estaba demasiado encabronado para verlo bien. Para disfrutarlo. Los pantalones y el saco eran azul marino, la camisa de manga larga era de un blanco impecable. La corbata era delgada y roja y combinaba con un par de calcetines nuevos. Su ma los había encontrado. Él sabía que el hecho de que ella hubiera llegado a medio examen en realidad no lo había sacado de onda más que el álgebra misma, pero era fácil echarle la culpa. Siempre lo había sido.

La cosa era que, secretamente, él siempre había querido un traje. Sabía que verse bien es sentirse bien y por eso tenía colgados en su cuarto recortes de revistas de trajes Tom Ford perfectamente cortados y de Chrysler 300 negros petróleo. Para sentirse a prueba de balas. Se imaginaba que un día lo reclutaba la NBA: él parado bajo los reflectores, las cámaras de televisión enfocándolo, vestido exactamente así. Sonriendo y sabiendo que todo iba a estar bien. Al fin y por primera vez.

Después de ponerse una camiseta limpia, Juan se puso la camisa blanca impecable y la abotonó. No tenía idea de cómo hacer el nudo de la corbata; tendría que preguntarle al abuelo o meterse a YouTube cuando encontrara un lugar con internet. Los pantalones azul oscuro se sentían delgados —probablemente así se sentían todas las cosas caras—. Delicados, frágiles. Juan se fajó la camisa y se cerró el cinturón nuevo de cuero negro, centrando la hebilla con el cierre. Sus calcetines de vestir eran aun más delgados que los pantalones, pero no se probó sus zapatos nuevos de vestir. Se puso los tenis de básquet nuevos que su ma también le había comprado. *Una cosita extra*, le había dicho, guiñándole un ojo. Miró los zapatos, de un blanco brillante, simples y limpios. Nuevos. ¿Por qué no pudo mostrarse agradecido en ese momento, cuando ella obviamente lo necesitaba? Siempre la estaba cagando con ella, y su viaje al otro lado de Texas a conocer al hombre del que ella nunca quiso que supiera nada iba a ser otra cagada. ¿Cómo no iba a serlo?

Contempló los zapatos nuevos. El tobillo se sentía bien, quizá sanado, pero Juan probablemente no lo sabría con certeza hasta el día del juego —de ninguna manera iba a entrenar tan duro como para arriesgarse a otra lesión—. Se puso el saco —el toque final— y se miró en el espejo arriba de la cómoda. El saco recto le quedaba bien; se veía más alto y se sentía más fuerte que de costumbre, algo similar a lo que sentía en la cancha de básquetbol. Deseó poderlo usar todo el tiempo. Se imaginó ir a la escuela de traje, reemplazar su vieja mochila rota por un brillante portafolios negro. Antes de sentarse a cada clase se enderezaría la corbata y se abriría el botón del saco, sacaría grandes hojas de papel amarillo rayado para tomar apuntes. Que todos supieran que de ahora en adelante él iba en serio. *Ja*. Claro que lo que realmente necesitaba era aprender a hacerse el nudo de la corbata. Se imaginaba que esto era algo que un padre debía enseñarle a su hijo, pero puesto que el suyo estaba en el pabellón de la muerte y el abuelo estaba dormido, YouTube tendría que bastar. O más bien debía sentirse agradecido de haber sido huérfano de padre en la era del internet. Agarró su teléfono esperando que no se le hubieran acabado ya los datos.

Oye, papá Google:

---

cómo hacer el n

cómo hacer el nudo de la corbata
cómo hacer el número 1 en cartón
cómo hacer el nombre de una empresa
cómo hacer el niño envuelto
cómo hacer el nixtamal para las tortillas
cómo hacer el nado de mariposa

Juan pensó en textear a JD, decirle que lo viera en su viejo departamento con su *laptop* para ayudarlo con toda la cosa del blog, pero en vez de eso agarró la Dell de su ma, que era una mierda, aún vistiendo su traje nuevo. Si JD podía convertirse en cineasta, Juan podía ser bloguero —o por lo menos podía abrir una cuenta de Tumblr—. Recordó su noche en la cárcel, el cuarto de concreto lleno de borrachos y drogadictos. El Monstruo, que hizo que Juan se cagara de miedo, y su tatuaje en el cuello. Lo habían arrestado por golpear a su esposa, los nudillos hinchados y sangrantes. Se había reído al explicarle a uno de los guardias que la perra le había pegado a él primero y que *ella* debería estar encerrada. Pero el arresto había sido peor: el enjambre de policías se le había echado encima, sus rodillas, codos y puños bajando su cuerpo y su cabeza hasta el suelo antes de torcerle los brazos y esposarlo. Cómo se habían reído antes de que él se meara encima en el asiento de atrás de su patrulla. JD tenía razón de querer registrar lo que les estaba pasando. ¿Por qué no hacer una película sobre sus vidas? ¿De qué otra manera iba a saber la gente la clase de chingaderas que les pasaban?

Armando Aranda llevaba en la cárcel más tiempo del que Juan tenía de vida; Juan se preguntaba qué tan cómodo habría llegado a sentirse viviendo en una prisión, junto con asesinos de la peor calaña, y decidió que esa sería una de las cosas que le preguntaría. Y también si alguna vez había podido dormir bien toda la noche. Puesto que él mismo enfrentaba un año de cárcel, Juan no solo quería saber quién era su padre sino también *qué* era su padre. En *quién* podría acabarse convirtiendo él mismo. Ese pensamiento lo asustaba.

Puesto que estaba a menos de dos kilómetros, no le tomó mucho tiempo llegar a su viejo departamento. Se preguntaba si Jabba podría estar vigilando, la muy perra seguro se moría de ganas de echarle a la policía. Pero su departamento estaba a oscuras. Se acomodó en su viejo cajón de leche, teniendo cuidado de no ensuciar sus pantalones y saco nuevos. Debería haberse sentido como en casa, excepto que no lograba reconocer el paisaje. El cielo negro ahogaba en su oscuridad las siluetas de los árboles y los arbustos, y cualquier contorno de las casas vecinas. La luna, como los sonidos del barrio, parecía haber sido devorada por el espacio profundo. Juan pensó en el día que se peleó con JD y se disparó la pistola de Danny. En ese momento, Juan había estado más enfocado en la pelea, pero ahora, sabiendo que su padre había matado a un hombre, no podía evitar pensar en la pistola. La bala. Ninguno de ellos se había preguntado dónde había caído la bala. Cómo la bala, después de remontarse por el aire, podía haber caído vertiginosa hacia la tierra destrozándole a alguien el cráneo o el pecho, quizá a un niño o una persona mayor. Puta, Jabba tenía razón de haber llamado a la policía.

Abrir una cuenta de Tumblr fue fácil, al igual que elegir su nombre de bloguero: losjuanesdelmal (¡JD iba a odiarlo!). Sin saber muy bien por dónde empezar, Juan hizo una búsqueda de su papá. Leyó sobre su crimen en el sitio del Departamento de Justicia Penal de Texas, pero no pudo encontrar nada más sobre él aparte de otros artículos acerca del crimen, un robo que salió mal que solo se parecía un poco a una película de Tarantino porque había sido en una cafetería. Los artículos se burlaban de él por haber copiado a *Pulp Fiction*, volviéndolo un personaje más que una persona. Hacía mucho, JD había obligado a Juan a ver una copia pirata en línea de *Pulp Fiction*, y aunque en ese momento le había gustado, sabía que nunca podría volver a ver ni a disfrutar esa película. Para el mundo, Armando Aranda era un pedazo de mierda matapolicías que iba a recibir exactamente lo que se merecía. Además era el papá de Juan, pero quién sabe si se merecía algo por eso. Con la pantalla brillando, iluminando su rostro, Juan escribió: *Armando Aranda es mi padre.*

De pronto, Juan se percató de un nuevo resplandor a sus espaldas; la luz del departamento de Jabba se había encendido y la vio parada, mirando hacia donde él estaba sentado. Juan cerró la *laptop* de golpe y se agazapó. Esta noche no postearía nada. No sabía si Jabba lo había visto, pero si sí, seguro que ya había llamado a la policía. Ya vendrían en camino.

El muro que separaba el traspatio y el callejón se había caído hacía mucho, el cemento y las lajas eran solo escombros. Podía correr hacia allá, pasar unos mezquites con ramas espinosas y salir al callejón. Si su tobillo estuviera al cien, no lo habría dudado, pues existía una ligera posibilidad de que la vieja metiche no lo viera. Pero incluso si

Juan lo lograba, seguía existiendo la posibilidad de que la policía de todas formas se apareciera en casa del abuelo y él tuviera que negar haber ido al departamento. Mentirles al abuelo y a su ma. *Mierda.* Se la pasaba mintiendo.

Estaba seguro de que la policía venía en camino así que salió disparado hacia el callejón, donde Jabba debía haberlo alcanzado a ver porque la cabrona le prendió las luces: una serie de reflectores recién instalados en el muro de ladrillo del edificio que cegaron a Juan cuando se encendieron todos al unísono. Juan ya no podía ver a Jabba en la ventana de su departamento. Corrió a ciegas, solo que esta vez Juan no estaba en territorio desconocido y, como un murciélago, pudo salir de problemas por radar. Y a diferencia de aquella noche en casa de Danny, su tobillo había aguantado bien cuando corría por el callejón. Con la Dell de su ma segura en sus manos, Juan bombeaba sus brazos y piernas lo más rápido que podía, sintiendo el aire de la noche contra su rostro y quemando en su pecho. No oyó una sola sirena al pasar corriendo los semáforos, pero luego se quedó paralizado. El Cutlass, ese *puto* Cutlass, estaba parado en una intersección, en el semáforo. Juan rápidamente se escondió la *laptop* dentro del saco.

—Miren a ese vato —gritó el conductor. Juan se acordaba de él, los tatuajes en el cuello y los brazos que parecían cicatrices más que arte. También se acordaba de la escopeta. La negrura del interior de los cañones—. Ya está vestido para su funeral —el semáforo se puso en verde pero el coche no se movió—. ¿Por qué corres? ¿Y qué traes escondido en el saco?

—Me viene persiguiendo la chota —jadeó Juan, agarrando bien la *laptop*—. Vienen atrasito de mí.

—Yo no veo nada de chota —dijo el conductor, haciéndole una seña de que se acercara—. Enséñame qué andas escondiendo.

—No traigo nada. Güey, ahí viene la chota —Juan miró para atrás y luego calle abajo. Seguro que los cholos ya habían visto la *laptop*. Estaba jodido.

—¿Qué crímenes podrías estar cometiendo vestido así, con una *laptop*, a media noche? ¡Ni que fuera Wall Street, culero! —el conductor se asomó por la ventana justo cuando empezaron a oírse sirenas a lo lejos, el sonido lentamente subiendo de volumen.

—Te lo dije —dijo Juan, que por primera vez en su vida se alegraba de oír a la policía, y ya estaba listo para huir de ellos.

Se oyó una voz del interior del Cutlass:

—A la verga con el banquero este. ¡Vámonos!

—Órale Banquero, hasta la próxima —dijo el conductor, con la mirada clavada en Juan mientras salía a toda velocidad.

De regreso en su cuarto, Juan estaba hecho un desastre, pero por lo menos su traje no, solo un poquito sudado, sus cacles un poco empolvados. Volvió a colgar todo en su clóset casi vacío, colocando el saco y el pantalón cuidadosamente en la delgada funda de plástico que venía de la tienda. Los zapatos regresaron a su caja. Cuando la deslizó a una repisa del clóset, chocaron con algo. Metió la mano detrás de la caja y sacó una Biblia. ¿Una Biblia? La portada era café, de cuero, con las esquinas dobladas hacia arriba como si se hubieran frotado un millón de veces. Encontró el nombre de su mamá escrito en la primera página: Fabiola Ramos.

Juan abrió la ventana y se acostó en su cama sin tender. Cerró los ojos, con la Biblia en la mano. El aire de la noche estaba fresco. Un claxon sonó escandaloso afuera, ahora un hombre estaba gritando; la música retumbaba desde una casa cercana. Una fiesta recién estaba comenzando. El sonido, Juan lo sabía, seguiría por horas, y terminaría con sirenas de policía y el ruido del pájaro del gueto sobrevolando. Al paso de los años, Juan había aprendido a ignorar la conmoción, pero hoy sentía que el escándalo le zumbaba en el pecho. ¿Desde hacía cuánto andaban tras él Los Fatherless, esos culeros del Cutlass? ¿Por qué no lo dejaban en paz?

Se sentó y empezó a hojear las delgadas páginas de la Biblia, buscando la historia del diluvio que el abuelo le había contado. La encontró en el Génesis. Al principio.

> *Y vio Jehová que la maldad de los hombres era*
> *mucha en la tierra,*
> *y que todo designio de los pensamientos del*
> *corazón de ellos era*
> *de continuo solamente el mal.*

Y se arrepintió Jehová de haber hecho al
hombre en la tierra,
    y le dolió en su corazón.
    Y dijo Jehová: "Raeré de sobre la faz de la
tierra a los hombres
    que he creado, desde el hombre hasta la bestia,
y hasta el reptil y
    las aves del cielo; pues me arrepiento de
haberlos hecho".

Al leer, Juan se dio cuenta de que el abuelo se equivocaba, creyendo que Dios era mentira. Dios tenía que ser real, y era tan aterrador como todos los monstruos que había creado.

SUERTE DE LOCOS
(CAPÍTULO DIECIOCHO)

El tobillo de Juan estaba adolorido después de la carrera de anoche, pero no se había vuelto a lesionar. Había tenido una suerte de locos. ¡Por primera vez en la vida! Se fue caminando a la escuela solo, como había hecho desde que se mudaron a casa del abuelo y JD chocó su coche. Era un ritual nuevo que de hecho disfrutaba. Era martes, su día de entrenar con Eddie, y se preguntaba cuándo podría volver al gimnasio *él*, si apenas faltaba una semana para el último juego en casa. Toda la semana iba a ser importante. Tenía el partido y luego la lectura de cargos. Un *coach* colegial y luego un juez, ambos iban a juzgarlo en canchas totalmente diferentes. Cuando se acercó a los escalones de entrada de la escuela, Juan recordó de pronto que todo dependía de los resultados de su examen de Álgebra de ayer.

—Danny va a hacer otra fiesta el viernes. El día que

planeamos ir —dijo JD cuando Juan se dejó caer a su lado en los escalones de entrada de Austin—. Acabo de ver esa mamada en Instagram —el viento soplaba fuerte alrededor de ellos. Silbaba. Juan se alegró de haberse puesto una camisa de manga larga.

El teléfono de Juan zumbó en su bolsillo. Era Roxanne.

> Cómo te fue en tu examen? ☺

Juan la había extrañado. El aroma de su loción se había quedado en su almohada varios días, volviéndolo loco. Ahora entendía totalmente el término "estar clavado". Su cerebro se desmoronaba siempre que ella estaba cerca. Hasta cuando pensaba en ella. Quería llamarla desde hacía días. Pero quería demostrar que la tomaba en serio, así que mejor se quedó encerrado en su cuarto estudiando, aterrado de hacer el ridículo si reprobaba el examen. Hasta ahora, lo único que había hecho era pasar vergüenzas enfrente de ella. Pero ya había acabado con eso.

> NPI mi ma llegó a medio examen para llevarme a comprar un traje!!!

O quizá no.

> Q PEDO!?!?! HÁBLAME AL RATO!!
> mientras no ande comprando 1 portafolios

JD le dio un manazo en broma al teléfono de Juan.

—Quítate esa estúpida sonrisa de la cara. Es repugnante. En serio, ¿de dónde vamos a sacar un carro? ¿Para el viaje?

Juan no quería pensar en esto en ese momento. Por una vez las cosas estaban saliendo bien y ya, sin irse a la mierda.

—Pensé que le ibas a decir a Danny que viniera. Dijiste que podíamos ir en su coche —Juan no podía evitar estar encabronado con JD, aunque la fiesta de Danny fuera algo totalmente fuera de su control.

JD negó con la cabeza.

—Danny ha andado… raro, últimamente. Se lo iba a pedir pero no está contestando los textos y lleva días sin salir de su casa. Luego ayer, bum, anuncia una fiesta.

A Juan esto no le parecía tan raro: a veces Danny era así. Se tomaba unos días para estar solo. No contestaba el teléfono —ni textos ni mensajes privados—. Si pasabas por su casa no te abría la puerta. Luego, como una oruga rompiendo su capullo, salía volando como mariposa con ganas de fiesta. Juan ya no había regresado a ayudarlo a palear piedra; carajo, ¿cómo se le pudo barrer *eso*?

—Solo hay una opción —estaba diciendo JD—. Pídele la camioneta a tu mamá.

¡¿Qué?! Claro que no. Esa era otra cosa en la que Juan no quería pensar: pedirle la camioneta a su ma. Claro que *no* se la iba a prestar. Él apenas sabía manejar. Así que prefirió no responder.

—Vamos por algo a las maquinitas. Tengo hambre.

Pero al entrar a la escuela y caminar por el corredor, Juan se fue poniendo cada vez más ansioso. ¿Ya habría calificado los exámenes de Álgebra la Sra. Hill? El examen estaba difícil, pero había respondido la mayoría de las preguntas. Había estudiado. Ahora, en las máquinas expendedoras, decidió que debería hablar con ella, pedirle que calificara su examen. *Suplicarle* que lo dejara hacer créditos extras después de explicarle que su ma había pasado durante el examen para comprarle un traje para el juicio y lo había distraído. Que estaba enfrentando un año en prisión. Y que su padre estaba sentenciado a muerte y a punto de ser ejecutado. Y que un reclutador colegial iba a venir a verlo jugar, *si es que pasaba*. Y todo lo que necesitaba era pasar.

JD le dio un empujón en el hombro.

—¿Entonces, podemos usar la camioneta de tu ma o no? Es un problema más o menos grande.

—No sé —dijo Juan honestamente—. Nunca se la he pedido. ¿Tú no puedes pedir, onda, el coche de Alma? ¿O de tu jefe?

—Ahorita toda mi familia me odia. Así que… no.

—Okey, déjame pensar lo de pedírselo a mi ma —pero Juan sabía que era imposible. Y no podía sacarse lo del examen de la cabeza—. Vamos a buscar a Hill. Necesito ver qué pasó con mi examen de Álgebra. Onda ya.

JD se paró en seco y se veía listo para pelear, todo su cuerpo tenso. Como una jirafa muy encabronada.

—¿En serio? ¿A quién le importa una *chingada* el álgebra?

Los corredores estaban completamente vacíos, largos y angostos. A Juan le gustaban así. Callados, antes de todo el ruido y la confusión de la gente.

—Mira, si no pasé este examen, todo esto, todo mi futuro, ya valió verga.

—¿Si no pasaste un examen conocer a tu papá vale verga? ¿De qué estás hablando?

Juan giró hacia él.

—Mira, si no pasé este examen no puedo jugar en nuestro último partido de locales. Si no doy un juegazo ese día, no me van a dar la beca. Y entonces todo se puede poner de veras de la chingada. El juez podría decidir que soy un pinche bueno para nada y sentenciarme a prisión. Quizá un año. O sea que sí, en este momento lo del álgebra me lo tomo muy en serio.

—Está bien —dijo JD después de un momento—. Pero te voy a grabar. Ya que esta mamada es algo tan serio.

—Me da igual —Juan se dio la vuelta y salió rápidamente hacia el salón de la Sra. Hill. Puta madre. Realmente no quería que JD grabara nada, pero discutir con él era una pérdida de tiempo. JD lo seguía a varios metros cuando llegó a la puerta de la Sra. Hill. Estaba cerrada, pero ella estaba dentro. Juan pegó la frente a la ventana como un psicópata, como había hecho su ma, esperando llamar la atención de la maestra. Era justo antes de periodo cero.

—Prueba tocar —dijo JD, manteniendo su distancia—. Es como una costumbre.

Sin que tuviera que tocar, la Sra. Hill levantó la vista y

con una seña le indicó a Juan que pasara. Él rápidamente abrió la puerta y la cerró a sus espaldas. No necesitaba que lo siguiera nadie más. Ni siquiera JD. El salón se veía igual sin alumnos, pero olía diferente. Había desaparecido el olor a cuerpos, a sudor y plásticos y aire encerrado. El salón olía a café. El aire se sentía tibio. Dulce.

—¿Qué necesitas, Juan? —le preguntó la Sra. Hill con una sonrisa.

—Este… ¿ya calificó los exámenes?

—No. El examen fue apenas ayer.

Juan estaba parado frente a ella, de pronto inseguro de qué decir después.

—¿Eso es todo?

—Supongo que sí —pero eso no era todo. Juan quería que calificara su examen. La Sra. Hill lo miró pacientemente, esperando a que dijera algo—. Es que necesito pasar el examen para poder jugar en nuestro último partido de locales. Estudié bastante.

—Tu entrenador me estaba diciendo eso. Me dijo que conseguiste un tutor. ¿Es verdad?

—Sí. De una escuela privada —Juan no tenía idea de por qué pensó que eso la iba a impresionar.

—¿Viniste a pedirme que lo califique? Porque, honestamente, es un poco raro tenerte ahí parado.

—¡Por favor!

La Sra. Hill soltó un suspiro.

—Okey, vamos a ver.

Escarbó en un montón de papeles hasta que encontró el

examen de Juan y sacó su pluma. De reojo, Juan podía ver a JD apuntando la cámara por la ventana de la puerta. Su estómago era un frasco de bichos furiosos, arrastrándose desesperadamente por los lados para escapar y jalándose unos a otros hasta el fondo de vidrio. Siseando. La Sra. Hill marcó su examen, negando con la cabeza. Finalmente, levantó la vista. Juan quería guacarear.

—Esto pasa cada año, Juan. Cada año entra aquí alguien como tú, que quiere que le califique su examen, ya sea al final del semestre o cuando necesita ser elegible para lo que sea, y me dice cuánto necesita pasar, y casi siempre acaba sucediendo lo mismo. No puedes creer lo frustrante que esto es para mí.

—Lo siento —dijo Juan, y lo decía en serio—. Esta vez de veras estudié, se lo prometo —se sentía como un idiota. Un idiota por haber pensado que podía pasar en primer lugar. Un idiota por molestar a la Sra. Hill, que ahora probablemente lo veía como un idiota aún mayor que cuando entró. El *coach* Paul tenía razón. Iba a acabar picando piedra. O rastrillando jardines en el mejor de los casos. La Sra. Hill le devolvió el examen a Juan: 75%.

Juan agarró el examen con las dos manos, asegurándose de que la calificación era real. Era un triunfo. Un triunfo en el salón de clases, nada menos. ¡También por primera vez!

—No es bonito pero pasaste —dijo la Sra. Hill—. Solo hizo falta un poco de esfuerzo. ¿Qué les pasa a ustedes los chavos? ¿Por qué no pueden hacer esto desde el principio, simplemente? ¿Nada más que les importe su propia educación tanto como les importa el básquetbol o andar dando vueltas en la calle?

Su voz era como el ruido de una multitud.

—Gracias —dijo Juan.

—¿Siquiera me estás escuchando?

Juan se acercó rápidamente y le dio un abrazo a la Sra. Hill en su silla, inmovilizándole los brazos a los lados.

Luego, aún en medio del abrazo de oso, la Sra. Hill notó a JD filmando en la ventana.

—No los entiendo a ustedes los chavos. Pero ni tantito.

PODEMOS SER HORRIBLES
(CAPÍTULO DIECINUEVE)

Finalmente, era viernes. El plan era ir a la fiesta de Danny y de allí agarrar camino. JD empacó una mochila deportiva con ropa, un cepillo de dientes, un desodorante. Un cargador para su teléfono y su cámara. Ya había vaciado las tarjetas de memoria y había empacado un cuaderno y plumas. Echó la vieja Kinoflex a la mochila, aunque en realidad nunca había logrado hacerla funcionar. Luego se sentó ansiosamente en su cuarto y esperó a que Juan llegara en la camioneta de su ma —finalmente se había visto orillado a pedírsela, y solo había aceptado hacerlo después de que JD prometió manejar—. Pensó en las horas de carretera que les esperaban, en lo que verían en Polunsky: edificios grises sin chiste, forrados de cercas coronadas por rollos de alambre de navaja. Guardias en una torre con rifles de francotirador. El jefe de Juan encerrado. Juan también tenía que estar bien pinche nervioso, porque hasta *él* lo estaba. JD decidió grabar algo de *B-roll* para mantenerse tranquilo.

Encendiendo su cámara, hizo un paneo por el cuarto. Como de costumbre, había tendido su cama; su lado de la habitación ordenado como siempre. Su *laptop* y sus zapatos estaban metidos debajo de su cama, las pelis piratas ahora reordenadas alfabéticamente y agrupadas por país de origen. No había visto a Alma desde aquel día en la oficina de reclutamiento hacía casi dos semanas. Resultó que ella trabajaba todo el tiempo, como su papá, como su amá, así que era fácil evitarla. Ella había hecho que remolcaran su coche a un deshuesadero, tal como había sugerido el reclutador. Había ganado sus buenos cien dólares. Quizá *ella* debía meterse a la fuerza aérea. JD tenía la tarjeta del sargento técnico Bullard guardada en su bolsillo. No quería dejarla afuera donde alguien pudiera verla, pero por alguna razón tampoco quería esconderla.

Deslizándose por el pasillo pasó la cámara por la pared. Fotografías de él de bebé y de Alma cuando era chiquita, casi siempre apretujada en los brazos de su apá, con una sonrisota. Hizo un zoom a su rostro, tratando de fusilarse el efecto Ken Burns del que había leído en Wikipedia. Había fotos de su amá embarazada de Tomasito y luego cargando a un bebé que daba alaridos. Por toda la casa sus infancias habían sido documentadas en fotos —no de las que toman en un estudio, donde todos traen la ropa combinada y están parados frente a un fondo negro o gris con sonrisas cursis y falsas, sino instantáneas—. Algunas posadas —claro, con sonrisas cursis y falsas— pero otras tomadas en momentos aleatorios, jugando en el jardín o en una comida familiar al aire libre. Estas eran las que más le gustaban a JD; así era como recordaba aquellos días. Cuando las cosas estaban bien.

Mientras grababa, pensó que a sus papás de seguro les encantaban los bebés. ¡Había tantas fotos de bebés! Pero al parecer, habían sacado la cámara mucho menos a medida que él y su hermano y su hermana crecían. De pronto solo había fotos esporádicas de las mañanas de Navidad y los cumpleaños. Mientras JD filmaba, se dio cuenta de que había menos y menos fotos después de que entró a secundaria. Luego ya no había ninguna, como si toda la familia se hubiera esfumado repentinamente. *Verga.* *¿Qué había pasado?* Apagó la cámara. A un lado había una foto de su apá antes de que él y su amá se casaran, él con su uniforme militar. Su expresión era seria, sin sonreír. Quizá un poco asustado. En la foto, no podía haber sido mucho mayor que JD. Recordaba un retrato similar de su abuelo colgado en la sala de casa de su abuela, el jefe de su jefe, que murió antes de que JD naciera, vestido con su uniforme del ejército, su rostro la viva imagen del rostro de su apá.

Se preguntó cuánto tiempo dejaría puestas esa clase de fotos su amá ahora que su apá se había ido. Deambuló hacia el comedor; cuando era chico, solían comer juntos, pero cuando Tomasito nació, su amá consiguió una chamba en el Asilo Estatal donde pasaba largas horas, sobre todo en turnos vespertinos y a veces de toda la noche. Sin ella en casa, comían sobre todo en frente de la tele. Tras volver a encender la cámara, no le tomó mucho acabar de recorrer la casa de dos recámaras. Se acercó lentamente al cuarto de su amá. La puerta estaba cerrada, como solía estarlo desde el día que corrió a su jefe. JD no tenía idea de si ella estaba dentro.

—¿Hay alguien aquí? —dijo JD, tocando. Esperó, pensando que quizá apagaría la cámara, pero decidió no hacerlo, y mejor volteó la lente hacia él mismo. Habló a la cámara—. Mañana van a ser tres semanas desde que mi amá encontró los condones. Desde entonces, me peleé a golpes con mi mejor amigo. Me corrieron del equipo de básquetbol. Y destrocé mi coche. Además no he hablado con mi mamá desde ese día, aunque tampoco es que habláramos mucho antes de eso. Seguí a mi jefe en el coche hasta casa de su amante, así que estamos al día. Mi hermana y yo en realidad tampoco estamos hablando. Y mi hermanito me odia. Así que todo *coooool*.

Su amá abrió la puerta de golpe.

—¿Con quién estás hablando?

JD bajó la cámara rápidamente.

—Solo —dijo, sintiendo cómo se sonrojaba—. Estoy haciendo una película.

Levantó la cámara para que ella la viera. Su amá se estaba preparando para ir al trabajo, vestida con un uniforme clínico café y tenis blancos, el pelo recogido en una cola de caballo. Entornó los ojos.

—¿Y tú qué sabes de hacer películas?

—Nada, créeme.

—¿Es para la escuela? Dime que sigues en la escuela.

—Sigo *yendo* a la escuela —dijo JD, la cámara seguía grabando.

—¿No deberías estar allí *ahorita*?

JD se quedó ahí parado un momento, sin saber qué decir o qué hacer.

—Puede ser —intentó finalmente.

Su amá volvió a desaparecer al interior del cuarto, dejando a JD en la puerta.

—No puedo creer que te vayas de pinta ahorita —le gritó ella—. Esta *película* no tiene nada que ver con la escuela. Simplemente lo sé. Apaga esa cámara.

—Lo siento, amá —dijo JD—. Lo siento mucho —quería contarle en qué andaba. Que se había volado la segunda mitad de las clases para prepararse para un viaje de carretera directo hasta la mitad de Texas y al pabellón de la muerte. Para ayudar a Juan. Pero nada de eso iba a parecerle bien. De ninguna manera. Dejó que la cámara siguiera grabando.

—¿Bueno y qué quieres? Tengo que irme al trabajo —sin invitación, JD entró cuidadosamente a la recámara de su madre e hizo un paneo por el cuarto con la cámara. Las paredes estaban totalmente desnudas. Las fotos de la boda de ella y su apá habían sido quitadas, lo que respondía a la anterior pregunta de JD. Se asomó dentro del clóset. La mayoría de la ropa de su jefe seguía ahí, como si en cualquier momento él pudiera regresar y retomar su vida como si no hubiera pasado nada. JD se preguntaba dónde habría estado sin todas sus cosas. Si se estaría quedando en el noreste con su amante o si tendría un departamento de soltero cargado de madres nuevas—. ¡Te dije que apagaras esa cosa! —su amá tenía las manos en las caderas, sonaba molesta—. ¡¿Por qué nunca haces caso?!

—Perdón, pensé que querías hablar conmigo —dijo JD.

—Hace semanas.

—Lo sé. Perdón.

—Y ya sé que chocaste tu coche —dijo ella, sentándose en una esquina de su cama—. Que andas por ahí parrandeando y poniéndote loco. No sé qué hacer contigo —se veía cansada. No de trabajar sino de JD, de sus mamadas—. Me da gusto que estés bien, m'hijo, pero... me preocupa la clase de persona que estás resultando ser. Nunca estás aquí. Nunca estás con nosotros. Es como si fueras un fantasma. Como si hubieras muerto para esta familia.

JD dio un paso atrás.

—Eso no es cierto, amá —eso no era así. ¿O sí?

—Yo creo que sí, m'hijo. Todos nos hemos unido después de lo que pasó. Todos hemos llorado y nos hemos mantenido unidos. Todos menos tú. Hasta tu apá ha mostrado remordimiento. Pero tú, tú sigues agarrando la fiesta. Sigues juntándote con tus amigos, por encima de nosotros. Ignoras a tu familia. Ni siquiera quisiste venir a hablar conmigo. Me ignoraste semanas. ¿Por qué?

JD fue hasta ella, queriendo estar cerca, queriendo hablar. Pero ella siguió hablando, sin dejarlo responder.

—¿Ves todas estas cosas aquí en el cuarto? No puedo ni tocarlas. Quería tu ayuda, Juan Diego. Para meter todo esto en cajas. Para contar contigo. Pero no puedo. La familia no puede —su amá estaba sentada tiesa y derecha; sus palabras, la expresión de su rostro, eran pragmáticos. Sus ojos café oscuro clavados en él como rayos láser.

—La familia *sí* puede contar conmigo.

Pero JD sabía que en realidad la *familia* no podía. No es que fuera un fantasma, ni que no se pudiera contar con él, pero ahora entendía —mientras su amá trataba de perforarlo con la mirada— que lo que estaba muerto era su familia. Y había muerto mucho antes de que él encontrara los condones. A su familia la había matado el trabajo, las horas de turnos nocturnos y chambas extra. La vida cotidiana. JD se dio cuenta de que su camarita, su nuevo deseo de recolectar historias, nunca podría seguir el paso. La prueba estaba en las paredes de la casa, en una foto faltante tras otra.

—Si puedo contar contigo, entonces guarda las cosas de tu apá en cajas. Él nunca va a volver a poner un pie en esta casa. Puedes hacerme ese favor. ¿Verdad?

El teléfono de JD hizo erupción en su bolsillo, zumbidos y un bajo estático, una letra indescifrable que se repetía sin parar saliendo de su pantalón.

—Ay Dios —dijo su amá—. ¿Y eso qué es?

—Es Run the Jewels. Son mis favoritos.

—¿Run que qué? No importa… ¿Me vas a ayudar, vas a ser parte de la familia, o no?

En cualquier momento Juan estaría a la puerta. La llamada probablemente era él queriendo saber cómo se manejaba un coche con cambio manual y esperando poder echarse la corta distancia entre casa de su abuelo y casa de JD. JD tenía que contestar el teléfono. Tenía que contestar aunque eso significara convertirse en un fantasma para su amá. Podía compensárselo después. También reparar las cosas con Alma y Tomasito. JD contestó el teléfono y su amá alcanzó su bolso del buró, aventó dentro sus llaves y su monedero antes de hacerlo a un lado para pasar, sin molestarse en voltearlo a ver mientras salía del cuarto hecha una furia. La puerta de la casa se azotó a sus espaldas cuando salió a trabajar.

Bullard. *Puta madre. No era Juan. Puta madre.* JD no estaba seguro de cómo había conseguido su teléfono Bullard, pero el reclutador empezó rápido con las preguntas: ¿Cómo le iba? ¿Qué tal la escuela? ¿Cómo le había ido con lo del coche? ¿Intervino la policía? JD respondió: equis, equis, deshuesadero, y no. Allí fue cuando Bullard le contó de la chamba de producción de reportajes. Escribir guiones, producir videos, contar historias. Era perfecto, y también escaso: ese tipo de trabajos se los arrebataban de inmediato y rara vez había vacantes. Así que tenían que actuar rápido. Si JD podía venir a la oficina de reclutamiento a hacer una prueba, él lo podía colocar sin problema. Era perfecto.

—La camioneta parecía un gato a punto de guacarear —JD se jaloneaba hacia delante y hacia atrás, imitando el avance entrecortado de Juan al acercarse a su casa—. Este pendejo venía manejando con el volante clavado en el pecho.

—¡El asiento no se podía echar para atrás! Mi ma es chaparrita —dijo Juan—. Puta, lo hice lo mejor que pude.

—¿No se podía... o no supiste cómo? —preguntó Danny antes de darle un trago a su caguama. A JD le daba gusto ver a Danny actuando como siempre. Payaseando. Riendo. Esta fiesta no era alocada como la anterior. Ahora había dos parejas platicando en la cocina y un puñado de gente en la sala a oscuras, viendo una película. Todos los demás estaban en el jardín trasero, unas quince personas en total. JD solo conocía a Juan y a Danny, y ahora a Roxanne, que de pronto había llegado a acompañarlos. Estaban parados junto a la misma pared que JD se había brincado la última vez.

—*Yo* moví el asiento sin problema —dijo JD, dándole un traguito a su botella de agua.

—Es que justo antes de llegar a tu casa le quité no sé qué chingados que estaba bloqueando el asiento. Oí cómo se deslizaba justo antes de que te subieras —argumentó Juan.

—Sí, a güebo —dijo JD—. Yo no oí ni madres.

—No tienes que ser *cool* todo el tiempo, Juanito —dijo Danny—. Ya le conté a mi prima lo pinche *loser* que eres. Le dije que no te las preste.

Roxanne levantó la barbilla, como si estuviera lista para pelear.

—Yo decido lo que hago, primo —dijo—. Y ahorita solo

estamos texteando, así que *relájate*. Además, si quieres te puedes quedar con *ese* Juan —cabeceó hacia JD.

—¿Dices Juan Diego? —preguntó Danny—. Nadie quiere a *ese* Juan.

—Eso parece ser cierto —dijo JD, pensando que podía llamar al reclutador de la fuerza aérea en la mañana. Programar la prueba para cuando regresara. ¿Qué daño podía hacer?

Todos se rieron. Roxanne y Juan estaban parados muy juntos, sus hombros tan cerca que podrían tocarse pero no. Se volteaban a ver disimuladamente con ojitos acaramelados. A JD le revolvían el estómago. Cuando recién conoció a Roxanne, JD pensó que quizás tenía una oportunidad con ella. Era la clase de chica que andaba en su misma onda, lista y sarcástica, y estaba seguro de que detestaban exactamente las mismas cosas. Pero cuando JD sacó su cámara y le apuntó la lente a Juan, entendió por qué nunca lo hubiera logrado: a Juan nunca le dirían fantasma. No se perdía en el paisaje. A diferencia de JD, que eso parecía hacer siempre.

JD filmó hacia el otro lado del jardín. La tarde estaba entrando a la noche, el sol se estaba poniendo y el cielo lleno de nubes era un estallido de naranjas y morados. No veía a nadie conocido hasta que ubicó a Melinda Camacho sentada sola en un rincón del jardín. ¿*Melinda*? Era… era como la primera vez que la vio, hacía años, los veranos en casa de su abuela, cuando nadie quería jugar con ella, sentada sola. Y se seguía viendo espectacular, como aquel día en la panadería, y aunque JD quería sentir odio por ella, lo que quería aún más era una razón para hacerle plática.

—Eres todo un acosador, ¿verdad? —dijo Roxanne.

—No tanto como antes —dijo JD, volteando la cámara hacia Roxanne—. Es difícil encontrar el tiempo. ¿Sabes?

—La tuviste enfocada como cinco minutos —dijo Roxanne—. Es un poquito espeluznante.

—¿A quién estás viendo? —dijo Danny, volteando hacia donde estaba Melinda.

—A nadie —dijo JD, sabiendo que estaba a punto de ser cabuleado. Se preguntó si saltar la pared del jardín y salir corriendo otra vez sería una opción. Juan lo perdonaría una segunda vez, ¿no? La humillación era algo mucho peor que no ver a tu padre por primera y última vez.

Juan le dio un puñetazo en el brazo a JD.

—¡No mames, güey! Es Melinda Camacho —murmuró.

—¿Ustedes la conocen? —dijo Roxanne—. Es, onda, primer lugar en todo en la clase.

—Yo creí que *tú* eras primer lugar en todo —dijo Juan.

—Roxanne es la más bruta del salón —dijo Danny, riendo—. Vive conmigo y quiere salir *contigo*, pero no me cambies el tema.

—Ya cállate —dijo Roxanne, frunciendo el ceño—. Y esto no se trata de mí. ¿Ustedes de qué la conocen?

—Sus abuelos son vecinos de mi abuela —explicó JD—. Y sus papás fresas la regresaron al barrio a vivir con los pobres, a ver si nos enseña yoga.

—Guau, *sí* eres un acosador —dijo Roxanne.

—Y no se te olviden los besotes que se daban cuando

iban, ¿qué, en sexto de primaria? —lo molestó Danny—.
Me acuerdo de haberme enterado de todo el chisme. Juan
me dijo que desde entonces andas todo enamorado de ella.

—En octavo —corrigió JD mientras Danny y Roxanne
se reían. Juan abrazó a JD con un brazo. JD no andaba "todo
enamorado" de ella, pero sí, aún pensaba en ella… aunque
esos pensamientos se estuvieran volviendo amargos.

—¿Esos dos años son una *gran* diferencia? —bromeó
Juan.

Danny y Roxanne se rieron con más ganas. Se oía
música del interior de la casa, algo de *dance* desconocido. A
Danny normalmente le gustaba la música así —imposible
de escuchar— pero a JD le gustaba la mezcla de acordeón y
trompeta sobre el bajo duro. Parecía servir de banda sonora
para lo que venía: su humillación.

—Soy muy orientado a los detalles —dijo JD, dejando
que la cámara rodara.

—Bueno, yo nunca dudé de *esa* orientación —dijo
Danny, sonriendo.

—¿Un chiste gay, de veras? —dijo Roxanne—. No seas
pendejo.

Ya nadie parecía notar que la cámara estaba grabando.
JD dejó que siguiera, decidido a no perderse más momentos
—aunque ese momento fuera una mierda para él—. Volteó
a ver a Melinda. Y por primera vez se dio cuenta de que el
jefe de ella había tenido razón en alejarla de él. Mira cómo
había tratado JD a su madre, a su hermana. Era asombroso
lo mierda que podía ser.

Enfocó la cámara en Juan y Roxanne. Se veían contentos, como que algún día podrían llegar a ser algo. Las cosas se estaban componiendo para Juan; a JD le daba gusto. De veras que sí. Juan había pasado su examen. Su tobillo se sentía bien, y si daba un juegazo —y no había razón para que no lo diera— sacaría boleto para ir a una universidad pública. Danny, como llevaba diciéndole a todo mundo todo el año, ya estaba conectado, su universidad estaba pagada como parte de las prestaciones que el ejército le daba a su jefe. Pero JD no podía tomárselo a mal. Danny era listo y realmente podría graduarse de la universidad. En realidad era un buen tipo. JD siguió filmando. Para esas fechas el año siguiente, estaba seguro de que no volvería a ver a ninguno de sus dos amigos. Estaría solo. Perdería a su segunda familia.

JD fue a revisar el material en su cámara, quería ver lo que acababa de grabar. Las imágenes eran oscuras y con el grano muy reventado, totalmente inservibles. Por supuesto. JD apagó la cámara. No importaba. Por toda la fiesta JD podía ver gente que era, a la distancia, igual a él. Excepto que pronto ya no lo sería. La estúpida cámara de todas formas no podía capturar esas diferencias, las diferencias que importaban, y si existía una manera de que la cámara hiciera un truco así, él no la conocía. Sabía que soñaba con ser cineasta, y que esas mamadas de los sueños eran para los cabrones que tenían dinero —no para él—. Y pronto, esos cabrones con sueños se irían a la universidad y no tendrían que ponerse felices ni presumidos de haber conseguido un trabajo sindicalizado para la ciudad. Desde luego no se quedarían atorados de meseras o cajeros o haciendo algo en ventas, que es solo otra manera de decir cajero. Y definitivamente no desgastarían sus cuerpos trabajando en construcción o jardinería o de mecánicos, ni limpiando casas ni hoteles ni correteando chamacos ajenos. Juan y Danny, si no la cagaban en el camino, podían unirse a ellos, pero JD no tenía ninguna oportunidad. Nada, cero, pito.

Luego, al parecer de la nada, escuchó:

—Hola, Juan Diego —era... Melinda. Se había acercado y estaba parada junto a Roxanne—. Me pareció verte por acá.

—¿Qué onda? —dijo JD, de inmediato sintiéndose como un mamón—. Te iba a saludar pero te veías ocupada.

—¿Ocupada ella sola? —dijo Roxanne con una sonrisita—. Eres bueno para ligar, JD.

Melinda sonrió. Una sonrisa pequeña y perfecta.

—Mejor que el güey que se la pasó veinte minutos tratando de ligarme citando frases de películas de Will Ferrell. Estaba bastante borracho.

—Sus películas no son *tan* chistosas —dijo JD hablando en serio—. Por lo menos no como para ligarte a una chava.

—Ya va a empezar —dijo Danny—. JD es el crítico de cine del grupo. Básicamente piensa que el libro o la versión extranjera de cualquier película es mejor que cualquier adaptación o *remake*. Incluso si nunca ha leído el libro o visto la otra versión.

Melinda se rio, observando a JD. Él sentía que la panza le daba vuelcos de los nervios.

—¿Es cierto?

—Bastante —dijo JD encogiéndose de hombros, tratando de verse *cool*. No podía creer que estaba ahí, hablando con Melinda, y se preguntó qué estaría pensando ella. Si habría notado que él traía los pantalones de brincacharcos y los calcetines disparejos. ¿Ella lo vería como una rata de barrio? Miró a Danny y Juan, los dos sonriendo como idiotas. Estar con ellos siempre lo hacía sentir cómodo, pero ahora lo estaban poniendo nervioso… *más* nervioso.

—¿Además, quién tiene tiempo de ver dos versiones de cada película? —comentó Roxanne—. Pero las películas de Will Ferrell *sí* son chistosas.

—¿Chistosas como para ligarte a una chava? —Juan deslizó su mano dentro de la de Roxanne—. Porque te las puedo citar, onda, todo el día.

Roxanne quitó la mano juguetonamente.

—Okey, quizá no son *tan* chistosas.

—¿Qué clase de comedias te gustan? —preguntó Melinda, volviéndose hacia JD—. ¿Cuál es tu favorita? —Melinda estaba siendo buena onda, haciéndole plática a un chavo que conocía del barrio. Buscando algo que hacer en una fiesta que seguro le parecía aburrida. Aun así, JD no podía evitar estar emocionado. No hubiera sido capaz de acercarse a ella y empezar a hablar como si nada, y de ninguna manera hubiera podido sentarse en la fiesta él solo sin sentirse como un idiota, sin quererse ir. Ella tenía un par de güebos, sin duda. Lo único que JD tenía a su favor es que era chistoso. *Quizás.*

—*La pasión de Cristo* —dijo JD con la cara seria—. Sin duda.

—¡¿Qué pedo?! —aulló Danny.

—No a todos les gusta la comedia de pastelazo —explicó JD—. Lo entiendo. Además, el final deja todo puesto para la secuela. En fin, está menos jalada que *Mi pobre angelito* —Melinda se tapó la boca con las dos manos y JD no sabía si se iba a reír o a guacarear.

—Esa es la segunda cosa más pinche que ha pasado en este jardín —se carcajeó Juan.

Melinda seguramente se había enterado de la redada. Esa clase de historias se esparcía por las preparatorias como el catarro. El nerviosismo en el estómago de JD ahora se sentía como caballitos miniatura galopando en círculos en su panza, acorralados sin tener adónde ir. ¿Cómo saber si a Melinda le parecía malo que la policía hubiera redado una fiesta de preparatorianos? Quizá la blasfemia era lo peor en la vida para ella, y él acababa de cagarla, como el güey hablándole de Will Ferrell. ¿Pero burlarse de una película de Mel Gibson contaba como blasfemia?

—La verdad, *Mi pobre angelito* me pareció súper moralina —dijo Melinda, sonriendo.

—Yo veo esa mamada cada Navidad —dijo Danny, aún riéndose—. Y esa pinche *Duro de matar.*

Con eso, los caballos en la panza de JD se fueron galopando y por primera vez en mucho tiempo JD no se sentía con los nervios de punta. Parado ahí con sus amigos, viéndolos reírse, se dio cuenta de que se había estado sintiendo de la verga casi todo el tiempo. Como que todo podía irse a la verga en cualquier momento. En su casa estaba de la verga, en la escuela estaba de la verga, cuando volvía a casa de un juego de básquet estaba de la verga, cuando salía a dar una vuelta con sus compas estaba de la verga, en una fiesta estaba de la verga —todo estaba de la verga y se estaba yendo a la verga todo el puto tiempo—. El único momento en que JD no estaba en guardia era cuando estaba haciendo chistes.

—Ya hay que irnos —dijo Juan, sacando su teléfono para ver la hora. JD, por un momento, se había olvidado del viaje. De todo.

—¿A dónde van? —preguntó Melinda.

—Están haciendo una película —dijo Danny, cabeceando hacia Juan—. Van a ir a conocer al papi perdido de este al pabellón de la muerte.

—Carajo —Roxanne le ladró a Danny—. ¿Por qué siempre tienes que decir la cosa equivocada? ¿La cosa más horrible que se te ocurre?

—Porque estos son mis compas —le ladró Danny de vuelta—. Podemos ser horribles —Danny se acercó a JD de un salto y le echó un brazo alrededor del cuello—. Aquí mi Spielberg va a filmar ese pedo. De haber sabido que iban a ir hoy, nunca habría dado la fiesta. Me hubiera ido con ellos. Pero no puedo dejar a todos estos cabrones aquí en mi casa. Capaz que destruyen todo y el Sargento sí se me deja ir.

—No puedo creer que me hayas llamado Spielberg —dijo JD—. No ha hecho nada bueno desde que fue productor ejecutivo de *SeaQuest 2032*.

—¡Eso no es cierto! —interrumpió Melinda—. A mí me pareció que producir *Gigantes de acero* fue una decisión valiente.

—¿Te amo? —se le salió a JD. *¿Qué? ¿Por qué?* De pronto sintió la cabeza ligera y desconectada de su cuerpo, como un globo suelto alejándose de una fiesta de cumpleaños afuera... probablemente hacia los cables de luz.

—Ay güey —dijo Danny, riéndose y soltando a JD—. Hay que convertir esta fiesta en una boda.

—¿Qué? —aulló JD. ¿Melinda querría desaparecer tanto como él? Él esperaba que no. Esperaba no haberla sacado de onda y que no desapareciera otra vez antes de que algo volviera a empezar. Porque... *había* algo... no. *Imbécil*. No—. Puta, Danny. Relájate.

—¿A dónde van a ir? —dijo Melinda, actuando como si en las fiestas los güeyes le dijeran que la amaban todo el tiempo, y *no* como si él fuera un imbécil.

—Vamos a manejar hasta Livingston, Texas. A las instalaciones del pabellón de la muerte. Para que Juan pueda conocer a su papá —explicó JD—. Tenemos que agarrar camino para alcanzar el horario de visitas.

—Suena intenso —dijo Melinda, su cara llena de preocupación. Luego pareció esperar a que JD dijera algo más, pero sin los chistes, JD no tenía nada.

Juan y Roxanne se apartaron un momento; JD supuso

que se estarían despidiendo. Danny le dio una palmada en la espalda. *Ahí la vemos.* Pero ahora JD empezó a preocuparse de cómo despedirse de Melinda. ¿De abrazo? ¿De mano? Nunca sabía qué chingados hacer en esa clase de situaciones, así que hizo lo que siempre hacía y metió las manos en los bolsillos junto con su cámara. Cabeceó hacia Melinda y Roxanne —que había regresado de abrazar a Juan— y se alejó caminando, sintiendo que se esfumaba, como si *sí* fuera un fantasma. Juan lo alcanzó corriendo.

—Eso salió bastante bien —dijo Juan, solidario—. Excepto por esa despedida torpe como la chingada y la parte de "te amo".

JD escupió al suelo.

—Estoy cabrón para las viejas.

—Con un pegue bruto.

JD encendió el motor de la camioneta, que dio un par de acelerones prometedores. Él nunca había salido de El Paso; estaba enfermo el único día que hubiera podido viajar con su equipo de básquet. Y creía que Juan tampoco. Y por primera vez JD se preguntó cómo se vería todo pasando los límites de la ciudad, cuando salieran del desierto. ¿Qué tan distinto sería el aire? ¿El paisaje? ¿El aspecto del cielo? ¿Sería capaz de respirar la diferencia o sentirla de alguna manera? ¿*Él* sería distinto? ¿Podría serlo?

Fabi:

Recibí una carta de un par de vatos que dicen que quieren venir a entrevistarme. Dicen que son cineastas y blogueros (no sé bien qué es eso) y que quieren contar mi lado de la historia. Ponerlo en internet. Un vato se llama JD Sánchez, pero la razón por la que te cuento esto es que el otro nombre es Juan Ramos. ¿Ese no será tu Juan? ¿Tu hijo? Yo me imagino que seguramente no sabes nada de su visita para acá y que nunca le contaste de mí. Puedo adivinar por qué viene: encontró una de mis cartas y viene para saber la verdad. Supongo que nunca le contaste todo. Me pidieron que los pusiera en mi lista de visitas. Los puse a los dos, en caso de que vengan.

Se me está acabando el tiempo, y sé que tú no vas a venir. Me siento como en los primeros días, cuando llegué aquí. Solo. Con ganas de morirme todo el tiempo. Y por otro lado con ganas de apelar, de dar la lucha para evitar que me pongan a dormir como un perro. Ambas cosas son ciertas al mismo tiempo.

Entiendo por qué no vas a venir. Es mejor olvidar que yo estoy aquí. Pensar que me morí hace mucho tiempo, aquel día en la cafetería con Clark Jones. O el día que me declararon culpable. ¿Ya te imaginaste mi funeral? ¿Lloraste, dijiste algo bonito de mí? Probablemente no hiciste nada de eso. No estoy enojado. No puedo dejar de escribir. Hasta que esto acabe.

Cuando me entierren, van a poner "EX" en mi tumba.

Van a registrar mis últimas palabras. Lo que yo diga se va a escribir y lo van a poner en internet, donde vivirá por siempre. Algún día podrás leerlo. Esa idea me gusta, o me gustaba. Ahora me asusta porque, ¿qué tal si digo una estupidez por estar asustado? ¿O qué tal si estoy muy asustado para hablar? Estoy practicando. Lo último que voy a hacer en la vida va a ser hablar, pero nunca he sido bueno para eso. ¿Vuelvo a pedir perdón? Ya lo hice en el juicio. Y en cartas. Ya acabé con eso. ¿Qué más queda?

La mayoría de los vatos aquí son fanáticos religiosos. Les dio por ahí después de tanto tiempo. No puedo decir que los culpo. A mí nunca me dio por ahí pero entiendo por qué lo hace la gente. Cuando estás en el pabellón el mundo de afuera deja de existir. Necesitas otro mundo. Este es horrible. Pero si nuestro mundo está tan jodido, ¿cómo puede ser mejor el responsable de crearlo? No lo sé.

Además, aquí adentro nunca cambia nada. Así que nunca cambiamos, o por lo menos es difícil hacerlo. Así que un tipo arrestado a los dieciocho años seguirá teniendo dieciocho años para siempre, a menos que se obligue a cambiar. Yo leí muchos libros. Traté de cambiar así, no de preocuparme por el mundo que sigue sino de entrar a mundos diferentes, al menos por un momento. Traté de cambiar mi vida viendo cómo vivían otras personas. Lo que veían y lo que hacían. La vida no es más que eso, ¿no? ¿Cómo te sientes, lo que dices y lo que haces? Fui los personajes de todos esos libros y viví tantas vidas diferentes. No sé si eso esté bien, si esa sea manera de vivir, pero aquí adentro era lo único que había. Así fue como sobreviví. Ya no soy ese chamaco. Ese que le disparó al sheriff. Ni siquiera el que te amó de la manera en que te amé. Estoy trabajando en mis últimas palabras. Si veo a Juan, le contaré de todos los errores que cometí y cómo, desde aquí adentro, no había manera de enmendarlos. Nunca pude reparar lo que pasó estando aquí encerrado. A pesar de eso, encontré una manera de cambiar. De ser mejor que antes, aunque no fuera la mejor persona que pude haber sido. Cuando me pregunte si soy su padre, le voy a decir la verdad. Que no lo soy. Que su padre es un hombre mejor que yo. Por lo menos lo era, hace tantos años.

IRSE FLOTANDO
(CAPÍTULO VEINTE)

Fabi soltó la carta de Mando en su regazo después de leerla. Su pequeña victoria de conseguir que finalmente le mandaran su correo a la nueva dirección empezó a irse flotando. Levantó la vista del porche, preguntándose cuánto tiempo se quedaría Juan en casa de Danny.

—¿Papá, dónde está mi camioneta? —gritó—. ¿La estás arreglando?

No estaba estacionada en su lugar de siempre en frente de la casa. Ahora que lo pensaba, no estaba segura de haberla visto cuando ella y Gladi regresaron de la oficina de Vanessa Peña, pero quizá su padre le estaba metiendo mano en el jardín trasero. Fabi buscó las llaves en su bolso. Tampoco estaban. *¿Qué?* Tomó su teléfono.

Para : Juanito

Hoy mejor termina temprano y vente a la casa.
Tenemos que hablar. :)

—No sé —dijo su papá, alcanzándola en el porche—.
Aquí estaba hace rato. Creo.

Ella empezó a dar pasos de un lado para otro, mirando
el espacio vacío donde su camioneta debería estar.

—¿Hoy hablaste con Juan? Me dijo que iba a ir a casa de
Danny. ¿A ti te dijo otra cosa?

—No, ese pequeño criminal no me dijo nada en todo
el día.

—Ya no le digas así —lo regañó Fabi—. ¿Qué te pasa?
—agarró la carta de Mando y volvió a leer el principio.

Recibí una carta de un par de vatos que dicen que
quieren venir a entrevistarme.... Un vato se llama JD
Sánchez... el otro nombre es Juan Ramos. ¿Ese no será
tu Juan? ¿Tu hijo? Puedo adivinar por qué viene... para
saber la verdad.

Tu Juan.
Tu hijo.
Viene... para saber la verdad.

Fabi arrugó la carta y miró su teléfono. No había
respuesta. Juanito no le volaría la camioneta para atrave-
sar manejando el estado. ¿O sí? El cerebro le empezó a
dar vueltas. Lo acababan de arrestar hacía pocas semanas;
tenía que ir a juicio dentro de poco. ¡Juanito ni siquiera

tenía licencia de manejar! *Tu Juan, tu hijo, viene para saber la verdad.*

De pronto tuvo una visión de Juanito en el camino, el Mazda negro volado por la carretera, nada más que oscuridad por delante. Ella se había ido con Gladi toda la tarde. Juan podía estar a horas de distancia, y en cualquier momento esa pinche camioneta de mierda podía descomponerse a un lado del camino y dejarlo botado. El resto de Texas no era Chuco. Un chavo mexicano, sobre todo si se veía como Juan, podía encontrar problemas, tanto con los lugareños como con la chota.

—Yo sé que no es un criminal, m'hija —estaba diciendo su padre—. Me gusta bromear.

Fabi se obligó a reenfocarse. Cruzó los brazos, apretándolos, y fulminó a su padre con la mirada.

—¡Pues no eres chistoso!

El abuelo la miró nebulosamente, apoyándose contra el marco de la puerta, una lata grande en su mano. Guau... hasta que se mudaron de regreso a la casa, Fabi no tenía idea de cuánto tiempo se pasaba él solo, metido en sus latas de cerveza. Aun así, él se daba cuenta de que algo andaba mal, porque preguntó:

—¿Qué pasa, Fabiola?

Gladi se apretujó para pasar junto a su padre y salió al porche con ellos. Echó un brazo alrededor de Fabi.

—¿Todo bien?

Fabi hizo un gesto de dolor mientras su hermana la abrazaba.

—Estoy bastante segura de que Juan se llevó mi camioneta y va a manejar hasta la mitad de Texas para conocer a Armando.

—¿*Armando*? ¿Tu exnovio? ¿El que está en la cárcel? —dijo papá, incrédulo.

—¿Por qué haría *eso*? —preguntó Gladi, retirando su brazo lentamente.

Fabi levantó la barbilla, tratando de mirarlos a los dos.

—Él cree… que Armando es su padre.

—Bueno, ¿y no lo es? —su papá arrojó la lata al jardín, la cerveza que quedaba cayó a la tierra haciendo gluglú, formando grumos de lodo.

—No. No lo es, papá —dijo Fabi.

—Qué bueno —el abuelo se agarró del marco de la puerta para no caerse—. Me alegra que el padre de mi nieto sea alguien más. Ese Mando era un mal bicho.

—Eso ni siquiera importa. Ya no —dijo Fabi, dando pasos de un lado para otro—. Lo único que importa es encontrar a Juan.

El sol había desaparecido detrás de las montañas. La noche asustaba a Fabi. Ahora más que nunca. En la oscuridad parecía no haber gravedad, *todo* estaba en riesgo de irse flotando. Llamó a su hijo. No contestó. Buscó el número de JD en los contactos de su teléfono. Él *tenía* que estar con Juanito. Lo llamó. Nada. Después probó con Danny. Lo mismo. Fabi estaba segura de que la estaban ignorando. Juanito no podía ir muy lejos todavía, ¿o sí? Probó enviar otro texto.

Para: Juanito

Ya sé por qué estás haciendo esto. Perdóname por nunca haberte contado de tu padre. Fue un error. Que yo cometí!!! He cometido muchos. Demasiados. Date la vuelta, regresa. POR FAVOR!!!

Nada.

Para: Juanito

No estoy enojada de que hayas leído las cartas. Sé que tienes curiosidad. Estás en tu derecho. Te voy a contar todo. POR FAVOR REGRÉSATE YA.

Para: Juanito

VUELVE A CASA. TIENES EL JUICIO LA SEMANA QUE ENTRA. UN PARTIDO IMPORTANTE. ESCUELA. UN FUTURO!!!

Otra vez, nada.

Para: Juanito

El hombre que está en la cárcel no es tu padre.

Esperó a que el teléfono zumbara en su mano. No hubo respuesta. *Maldición*. Le mandó un texto a JD.

Para: El amigo menso de Juanito

¿ESTÁS CON JUANITO? DILE QUE LE DÉ

LA VUELTA A LA CAMIONETA. QUE REVISE SU TELÉFONO. SÉ QUE CREES QUE LO ESTÁS AYUDANDO PERO ESTO ES PELIGROSO. PODRÍAN SALIR LASTIMADOS.

Para: El amigo menso de Juanito
REGRESEN YA. POR FAVOR!!!!

Después le escribió a Danny.

Para: El amigo más menso de Juanito
SI ESTÁS CON JUANITO, REGRESEN!!!!

Fabi rápidamente empacó algunas cosas para ella y Gladi y pronto estaban en camino, circulando por la calle Piedras con dirección a la carretera. Gladi metió la dirección de la prisión al GPS del auto rentado, la voz agradable declarando que llegarían a su destino en aproximadamente doce horas. En el radio sonaban *oldies* suavemente, las melodías lentas recordándole las canciones que había oído con Gladi en el L&J Café. Recordándole que la vida avanza, solo que ahora no avanzaba. El miedo y el tráfico la habían paralizado.

—Tenemos que encontrar otra ruta. Estamos perdiendo tiempo —dijo Fabi.

—Yo me encargo —Gladi estudió el tráfico, calculando. Esa era su hermana. Enfocada. Decidida. Siempre buena en una situación como esa. La canción favorita de su papá empezó en el radio, el estribillo taladrándole la cabeza: "*And I know, I know, I know, I know, I know, I know, I know*". Lo que Fabi sabía era que todo mundo creía que Juan era hijo de Mando, y eso creían porque ella nunca les había dicho lo contrario. Martín Juan Morales era el padre de Juan. En aquel entonces le había dado vergüenza haber perseguido a Martín, haberlo deseado y necesitado tanto como lo hizo mientras seguía enamorada de Mando. La verdad era que su pena y su culpa la habían hecho callar, por vergüenza.

—La cagué —gimió Fabi. Volteó a ver Gladi, que avanzaba poquito a poco en el tráfico, los ojos en el camino—. Y la sigo cagando.

—No sé exactamente qué está pasando, pero vamos a encontrar la solución.

Fabi recargó la cabeza en la ventanilla del copiloto, dejando que la historia se desenvolviera en su cabeza, preparando la manera de explicarle todo a Juanito. Descubrió que estaba embarazada cuando Martín ya se había ido a su entrenamiento militar, y cuando Juanito nació ella decidió no decirle nada a Martín; de pronto le entró miedo d que él quisiera la custodia, que en cualquier momento pudiera robarle a su bebé y llevárselo a una vida en el ejército.

—Pensaba contarle a Juanito de su papá cuando era chiquito, pero luego se murió Martín... o sea, ¿cómo puedes tener esa plática... después de *eso*? —Fabi volteó a ver a su hermana, notó los hilos de arrugas surcando su frente. Mechones de canas en su cabello. Continuó—.

¿Cómo le dices a tu hijo que nunca le contaste de su papá primero porque no querías que él, ni nadie más, se enterara de que te estabas acostando con varios mientras tu mamá se estaba *muriendo*? Que me daba vergüenza y que después me daba miedo que él me fuera a odiar y que lo pudiera perder. Es que no podía perderlo a él también.

Gladi tomó la mano de Fabi.

—No creo que eso pudiera pasar y sé que Juan nunca podría odiarte —con la luz que había en la cabina, Gladi hubiera podido pasar por su mamá. Hasta su voz. Reconfortante y segura. Dios mío, cuánto la extrañaba.

Fabi apretó la mano de su hermana.

—Cuando se murió mamá, *odié* a mi papá por no salvarla, por no haberla llevado antes al doctor. Me quedé enojada con él, enojada por todos los errores. Yo le quité a Juan la oportunidad de tener un padre y construí su vida a partir de mis errores.

El tráfico se empezó a mover y Gladi aceleró, zumbando entre los coches antes de quedar atorada detrás de una *minivan* con las luces de freno fundidas.

—Vamos a enfocarnos en encontrar a Juan. Quizá JD esté con él, ¿a ese es al que le has estado mandando textos, verdad? Estoy segura de que ese chavo tiene licencia. ¿Es el alto? Me acuerdo que lo conocí en tu vieja casa el año pasado. El pobre va a tener que echar el asiento hasta atrás nomás para caber al volante.

Fabi ahogó un grito.

—En la madre. ¡Mi pistola! ¡Allí está mi pistola!

—¿Qué? —ahora Gladi se veía descompuesta—. ¿Tienes una *pistola*?

Tenía una pistola. Estaba en la camioneta. En la camioneta con su hijo. Y *ellas* estaban aquí. Atoradas en el tráfico, buscando dónde darle la vuelta al coche. Buscando la manera de darle la vuelta a todo.

De: El amigo menso de Juanito
NOS VEMOS EN EL VIEJO DEPARTAMENTO

El viejo departamento estaba a pocas cuadras de ahí. Fabi se bajó en seguida del auto rentado de Gladi y salió corriendo por la calle Piedras. Cuando estaba a una cuadra se dio cuenta de que había dejado su bolsa y su mochila, cualquier otra idea de qué se podía hacer. Dobló la esquina corriendo y vio a un grupo de antiguos vecinos y gente que no reconocía agrupados tras las cintas amarillo brillante de un cordón policial en la parte de atrás de los departamentos. Y allí estaba su camioneta estacionada en el callejón, encajonada por patrullas. Las luces rojas y azules destellaban por todas partes. Un helicóptero zumbaba sobre sus cabezas. ¡*Juan*! *¿Dónde está Juan*? No lo veía. Todo sonaba muy fuerte; un policía ladraba incoherencias con un megáfono. Ubicó a Flor, hablando con la policía. Flor trabó miradas con Fabi, incertidumbre en su rostro. Terror. Fabi había visto esa expresión antes, el día que Flor se enteró de lo de su marido.

Fabi llamó a Juan, se abrió paso entre la multitud. Nadie

parecía notarla excepto Flor. Cuando su Juan no contestó, volvió a llamarlo con un grito. Y luego otro y otro más. Se puso a dar de alaridos hasta que la gente finalmente despertó de golpe, abriéndole un camino para que pasara. Los gritos de Fabi nunca pararon; eran tan fuertes y venían de tan adentro como el día que dio a luz a su hijo.

CASI ALCANZÓ TODO
(CAPÍTULO VEINTIUNO)

—¿Entonces somos los Juanes del Mal? —dijo JD mientras manejaba hacia el viejo departamento de Juan—. Qué bueno que usaste un poco de humor. Demuestra que somos serios.

—Está perfecto, ¿no? —dijo Juan.

—¿Estás seguro de que quieres ir a tu viejo departamento? ¿Qué la Jabba no está lista para echarnos encima onda a la guardia nacional?

—Solo quiero subir una entrada al Tumblr. Quiero que todo sea legítimo. Últimamente las cosas están saliendo *bien*. No quiero que se me pase nada —era cierto. Traía una buena racha, por primera vez en la vida. Su tobillo ya estaba bien. Había pasado el examen. Había llevado la camioneta de su ma hasta casa de JD sin chocarla. Y por supuesto estaba Roxanne; estaba bastante seguro de que él le gustaba tanto como ella le gustaba a él.

—¿Y qué, te vas a meter a tu antiguo cuarto o algo así? Nos van a torcer antes de que salgamos de la ciudad.

—No, Jabba tiene wifi. Solo hay que pasar por el callejón, subimos la página, y luego tomamos camino. Ni siquiera hay que bajarnos de la camioneta. Si te preocupa, estaciónate al lado.

—Mientras lo hagas rápido, *Juan del Mal*.

—Sabía que lo ibas a odiar —dijo Juan, sonriendo. Encendió la Dell de su ma. Había terminado la primera entrada de su blog, ya tenía las imágenes que quería subir: una foto suya de bebé para acompañar otra que había encontrado en línea, y una de la camilla donde su padre sería ejecutado. El delgado colchón con almohada en medio de un cuarto esterilizado, gruesas correas de cuero sujetas a los laterales metálicos para inmovilizar al reo mientras los venenos inundaban su cuerpo. Todo el armatoste descansaba sobre un pedestal delgado, cubierto con sábanas blancas. El cuarto en sí estaba pintado de una especie de verde turquesa, iluminado con luces fluorescentes, como un hospital pero no. La única foto suya de bebé que Juan pudo encontrar era una en que su ma lo estaba bañando; él era una bolita de puños, mojado, rojo y furioso.

—Pues me gusta el nombre —dijo JD de la nada—. Está chistosísimo.

—Cada vez es más difícil saber cuándo estás siendo sarcástico —dijo Juan.

—La verdad no —dijo JD—. Solo es todo el tiempo. ¿Y

cómo le vas a poner a tu primera entrada? —JD iba volado por la carretera, cambiando de carriles una y otra vez.

—Qué curioso que pienses en eso —dijo Juan—. Le puse "Primeras palabras".

—¿Pero qué no vamos a oír las *últimas palabras* de tu jefe?

Juan levantó una mano.

—¿Ya sabes cómo los papás, por lo menos en la tele, siempre están esperando a que los bebés digan sus primeras palabras o cualquier pendejada? Se mueren de ganas de oír *algo*.

—Supongo.

—Bueno, pues yo me muero de ganas de oír lo que va a decir Armando. Toda la vida he estado pensando en las primeras palabras que me va a decir, y en lo que yo le voy a responder. Eso fue lo que escribí.

—Pues suena mejor que mi estúpida idea—dijo JD, todo triste—. Yo quería ponerle algo así como "El pabellón" o "Hasta la vista". Una onda así.

—Están fatales —se rio Juan—. Pero tú eres el cineasta. Tienes ese pedo cubierto.

—A güebo que sí.

Se salieron en Piedras y estaban parados en el semáforo debajo del paso a desnivel cuando el pinche Cutlass se les emparejó despacito y se detuvo. Juan lanzó un vistazo y rápidamente dirigió la vista al frente.

—Puta, no dejes de ver para adelante. Ya regresaron los culeros de Los Fatherless.

JD se puso rígido, acomodándose el cinturón de seguridad, nervioso.

—¿Los de la escopeta?

—Sí. No voltees.

Juan lanzó una mirada y vio que el pasajero de atrás tenía su escopeta apuntada por la ventana; el conductor lo estaba mirando con ojos de perro rabioso, a pocos metros en el carril de al lado, con la ventana abierta.

—Oye, Banquero —gritó el conductor, haciéndole señas a Juan de que bajara su vidrio—. ¿Por qué no le dices a tu novio que vamos a tu casa para que nos prestes la *laptop* que andabas escondiendo el otro día? Esa camioneta también está muy bonita. ¡Creo que también nos la vas a prestar!

Juan se encorvó lentamente en su asiento, esperando quitarse la computadora de las piernas y ponerla en el piso sin que se dieran cuenta. Murmuró:

—No vayas a pasar por nuestras casas. Pase lo que pase —bajó la ventana del copiloto.

—¿Por qué te encorvas, Banquero? No me digas que ahí traes la computadora. ¿Por qué la andas cargando todo el tiempo? ¿Qué, eres un *hacker* o qué pedo? ¿Le andas robando sus Bitcoins a la gente? Échala para acá, Banquero, y dejamos que tu novio se quede con su pinche camioneta jodida.

Luego, gracias a Dios, el semáforo se puso en verde y JD dio un acelerón, dejando atrás al Cutlass. La Dell cayó al piso. Puta, a Juan le daba tanto gusto que JD viniera manejando. Conocía bien Central; subió volando por la calle Piedras y luego volteó en Wheeling hacia Memorial Park, donde se dio media vuelta y los perdió. Juan trató de alcanzar la *laptop*. Se estaba deslizando por toda la cabina. No podía dejar que se fregara; su ma lo mataría. Pero lo que su mano tocó no era la *laptop*; era el frío mango de hule de… ¿una pistola?

Juan la envolvió en su mano. ¿Una *pistola*? La sacó de debajo del asiento. El arma se sentía como una parte natural de su mano, ligera pero a la vez con cierto peso. Sus pensamientos de inmediato aletearon hacia cómo podría ayudarlos a solucionar fácilmente su problema del Cutlass. Se sintió mareado pensando en eso: emparejárseles a esos culeros en el siguiente semáforo y asomarse por la ventana del copiloto, darles fuego. Su dedo recorrió el gatillo, la tersa curva suplicando ser apretada. Recordó el sonido de la pistola de Danny, el nítido *pum* que había atravesado todo el ruido, que había hecho que todos los demás sonidos desaparecieran. Él no los oiría decirle Banquero ni burlarse de él antes de darse cuenta de lo que estaba pasando, no los oiría gritar aterrados mientras él apretaba el gatillo, solo el sonido de los disparos: *pum, pum, pum*.

—¿Qué chingados es eso? —aulló JD mientras se orillaba en un callejón detrás de un contenedor de basura, no lejos del viejo departamento de Juan.

—Supongo que… ¿será de mi ma? —dijo Juan, que ya estaba agitado—. No tenía idea ni de que tuviera una

—odiaba cómo esos cabrones siempre lo traían corriendo, asustado. Pero tener la pistola en la mano rápidamente borró ese miedo. Le permitía estar *enojado*. Era como magia, magia mala. Pero ahora no les tenía miedo a *ellos*.

—¿Qué quieres hacer?

—No sé... ¿De qué hablas? —pero Juan sabía exactamente de qué estaba hablando JD.

JD golpeó el volante con las manos.

—¿Vamos tras esos culeros? Te apuesto a que dejarían de estar chingando si supieran que traemos esto.... ¿Está cargada?

—No sé. Ni siquiera sé cómo checar.

—Te apuesto a que sí. Y es la segunda vez que esos güeyes se nos emparejan.

—Ya sé —dijo Juan, dejando la pistola en el asiento en medio de los dos, sin mencionar que para él era la cuarta. Ahora JD estaba agarrando fuerte el volante, las piernas saltándole de nervios, cargado de una corriente iracunda, con un circuito a punto de estallar.

—¿Y luego?

—Y luego que a mi jefe están a punto de darle la pena de muerte. Por eso estamos aquí. Quizá no deberíamos ponernos a pendejear con esta cosa.

—¡Puta madre, güey! Me caga este pedo —JD se despatarró en el asiento del conductor. Pero le lanzaba miradas a la pistola, como si quisiera agarrarla pero necesitara que Juan le diera permiso. Juan quería decirle que agarrarla lo haría sentir tan poderoso y en control como estar del otro

lado del cañón lo había dejado sintiéndose débil e inde-
fenso. ¿Y cómo no iba a ser así?

—¿La quieres agarrar? —dijo. Seguían estacionados,
con el motor encendido. No había señales del Cutlass.
JD al volante había hecho más que cualquier pistola para
deshacerse de esos culeros.

JD miró el metal negro en medio de los dos.

—No —dijo finalmente—. ¿Pero qué vamos a hacer
con esa cosa? No nos la podemos llevar. Si nos para una
patrulla, estamos jodidos. Tenemos que deshacernos de
ella —JD se enderezó, sonriendo de pronto mientras señal-
aba a través del parabrisas—. Ahí hay un contenedor de
basura. La echamos al contenedor y nos vamos.

—Es de mi ma. ¿Y qué tal si la encuentra un chavito?

—Otra vez, ¡puta madre! Entonces quizá lo mejor sea
cancelar el viaje.

—No vamos a cancelar ni madres —dijo Juan. No podía
llevar la pistola a su casa. A esas horas su ma seguro ya estaba
muy encabronada por lo de su camioneta y bombardeando
su teléfono. El de JD también. La cosa era que los dos habían
acordado apagar sus teléfonos hasta después de haber recorrido la mitad del camino a Livingston, para no rajarse y dar
marcha atrás cuando empezaran a llegar las llamadas ira-
cundas de casa. Porque, honestamente, él sí podía rajarse
con eso. Luego Juan cabeceó cuando se le ocurrió una idea.

—¿No la podemos dejar en tu casa?

—Dijiste que no pasara por nuestras casas. ¿Qué tal si
esos culeros nos ven?

—Tienes razón, tienes razón —Juan se frotó la cara, la frescura de sus palmas un alivio temporal. Tenía que pensar. La pistola les iba a echar a perder todo, y por supuesto que esos ojetes del Cutlass seguían por ahí. Todo lo que Juan necesitaba era una oportunidad para aún hacerla, una sola bola que rebotara hacia él. Un poquito de suerte. Lo que fuera.

—¡Hay que esconderla en el departamento! —gritó JD—. De todas formas íbamos para allá. Mientras actualizas el blog, yo puedo buscar dónde esconderla. Después agarramos camino. No pasa nada.

—No sé —dijo Juan. Bajarse de la camioneta era una mala idea, sobre todo con Jabba vigilando que él no viniera. Era desesperado. Pero no tenía una mejor opción y había muchos lugares para esconder la pistola. El cobertizo que nunca se usaba, o dentro de las macetas, enterrada. O meterla en algún hoyo de los aleros del techo. Tendría que ser rápido. Él podía serlo.

—¿Qué tal si tu subes el blog y yo escondo la pistola? —dijo al fin—. Conozco el lugar perfecto.

JD volteó a verlo.

—¿Seguro?

—Sí, yo me encargo.

Mientras JD manejaba las cuadras que faltaban hasta el departamento, Juan iba atento buscando el Cutlass. JD apagó las luces antes de entrar lentamente por el callejón detrás del edificio y estacionarse; luego apagó el motor.

Las luces del traspatio eran tenues y las ventanas dentro del complejo estaban apagadas. Era viernes, todo mundo seguro andaba de fiesta o en el cine. Haciendo *algo* que no incluía vigilar su traspatio. Juan abrió el documento con la entrada para su blog y sus JPEG, le enseñó a JD cuáles usar, el nombre de usuario y la contraseña de la cuenta.

—¿Seguro que no viste a esos güeyes de camino para acá? —dijo Juan, agarrando la *laptop* fuerte. Sin querer soltarla. Sin querer agarrar la pistola.

—No, carnal —dijo JD—. ¿Hay buena señal?

—Aquí el wifi llega bien —dijo Juan. La pantalla era la única luz en la cabina.

—Güey, quién sabe adónde se fueron esos cabrones… Seguro que se la pasan chingando a medio Central. Órale, vamos a darle. Tenemos que irnos a la verga de aquí —JD tomó la computadora y se la quitó suavemente a Juan.

—Tienes razón. No me tardo —Juan respiró profundo, agarró la pistola, y avanzó sigilosamente hacia la parte de atrás de los departamentos. Le costaba trabajo ver; la luz mortecina del porche le daba cobijo, pero hacía que le costara trabajo ubicar sus opciones para esconder la pistola. Recorrió el patio con la mirada. Las macetas junto a las plantas de salvia ya no estaban. Y la puerta del cobertizo de herramientas estaba cerrada con un candado de cadena —carajo, ¿cuando había puesto eso Jabba?—. Vio una bolsa vacía de Chico's Tacos tirada en el suelo. Okey, podía envolver la pistola en la bolsa y echarla al techo del cobertizo, donde nadie la vería jamás. *A menos que estuvieran en el segundo piso del edificio. Verga.* Ese agujero en los aleros tenía que seguir ahí —imposible que Jabba hubiera reparado *eso*—. Juan hubiera preferido evitar acercarse tanto al edificio, sobre todo con la pistola. El sentimiento de ser cabrón e indestructible que le había dado antes hacía mucho que se había esfumado; ahora solo sentía unos nervios de loco, todo el cuerpo le zumbaba.

Oyó el sonido de llantas triturando piedra y tierra a la distancia, cómo se detenían, un motor encendido. No había faros. Juan volteó para atrás a ver si JD lo había notado, pero estaba clavado en la computadora, ajeno a todo. La había cagado al volver al departamento. Juan empuñó la pistola, pasó el índice sobre el gatillo. Ahora le parecía obvio, que su futuro estaba enmarañado con el pasado de todos. De su jefe. De su ma. Hasta de su abuelo. Sus propias cagadas eran parte de una maraña ancestral de cagadas imposible de desenredar. Había llegado el momento. Juan se agazapó, se quedó quieto.

¿Qué tal si se daba la vuelta y echaba a correr hacia el fondo del callejón, dejando atrás a JD?

¿Qué tal si simplemente se ponía a disparar?

Verga. Verga. Verga.

Juan echó el arma de fuego dentro de un arbusto y salió corriendo.

Cuando los reflectores se encendieron y las luces rojas y azules de las sirenas empezaron a girar, lo primero que a Juan le vino a la cabeza fue el CAP. Cómo a veces las duras luces fluorescentes creaban el mismo efecto de desorientación en la cancha de básquetbol. Sus brazos y piernas estaban bombeando lo más rápido que podía.

—¡*Alto*! ¡*Pon las manos donde las podamos ver*!

Juan corrió hacia la camioneta. Podía ver a JD, el terror absoluto en sus ojos cuando los reflectores inundaron de luz la cabina. Alcanzó a ver la pantalla de la computadora, cayendo hacia el asiento del copiloto cuando JD saltó hacia atrás. Su foto de bebé junto a la imagen de la camilla. Lo que nunca antes había notado era la expresión en el rostro de su ma, tratando de secarlo mientras él se retorcía furibundo en sus brazos. Ella tenía miedo. Miedo de estarlo haciendo todo mal. Juan reconoció esa expresión —*su* expresión—. Juan no podía ver al policía o policías ni ver de dónde provenían los disparos; solo oía los sonidos y su eco todo alrededor. Las balas tiraron a Juan al suelo, a las rocas y la tierra, cuando estaba a punto de alcanzar la manija de la camioneta. Casi había alcanzado a llegar adentro. Casi había alcanzado todo.

PIEDRAS
(CAPÍTULO VEINTIDÓS)

JD nunca vio a Juan corriendo hacia la camioneta. Nunca vio a su amigo perdido en la blancura cegadora de los reflectores. Pero oyó los disparos. Por lo menos cinco, sonando uno tras otro; el sonido le pareció distinto al de aquella vez con Danny.

JD no se escondió debajo del tablero ni salió corriendo de la cabina después de oír el primer disparo. Más bien se paralizó. En el asiento del conductor, miró al frente y esperó a que las balas destrozaran el parabrisas y lo abatieran.

Cuando acabaron los disparos oyó gritos. Un hombre diciéndole que levantara las manos, que no se moviera. Antes de que JD pudiera hacer eso —levantar las manos, no moverse— lo sacaron de la camioneta y lo aventaron boca abajo a la tierra; su cabeza pegó en un pedazo de roca incrustado en el suelo. Una rodilla se enterró en la mitad de su espalda y otra en su cabeza.

Debajo de la camioneta, del otro lado, podía ver a Juan. Quieto como una piedra. Un solo policía, una sombra, estaba arrodillado junto a él, cerca pero sin tocarlo. Juan. JD no podía respirar. Tenía una cortada en la cabeza; podía sentir la sangre encharcándose alrededor de su cara, le ardían los ojos. Aspiró polvo tratando de respirar. Tosió. Se ahogó. Había tanto peso encima de él. Alguien gritó que había encontrado la pistola. Los arbustos. Que era la misma camioneta que había sido reportada hacía rato dando vueltas a toda velocidad. Lo levantaron de un jalón y manos se metieron a sus bolsillos y en la cintura de su pantalón, pegándole en los huevos, buscando, ¿pero qué? ¿Otra pistola? Lo volvieron a empujar al suelo de espaldas, desechado. Sabía que Juan estaba muerto.

Un policía estaba hablando de todas las mamadas que iba a tener que soportar por culpa de ese pinche pandillero de mierda. Que todos habían visto al agresor apuntándole con esa pinche pistola, y que además ese pedazo de mierda de seguro era un ilegal. ¿*Verdad? Todos lo vimos. Todos lo vimos, ¿verdad?*

El teléfono de JD había caído debajo de la camioneta. Echó una mirada alrededor y al ver que no lo veía nadie se estiró para alcanzar su teléfono, sin poderle quitar de encima los ojos a Juan, y lo agarró. Echó otra mirada alrededor y luego, enderezándose, se limpió la tierra y la sangre de la cara y encendió el teléfono. La mamá de Juan lo había llamado. También texteado. Él le contestó otro texto, diciéndole que tenía que venir. Después JD llamó a su jefe; su padre era la única persona, en ese momento, que se le ocurría llamar. A JD lo esposaron y se lo llevaron antes de que llegara cualquiera de los dos.

Su padre lo fue a recoger a la comisaría a la mañana siguiente, donde JD había pasado toda la noche, no arrestado pero sí respondiendo las mismas preguntas una y otra vez; hasta cuando un médico le suturó la cara, distintos equipos de policías seguían interrogándolo. *¿Qué, exactamente, estaban haciendo en el departamento?*

—Subiendo una entrada al blog. Botando la pistola.

¿Por qué querían "botar" la pistola?

—Porque si la chota te agarra con una pistola puedes acabar muerto. La pistola era de la mamá de Juan.

¿Sabías que Juan se llevó la camioneta sin decirle a su mamá?

—Pensé que tenía permiso.

¿Qué iban a hacer a Livingston, Texas?

—Juan iba a conocer a su padre. Yo lo iba a filmar. Está en el blog. Lean el chingado blog.

¿Tú viste a Juan apuntarle con la pistola a los oficiales?

—No, pero no lo hizo.

¿Cómo puedes estar seguro?

—Porque chinga a tu madre. Así es como estoy seguro.

Su padre y él fueron en el coche hasta el departamento nuevo de su padre; en el camino pararon en McDonald's.

Resultó que su apá seguía viviendo en Central, en un departamento sin amueblar de una recámara en Piedras, justo al norte de la Mobile. Su recámara tenía un colchón sobre un box spring en medio del cuarto, un par de persianas con listones doblados y faltantes abiertas a medias y una bolsa de basura eructando ropa sucia en el clóset. En la cocina casi no había comida, las mesetas cubiertas de bolsas de comida para llevar desechadas. En la sala había un futón, una tele pequeña encima de un frigobar, y una mesita de centro con ampollas de humedad.

—Échate esto a la panza —dijo su padre, lanzándole un sándwich de desayuno.

—No tengo hambre —dijo JD, dejándose caer en el futón.

—Ya sé —su apá echó sus llaves a la mesita de centro—. De todas formas necesitas comer.

Antes de entrar, su apá había tenido que sacudir las llaves para que la cerradura funcionara, y JD oyó el sonido de sus plaquitas de identidad chocando juntas. Ese tintineo siempre significaba que su apá había llegado a casa. JD se sorprendió de cuánto había extrañado ese sonido. Cerró los ojos, queriendo evocar algún recuerdo cálido, pero en vez de eso su mente saltó a la imagen de Juan muerto en el polvo, con medio cuerpo metido debajo de la camioneta. Tomó las llaves de su padre, pasó los pulgares sobre las letras alzadas. *Nunca voy a volver a ver a Juan.*

```
SANCHEZ
TOMAS
012-80-4179
A POS
CATOLICO
```

—¿Me las regalas? ¿Por favor?

Su jefe se sentó en el sofá junto a JD y tomó las llaves, sacó las plaquitas de identidad del llavero y se las dio. Prendió la tele. Estaban jugando los Cowboys. JD recordaría ese juego toda su vida; no el marcador, ni siquiera lo que había pasado, sino cómo él y su apá no hicieron nada más que hablar de futbol, y lo bien que se sintió no pensar en lo que estaba pasando. En el medio tiempo su jefe salió a comprar tacos aunque JD seguía sin hambre, y JD llamó al reclutador, sabiendo que estaba listo para desaparecer por completo. Bullard contestó, hasta en domingo, y JD le explicó que le valía madres el trabajo de producción de cine. Que lo único que quería era irse al día siguiente de su graduación de la escuela.

ÚLTIMA DECLARACIÓN
Fecha de ejecución:
14 de febrero

Convicto:
Armando Aranda #999178

Última declaración:

"Después de pasar la mayor parte de mi vida en el pabellón, no tengo miedo de morir. Tengo más miedo de decir una tontería, de ser recordado como lo peor que hice o lo peor que me pasó. No quiero convertirme en una historia de miedo, pero tampoco quiero ser olvidado. Que sea como si nunca hubiera existido o importado siquiera. Hay un muchacho que cree que soy su papá. Quería venir a verme pero nunca llegó a la prisión. Yo sé quién podría ser su padre, un buen tipo. La clase de hombre que puede encaminar a un muchacho en la dirección correcta. La que él tomó para sí, y no el camino del muerto."

20 de junio

Fabi:

*He estado pensando en todas las cosas que hubieran
podido ser diferentes. Si yo nunca hubiera huido de la
policía en la fiesta de Danny y no hubieran arrestado a
Juan por mi culpa, o si no le hubiera metido en la cabeza
la idea de visitar a Armando. Yo debería haber sido el
que escondía la pistola. Creo que él no se fiaba de que
lo hiciera bien. Yo debería estar muerto. Sé que es una
pendejada decirlo. Que no cambia nada.*

*Juan estaba huyendo cuando los polis le dispararon,
y no apuntando la pistola como dijo el noticiero local.
Como se la pasó diciendo la policía. Por un tiempo, pensé
que iba a haber alguna cobertura de CNN o hasta de
Fox News del tiroteo, que la verdad saldría a la luz. Qué
ridículo. Ahora sé que las vidas negras importan, pero a
nadie le importa un carajo una vida morena, y cuando
los gringos gritan "todas la vidas importan", nomás le
están echando blanqueador a todo. Investigué sobre su
papá después de que me contaste de él. Lo único que pude
encontrar fue un pequeño aviso: "El sargento primero
Martín Morales murió durante su segundo despliegue en
Irak, en una ciudad llamada Baquba. Una bomba explotó
en una casa que estaba intentado despejar".*

*Tengo pietaje de Juan —no es muy bueno— y lo
veía casi todos los días antes de irme. Cuando se murió
yo estaba haciendo una película, y le he seguido dando*

aunque no tengo ni idea de lo que estoy haciendo. Tomé algo de B-roll en el cementerio donde él está enterrado. Filmé a mi familia. Conseguí algunas tomas de mis padres separándose definitivamente, de mi amá empacando las cosas de mi apá y dejándolas en el porche para que él pasara a recogerlas. De cuando descolgaron todas las fotos de la casa porque mi amá se iba a mudar. Ella y Tomasito se van a ir a vivir con mi tía Monchi, mi apá se va a quedar en su horrible departamento y Alma se va a ir a vivir con su novio. Mi amá no se sorprendió cuando le dije que había entrado a la fuerza aérea; tampoco era mi intención sorprenderla. Terminó un bocado de pan dulce, asintió con la cabeza y dijo: "Ya sabía yo que algún día nos ibas a abandonar por completo". Tenía razón. Mi apá se lo tomó diferente cuando se lo conté, me dijo que se sentía orgulloso de ser el padre de un hombre en las fuerzas armadas. Que le daba gusto ver a su hijo seguir sus pasos. Sus plaquitas de identidad fueron lo único que me llevé.

Leí las últimas palabras de Armando Aranda una semana después de la ejecución y me pregunté, ¿cómo chingados acabó ese güey allí? Me pregunté cómo acabó Martín Morales en Baquba, Irak. ¿Se lo habrá preguntado alguna vez? Nadie registró las últimas palabras de Martín. Las últimas palabras que Juan me dijo fueron: "No me tardo". Si después dijo algo más, a la policía, a Dios, a cualquiera que él pensara que podía estar escuchando, no lo sé.

El campo de entrenamiento básico no está difícil
pero se siente como si en cualquier momento lo pudiera
estar. Hay mucho estar esperando a que pase algo y todo
mundo anda sacado de onda todo el tiempo. En la noche
oigo a vatos llorando. Sollozando que se quieren ir a
su casa. Que cometieron un error. Yo no lloré después
de que murió Juan. Ni el día que lo mataron ni en el
funeral. Tampoco he llorado por mi familia. Antes de
irme a la fuerza aérea estaba empezando a salir con una
chava que me ha tenido estúpido desde octavo grado.
Me gustaba mucho pero me fui sin despedirme. Apenas
hablo con Danny. Soy el fantasma que mi familia me
dijo que era.

Juan era la persona a la que le hubiera contado todo
esto. Tú eres la única parte que queda de él.

Adiós.

AB Sánchez, Juan D
322 TRS / FLT 462 / (Dorm A-9)
1320 Truemper Street, Unidad 369520
Lackland AFB, TX 78236-6095

DESPEJAR LA INCÓGNITA
(CAPÍTULO VEINTITRÉS)

La tormenta sobre la sierra de Tucson —las múltiples tajadas de rayos, el manto negro gris de lluvia torrencial atravesando la cordillera hacia la casita de Fabi— era un espectáculo bien recibido. Fabi abrió la ventanita arriba del fregadero de la cocina y respiró el aire del desierto, el olor a creosota y tierra mojada. A palo verde en flor. Ella nunca había experimentado un monzón como ése. Tan en serio. Los vientos fuertes y la lluvia pesada e implacable inundaban la montaña casi todas las noches, dejando el diminuto jardín trasero de su casa nueva en la base de la montaña cubierto de lodo y roca. Hierbas espinosas brotaban como locas en el jardín, al parecer de la noche a la mañana —el abuelo las arrancaba casi todas las mañanas después de pasarse las noches escondido en su cuarto; no quería saber nada de las tormentas.

Fabi había acabado de desempacar una semana después de mudarse, y finalmente mandó revelar el rollo de fotos que había encontrado cuando empacaba su viejo departamento. La mayoría eran fotos de Juan recién nacido, envuelto en cobijas y frunciendo la cara. Su favorita era una en la que ella lo estaba cargando en una fiesta, ella sonriendo a la cámara y Juan con los ojos bien abiertos, mirándola. Su Juanito, siempre tan observador.

Enmarcó las fotos y las colgó en su cuarto y en la casa. También había rescatado viejas fotos de mamá de los cajones de papá cuando empacaron sus cosas, y también las colgó. Vendieron la casa un mes después del funeral y con el dinero compraron esta casa nueva. Gladi mandó algunas fotos que había estado guardando como regalo de bienvenida. Fabi pintó todas las paredes y ella y su papá se dedicaron a reparar el lugar. Cambiaron la plomería en mal estado. La instalación eléctrica podrida. El techo que se estaba viniendo abajo. Fabi tenía un cuarto de costura, la Singer instalada junto a la ventana, con vista a un jardín que ella planeaba empezar la primavera siguiente. Su papá decía que él pondría los marcos para un arriate de flores y algo para vegetales. Sugirió que tal vez ella debería aprender a coser —si quería—. Cuando Fabi se encontraba artículos que ni ella ni su papá creían necesitar ni querer volver a ver, joyería o vieja memorabilia del ejército, ella los llevaba a una combi que había pasado la primera vez que entró al pueblo, una VW multicolor justo saliendo de la I-10 con un letrero en una tabla de madera con la palabra

DONACIONES escrita en aerosol. La mujer que estaba dentro recibía esas cosas muy agradecida.

Una semana después del funeral de Juan, el *coach* Paul visitó a Fabi en casa de su papá y le contó lo de la beca que le había conseguido a Juan en Arizona. Explicó que Juan había hecho un buen trabajo entrenando a otro muchacho cuando estaba lesionado, y que era una lástima que su hijo hubiera quedado atrapado en "esa vida". Dijo que no tenía idea de que Juan estuviera involucrado con drogas y un vehículo robado hasta que vio todo el desastre en las noticias; ya sabía que tenía un arresto anterior, ¿pero de este lado de la ciudad, quién no? El *coach* quería que Fabi supiera que él había hecho todo lo posible por mantener a Juan en el buen camino, y que sentía que lo que había pasado era tan culpa suya como de ella. Lloró.

Si bien Fabi detestó que el *coach* Paul se tomara la molestia de pasar en primer lugar, le gustó la idea de Arizona. De volver a empezar. No quedaba nada para ella en El Paso. Fue a la biblioteca y encontró la escuela a la que Juan hubiera asistido, fotos del gimnasio de básquetbol, de los laboratorios de ciencias, de rostros jóvenes en imagen tras imagen donde parecían más felices que en cualquier otra universidad pública probablemente de todos los tiempos. Fabi decidió que *ella* sería la que asistiría al Pima Community College, y en cuanto regresó a la casa le dijo a su papá que empacara sus cosas.

Como el *coach* y JD, su padre también se culpaba de todo. Se culpaba de no haberlos llevado a vivir a su casa antes, a ella y a Juan. De no haber estado más presente en sus vidas. De no haberle enseñado a Juanito a ser un hombre. Como si a Juanito lo hubieran matado por no ser un hombre. A su hijo lo habían matado *exactamente* por esa razón. Por ser un hombre. Un hombre moreno.

El embarazo de Fabi terminó dos días después del funeral de Juan. Empezó a sentir dolores y luego una mañana a sangrar, una supernova ocurriendo dentro de su cuerpo, el universo capturado en aquel ultrasonido colapsando de pronto. Como el embarazo tenía poco tiempo, un doctor de Proyecto Vida después le dijo que iba a estar perfectamente bien, que podría volver a tener hijos si algún día eso quería. Fabi le dio las gracias al doctor, no sabía qué más decir, solo sabía que nada en su vida volvería a estar perfectamente bien nunca más.

A la mañana siguiente sería el primer día de clases de Fabi. Se había inscrito en el Campus Oeste de la PCC después de aplicar y tomar sus exámenes de colocación todo el mismo día. Hasta había declarado en qué se quería titular —Ingeniería Eléctrica— aunque su asesora, una mujer llamada Yvette que era menor que ella y tenía su título de la Universidad de Arizona colgado en su oficina, le dijo que no tenía que elegir de inmediato. Fabi calificó para entrar directo a Álgebra Universitaria, MAT 151. Había estudiado el libro de álgebra que encontró en el cuarto de Juanito, trabajando en las mismas ecuaciones que él, repasando su cuaderno para resolver los mismos problemas. Aquella tarde comió su almuerzo en el gimnasio de básquetbol. No había ningún equipo practicando, ni el olor a sudor ni el ambiente electrizado. Más bien se habían instalado largas mesas para ayudar a los alumnos a registrarse en sus clases y a inscribirse en los distintos clubs. Fabi buscó un club de costura pero solo encontró uno de ganchillo.

La lluvia se desató y Fabi cerró la ventana, las gotas aporreando el vidrio. El agua empezó a caer tan fuerte y tan rápido que ya no alcanzaba a ver a través de ella. Su primera clase iba a ser Álgebra Universitaria, y le sorprendía lo mucho que el tema ya le gustaba. Que fuera mucho más fácil de lo que ella lo recordaba de la escuela. Le gustaba que las respuestas se podían reducir a su mínima expresión. Ya de entrada que los problemas tuvieran solución hacía que el álgebra fuera mucho mejor que la vida real.

La lluvia continuó y el nivel de agua en el jardín de atrás empezó a subir, colándose por el aislante roto debajo de la puerta de la cocina. Fabi la abrió; el agua fría entró cubriéndole los pies descalzos e inundando el linóleo. Ella salió a la tormenta. Rayos resquebrajaban el cielo púrpura. La lluvia golpeaba fuerte contra su cara, su cuerpo. Cerca del pie de la montaña, pequeñas avalanchas de lodo y roca se deslizaban hacia ella y su hogar. Amenazaba con algo peor. El viento aullaba y los truenos retumbaban mientras las delgadas ramas de mezquite y palo verde en el jardín se doblaban al punto de romperse. Fabi sabía que la tormenta pasaría pronto, y todo se tranquilizaría hasta parar. Solo quedarían los destrozos.

• • •

Al amanecer su padre salió de su cuarto y se puso a trabajar despejando las ramas caídas, cortándolas en trozos más pequeños con un serrucho, y después enjuagó el lodo del camino de concreto. Acomodó las rocas de montaña caídas en un montón ordenado en una esquina del jardín antes de reparar el aislante debajo de la puerta de atrás para evitar que el agua se les volviera a meter.

Fabi se fue en bicicleta a la escuela en su primer día de universitaria y navegó los corredores del edificio Santa Catalina hasta que encontró su salón. Tomó un escritorio hasta adelante. Un pizarrón blanco limpio fijo a una pared gris encaraba a los alumnos al tomar sus lugares. Aún sudando de la bici, Fabi sacó su libro, lápiz, calculadora y su cuaderno —no, el cuaderno de Juan—. Las primeras páginas seguían vivas con su escritura, su nombre escrito en cada una, en la esquina superior derecha. Cuando el profesor entró al salón, Fabi pasó a la primera página en blanco y escribió su nombre exactamente donde lo hacía su hijo. Sin decir palabra, el profesor agarró un marcador y empezó a garabatear una ecuación en el pizarrón, una larga mezcla de letras y números. Cuando terminó, dejó el marcador a un lado.

—Si no pueden resolver esta ecuación, háganse un favor y dejen esta clase ahora mismo.

Fabi y el resto del salón se miraron unos a otros, confundidos de qué hacer. A diferencia de las imágenes que había visto en línea, nadie estaba sonriendo. Algunos en la clase sacaron lápiz y papel y se pusieron a trabajar, mientras que otros empacaron sus cosas y se fueron. Las luces fluorescentes del salón eran brillantes y duras, las ventanas tenían las persianas cerradas, impidiendo que se pudiera colar la luz de la mañana. Fabi pensó en Juan y supo exactamente lo que él haría si estuviera sentado ahí en lugar de ella. En ese momento no había ningún otro lugar en donde Fabi quisiera estar. Fabi escribió el problema cuidadosamente y empezó a despejar la incógnita.

AGRADECIMIENTOS

Quisiera darle las gracias a Meg Files por creer en mi trabajo e invitarme a presentarlo en el Pima Writers' Workshop, donde tuve la suerte de conocer a Dara Hyde, que hoy es mi agente y confidente.

Dara fue la primera persona que leyó *Casi alcanzar todo*, y fue quien señaló que el público para esta novela eran los adultos jóvenes, los adolescentes como Juan y JD. Siempre le estaré agradecido por sus reflexiones y su ayuda para hacer de esta novela lo que es.

Y a Caitlyn Dlouhy, un superhéroe de persona y mi editora. Gracias por ser el paladín que Juan, JD y Fabi necesitaban. Has dado forma y moldeado *Casi alcanzar todo* con tu esmero y genialidad. Sin ti no habría podido desentrañar esta historia plenamente. Gracias. Muchas gracias también al equipo de Atheneum, que ama a los libros y a los lectores.

Gracias a mi familia, a mi ma que es igualita a mí pero también diferente, a mi hermano y mi hermana con quienes siempre puedo contar. Y a mi papá, que murió dos meses después de que firmara el contrato de esta novela, y a quien extraño todos los días. Este libro está hecho del sacrificio de todos ustedes. Los quiero mucho.

Sin Fernie Rubio y Carlo Passaseo, sin nuestras infancias, esta historia nunca se hubiera podido escribir. Te extrañamos, Carlo.

Gracias, Marlo, mi esposa de veinte años. He aprendido a ser mejor en la vida por tu valentía y determinación, por tu generosidad de espíritu. Te amo y te digo gracias, gracias, gracias. Y un agradecimiento especial a nuestras dos hijas, Margie y Gabby, que nacieron cuando se estaba escribiendo *Casi alcanzar todo*. Su energía está en cada página.

Y por último, a todos y cada uno de los lectores, gracias.